ATRIUM

HERMANN KESTEN

DIE ABENTEUER EINES MORALISTEN

Roman

Mit einem Vorwort
von Hanjo Kesting

ATRIUM VERLAG · ZÜRICH

Erstveröffentlichung: Kurt Desch Verlag, 1961
Mit einem Vorwort von Hanjo Kesting
Umschlaggestaltung: Nina Rothfos und Patrick Gabler, Hamburg
Umschlagmotiv: © H. Armstrong Roberts/CORBIS
Satz: hanseatenSatz-bremen, Bremen
Druck und Bindung: Clausen & Bosse, Leck
Printed in Germany
ISBN 978-3-85535-363-7

www.atrium-verlag.com

HANJO KESTING
HERMANN KESTEN UND DAS GLÜCK

Dichter und Menschenfreund« – so hat Manès Sperber 1980 den damals achtzigjährigen Hermann Kesten genannt, den kleinen, zierlichen, im hohen Alter noch quicklebendigen Schriftsteller und Ehrenpräsidenten des westdeutschen PEN, der eine Art Vaterfigur der jüngeren deutschen Literatur war. – »Lebt er denn noch?« fragte mich fünfzehn Jahre später ein jüngerer Kollege. Er schien dem Namen Hermann Kesten nachzuhorchen, als gehöre er einer Literaturgeschichte von vorgestern an. Man muss ihn also wieder *erklären*: den wortgewaltigen Schriftsteller und Feuilletonisten, den guten Geist der deutschen Exilliteratur, den Freund von Joseph Roth und Stefan Zweig, Anna Seghers und Erich Kästner. Er hatte viele Schriftstellerfreunde, war ein Genie der Freundschaft.

In seinem langen Leben hat Hermann Kesten alle Höhen und Tiefen des Säculums durchmessen. Vor allem seine Tiefen: seine Krämpfe, Verirrungen, mörderischen Zuckungen und moralischen Sintfluten. Sein Leben lang, oder doch sechs Jahrzehnte dieses Lebens, war er unterwegs. Nürnberg, Frankfurt, Berlin, Amsterdam, Paris, Nizza, New York und Rom waren die wichtigsten Stationen dieser Lebensreise. Oft war Hermann Kesten auf der Flucht, nicht selten gefährdet, nirgends zu Hause, nur die deutsche Sprache, die deutsche Literatur als »portatives Vaterland« mit sich führend. Ein deutscher Schriftsteller in der Fremde. Ein Hotelbewohner mit einem Schreibtisch im Caféhaus.

Der Verfasser eines weit verzweigten, kaum überschaubaren Werkes, von Büchern, die in zwanzig Sprachen übersetzt und in diesen fremden Idiomen wahrscheinlich mehr gelesen wurden als in Kestens deutscher Muttersprache. Ein Romancier, der mit achtundzwanzig Jahren debütierte und für sein erstes Buch *Josef sucht die Freiheit* sogleich den angesehenen Kleist-Preis erhielt. Büchner-Preisträger ein halbes Jahrhundert später. Und heute dem literarischen Leben fast abhanden gekommen ... *Das Glück und die deutschen Dichter* nannte Kesten 1974 seine Büchner-Preisrede, diese zärtliche, mutige, feurige, unendlich traurige Rede, die mit dem Satz beginnt: »Die deutsche Literatur hat kein Glück.« Hatte Hermann Kesten Glück? Er, der sein Leben lang über das Glück nachgedacht, darüber geschrieben, es gesucht, manchmal gefunden, als Lebensziel nie preisgegeben hat?

Kesten war ein deutscher Schriftsteller des Typus, wie man ihn nur mit einem französischen Ausdruck bezeichnen kann: *homme de lettres*. Man könnte ihn auch ganz einfach einen *Literaten* nennen, denn er hat sich selbst so genannt. Dabei kannte er den Makel, der in Deutschland an diesem Wort haftet: Relikt alter Geist- und Intellektfeindlichkeit. Kesten, geboren am 28. Januar 1900 im galizischen Podwoloczyska, dem heutigen Pidwolotschisk in der Ukraine, war achtundzwanzig, als er nach Berlin kam, in die von brandendem Leben erfüllte, von sozialen und politischen Spannungen zerrissene Weltstadt. Er hatte Glück, wurde Cheflektor des Gustav Kiepenheuer Verlages. Aber auch der Verlag hatte Glück, da er von Kestens literarischer Neugier und stupender Lesebegabung profitierte. »Der begabteste Leser, dem ich je begegnet bin«, schrieb Manès Sperber. Diese Begabung, Kestens vielleicht größte, gab dem Verlagsprogramm unverwechselbares Profil: Nachgelassene

Erzählungen Franz Kafkas gab er heraus, die »Versuche« Bertolt Brechts, die ersten großen Romane von Joseph Roth, das Debütwerk der jungen Anna Seghers. Kestens Spürsinn, die Modernität seines Geschmacks, machten den Gustav Kiepenheuer Verlag in kurzer Zeit zu einem Zentrum der jungen deutschen Literatur, so wie es drei Jahrzehnte zuvor der Verlag Samuel Fischers gewesen war.

Mit seinen eigenen Büchern, den Romanen *Josef sucht die Freiheit* und *Ein ausschweifender Mensch*, wurde Kesten zum Initiator einer literarischen Richtung, die sich mit fast provokatorischem Gestus gegen den tonangebenden Expressionismus richtete. Man gab dieser Richtung den Namen »Neue Sachlichkeit« – zu Kestens Missvergnügen, da solche Etiketten »meist mehr verfälschen und verdunkeln als berichtigen und erhellen«. Gewiss trifft zu, dass allzu Vieles und Heterogenes unter der Flagge der »Neuen Sachlichkeit« segelte: Irmgard Keuns saloppe Gesellschaftsschilderung und Robert Neumanns literarische Parodien, aber auch Brechts *Dreigroschenoper* und Döblins Montageroman *Berlin Alexanderplatz*.

Alle diese Werke waren nicht denkbar ohne den gemeinsamen Hintergrund der Metropole Berlin in diesen hektischen und verhängnisvollen letzten Jahren der Weimarer Republik. Erich Kästners *Fabian* war das Musterbeispiel für diese literarische Schule, die den Morast der Metropole genau beschrieb, in dem sie dann selber versinken sollte. Das galt nicht für Hermann Kesten. Ihn, den mutigen und charaktervollen Intellektuellen, unterschied von seinem Freund Kästner der vollständige Mangel an Sentimentalität und heimlicher Romantik. Er war nicht, wie Robert Neumann von Kästner gesagt hat, »halb ein Bürgerschreck und halb ein erschrockener Bürger«. Kestens frühe Romane, die mit ihrer anti-expressionistischen Schlankheit und sarkastischen Ironie der »Neuen Sachlichkeit« den Ton vorgaben, liest man noch heute als nüchterne, dabei persönliche Bestandsaufnahmen einer Krisensituation.

Im Oktober 1932, drei Monate vor Hitlers Machtübernahme, schrieb Alfred Neumann an Kesten: »Ich glaube an die Immanenz Ihrer Güte, weil nur ein sehr guter Mensch die Kraft und das Herz hat, die Humanitas in Wahrheit zu tauchen.« In den folgenden Jahren hatte Kestens Humanität viel Gelegenheit, sich zu bewähren und hilfreich zu wirken.

Im Exil war er der wahrscheinlich wichtigste Hintergrund-Regisseur des literarischen Lebens unter den Emigranten. Einmal als Lektor des führenden Exilverlages Allert de Lange in Amsterdam; zum anderen durch das Netz freundschaftlicher Beziehungen, das er in alle Richtungen zu knüpfen wusste. In künstlerischen, politischen und moralischen Fragen unbestechlich, folgte er dem eigenen Ethos, der Stimme seines Gewissens, mit einer Unbeirrbarkeit, die ihn für jede Form ideologischer Inanspruchnahme ungeeignet machte. So konnte er Verbindungen schlagen zwischen den gegensätzlichen, manchmal auch verfeindeten Lagern der Emigration. In den Jahren bis 1939 pendelte Kesten zwischen Amsterdam, Paris und Sanary-sur-Mer, dem Exilort vieler deutscher Autoren im südlichen Frankreich.

Nach Kriegsbeginn wurde er für einige Wochen als »feindlicher Ausländer« in französischen Lagern interniert. Doch sobald er – zum zweiten Mal auf der Flucht vor den Nazis, die Frankreich in wenigen Wochen überrannt und besetzt hatten – in New York gelandet war, wurde er, zusammen mit Thomas Mann, zum Berater des *Emergency Rescue Committee* für die deutschsprachigen Länder; so konnte er beitragen zur Rettung vieler Flüchtlinge aus Europa. Stefan Zweig hat Kesten »den Schutzvater, ja Schutzheiligen aller in der Welt Versprengten« genannt. Unzähligen Kollegen, und nicht nur Kollegen, verschaffte er Einreisevisen und Überfahrtsspesen, rettete ihnen ihre Manuskripte, die literarische Existenz und oft das nackte Leben. Hermann Kesten, der Menschenfreund! Und er blieb es, obwohl er, wie Manès Sperber schrieb, »alle Gründe kennt, derethalb es vorteilhafter ist, die Menschen nicht zu lieben«.

Viele Freunde Kestens begingen Selbstmord: Joseph Roth, der sich zu Tode trank; Ernst Toller, der sich in einem New Yorker Hotelzimmer erhängte; Klaus Mann, der sich mit Schlafmitteln das Leben nahm. »Der Mensch ist eine Parodie auf Gott«, schrieb Kesten, »insofern Gott nicht eine ungewollte Parodie des Menschen ist.« Manès Sperber sah über diesem abgründigen Satz das Licht einer schwarzen Sonne leuchten. Was bleibt da noch von Lebenszuversicht, Optimismus, »Glück«? Kestens Antwort: »Zwischen lauter Abgründen bleibt einem nichts übrig als mutiger und immer mutiger zu werden.«

Hermann Kesten ist oft als glücklicher Mensch beschrieben worden. Dazu passt die Beobachtung Sperbers, dass das Wort Glück in seinen Büchern häufiger wiederkehrt als selbst das Wort Freiheit. Ein Roman heißt *Glückliche Menschen*, ein anderer *Ein Sohn des Glücks*, eine Novelle ist *Das glückliche Mädchen* überschrieben, und ein Buch mit biographischen Essays über Boccaccio, Aretino und Casanova ist *Die Lust am Leben* benannt. Seiner Büchnerpreis-Rede gab Kesten, wie schon erwähnt, den Titel *Das Glück und die deutschen Dichter*, und in der autobiographischen Skizze *Die vergebliche Heimkehr* heißt es: »Ich hatte Glück mit Menschen.« In einer Novelle stehen die Sätze: »Ich fühle zum ersten Mal, dass das Glück kein Phantom ist. Es gibt eine vollkommene Empfindung des Daseins, die unsagbar schön ist. Ich empfinde sie. Sie ist das Glück. Ich bin zum ersten Mal glücklich.« Über die Figur einer anderen Erzählung heißt es: »Sie glaubte fest, sie sei zum Glück geboren. Jedes Unglück war ihr nur der Beweis für die bessere Zukunft.« Das Glück, der *pursuit of happiness*, war für Kesten ein zentraler, unabdingbarer Begriff. Er selbst hat die Glückssuche niemals aufgegeben, sich Heiterkeit, Zuversicht, Menschenfreundlichkeit stets bewahrt: Voraussetzung des Glücks. Aber natürlich hat auch Kesten an das Glück nicht geglaubt, vielmehr darin den schönsten Teil des Possenspiels gesehen, der ewigen *comédie humaine*. In dem Gedicht *Das Kaffeehaus zur Erde* heißt es: »Der Kellner wartet schon vor der Tür. / Warst du ein Bettler, warst du ein Held, / Dein Leben war dein Taschengeld. / Den Tod hast du ohne Gebühr.« Kesten wiederholt hier, in kleinerer Münze, Goethes Gedanken: »Dasein ist Pflicht, und wär's ein Augenblick.«

Er war ein fleißiger Schriftsteller. Zeit seines Lebens hat er geschrieben, obwohl er sich gern beim Schreiben stören ließ und oft ganz unfreiwillig gestört wurde. Sein Werk umfasst zwanzig Romane, einige Bände mit Novellen, sechs Theaterstücke, mehrere Biographien, darunter eine des Kosmologen Copernicus und eine des großen Liebhabers Casanova. Spät ist Kesten auch noch als Lyriker aufgetreten. Seine Bücher sind lesenswert geblieben. Unverderbliche Ware. Dabei war er kein Märtyrer der Kunst. An die »reine« Kunst hat er so wenig geglaubt wie an irgendeine Vollkommenheit: »An das Vollendete der Kunst glaube ich nicht, alle Kunst ist so gebrechlich und so unvollendet wie der Mensch und das Universum. Ich wollte nichts vollenden, nur immer wieder beginnen.«

Unter seinen Romanen ragen die beiden frühen heraus und die beiden historischen *Ferdinand und Isabella* und *König Philipp der Zweite*. Es sind Analysen der Macht, der Gewaltherrschaft und ihres notwendigen Verfalls, geschrieben im Exil und als Exempel der damals aktuellen Gegenwart. Bei einer deutschen Leserschaft sind diese Bücher auch später niemals angekommen. Und das gilt auch für den Roman *Die Kinder von Gernika*, der fast gleichzeitig mit Picassos berühmtem Gemälde vom mörderischen Einsatz deutscher Flugzeuge gegen die Zivilbevölkerung im Spanischen Bürgerkrieg handelt. Thomas Mann rühmte daran die erzählerische Verve, die Farbigkeit, die geschwinde, schlagende Knappheit und eine künstlerische Lustigkeit, die so hinreißend ist wie die moralische Erbitterung. Und das gilt in fast noch höherem Maß für den Essayisten Kesten. Er schreibt lebhaft und leidenschaftlich, mit Überredungskraft und einer *staccato*-Intensität, die sein sehr persönliches Kennzeichen ist.

Ein später autobiographischer Text von 1985 trägt die Überschrift *Vergebliche Heimkehr*. Geschildert werden hier die Wochen und Monate des Jahres 1949, in denen Kesten sich anschickte, nach sechzehn Jahren Exil von Amerika nach Europa zurückzureisen. Die Heimkehr eines Weltbürgers. Als solchen hat Kesten sich gesehen und oft bezeichnet. Noch in einer späten, in seiner Heimatstadt Nürnberg gehaltenen Rede steht der Satz: »Ich fühlte mich seit je überall in der Welt zu Hause.« Nun also, im Mai 1949, nimmt er Abschied von Amerika, und wir treffen ihn wieder in seinem geliebten Paris: »Paris war wie ein Spiegel, in dem wir uns wiedersahn … überall gingen Schatten und Figuren mit uns mit, die toten Freunde und die Bürger von Paris aus zweitausend Jahren, und die Dichter, die in Paris gelebt haben, und ihre Figuren, in Theaterstücken, Romanen, mit denen ich ein Leben lesend verbracht habe, und die Figuren, über die ich geschrieben habe, wie Émile Zola und Diderot, Rabelais und Ludwig XI. oder XV., Montaigne oder Molière, und meine Romanfiguren in den Pariser Kapiteln meiner Romane ›Die Kinder von Gernika‹ oder ›Die

Zwillinge von Nürnberg‹, ich sah sie alle neben mir durch die Straßen gehn.«

In diesen Sätzen haben wir den ganzen Hermann Kesten, seine tätige Fantasie. In dieser Fantasie der Entgrenzungen werden Erfundenes und Erlebtes ununterscheidbar wie in einem Traum, der aber so konturenscharf wie das reale Leben, wie Kestens Sprache ist. Hermann Kesten: eine reale, eine literarische, eine surrealistische Figur. Dann aber steht er, einige Wochen später, am 12. Oktober 1949, auf dem zerstörten Marktplatz seiner Heimatstadt, »unter einem Himmel so blau, wie alle Sommerhimmel meiner Kindheit waren«. »Ich sah den zerstückten, schamlos geschändeten Leichnam der Stadt Nürnberg. Ausgebombt war auch meine Kindheit, ein halbes Leben, in Nürnberg verbracht.«

Kesten ist danach noch häufig nach Nürnberg gereist. Er erlebte den Wiederaufbau der Stadt, fand alte und neue Freunde, auch solche, die im Dritten Reich gelebt hatten, ohne am verordneten Unrecht teilzuhaben. Er schrieb: »Ich kann mich wieder in ein Kaffeehaus in Nürnberg setzen, ohne mein Leben zu riskieren, obgleich ich ein freier deutscher Autor bin. Also fahre ich manchmal nach Nürnberg, um die Stadt und meine Kindheit wiederzusehn.« Dann folgt der Satz, der letzte Satz des Textes, ein Fragesatz: »Aber gibt es ein Wiedersehn, oder eine Heimkehr?«

Hermann Kesten starb am 3. Mai 1996 in Riehen bei Basel. Für mehr als ein halbes Jahrhundert war er eine Schlüsselfigur der deutschen Literatur. Ein *homme de lettres* voll Esprit und Leidenschaft, ein »Zivilisationsliterat«, der den Namen als Ehrentitel trug, ein Menschenfreund in Worten und Taten. In seiner Büchner-Preisrede stehen die Sätze: »Ich habe nie um der Kunst willen geschrieben, sondern nur der Wahrheit wegen, oder wegen der Gerechtigkeit, oder vor lauter Glück, wenn ich verliebt war, und vor lauter Verzweiflung über das überflüssige Unrecht, das Menschen einander antun, aus Gram über die Unordnung im Universum und seine räumlichen und zeitlichen Grenzen, auch wenn es sich ausdehnt, aus Groll über die Schranken der Vernunft und aus Empörung über den Witz Gottes, uns nach seinem Bild, aber sterblich zu machen. Ich schrieb für meinesgleichen, und wo war ein Mensch, dem ich in nichts glich?«

DIE ABENTEUER EINES MORALISTEN

1

An einem Freitag des Jahres 1961 fuhr er nach Europa. Die Wolkenkratzer von New York blieben im Morgengrauen wie die Gespenster versteinerter Freunde zurück. Sein Schiff hieß *Die Freiheit.*

An Bord sprach er mit den Matrosen französisch oder italienisch, mit seinen Landsleuten englisch, mit den Sternen deutsch und mit den Delphinen ein paar Brocken phönikisch, da die größeren Fische diese Sprache gelernt hätten, als die Phöniker zur See fuhren. Die Fische schwiegen, vielleicht weil sie ihn verstanden.

Mit Ausnahme der Fische erzählten ihm alle ihr Leben. Er hörte mit solcher Spannung zu, als hätte er bisher unter Wölfen gelebt. Er war ein Professor, jeder sah es ihm an. Zuweilen dozierte er mit einem stechenden Zeigefinger, worauf manche die Welt zu begreifen anfingen, andere sich selber nicht mehr verstanden. Jeder fühlte sich vor ihm wie auf der Bühne. Er war ein tausendköpfiges Publikum vor dem Beifallssturm.

Unter Menschen saß er wie im Theater, mit den Tendenzen eines Regisseurs. Meistens wollte er eingreifen, das Stichwort geben, mit einem Kunstgriff ein Leben entscheidend verbessern, das ganze Drama umschreiben. Jeder Mensch erschien ihm als eine Figur, in derselben Szene komisch und tragisch. Man konnte fast keinem helfen, obgleich fast allen zu helfen wäre. Aber wer Hilfe wünschte, wollte sie zum falschen Zweck. Wie bei gewissen Komödien wußten die Zuschauer und die Götter alles, die Akteure nichts.

Ein Mädchen aus Boston machte ihm während der Seereise den Hof und bald einen Antrag. Sie hatte grüne strahlende Augen und tat, als hätte sie das Lächeln entdeckt. Sie übte es vor dem Spiegel, gestand sie ihm. Sie trug ihre Kleider, wie um sie zu verlieren. Bekleidet schien sie ausgezogen. Mit jedem Satz enthüllte sie das Schlimmste, mit jeder Bewegung das Beste.

Wenn sie zu ihm sprach, stellte sie sich in Positur und wechselte ihre Stellungen und Gebärden so exakt wie für eine Ballettprobe. »Wenn man unter Menschen leben will«, sagte sie, »muß man nur *eine* Kunst lernen, nämlich Menschen zu gefallen. Gefalle ich Ihnen?«

Er wollte es nicht leugnen.

»Mein Vater«, sagte sie und blickte ihn strahlend an, »rät mir, ich solle mich nie verlieben. Kein Mann sei es wert, daß man seinetwegen den Kopf verliere. Liebe deinen Nächsten, rät er, ohne ihn durch deine Verliebtheit zu einer phantastischen Figur zu machen. Am schwersten sei es, die Menschen zu lieben, wie sie sind. Mein Vater hat für alles sein Wort, für jeden Menschen seine Art. Sie gleichen meinem Papa. Sie sind der Nächste.«

Ihr Vater lehrte vergleichende Literatur an der Harvard Universität, er an der Columbia Universität in New York. Auf Kongressen waren sie sich flüchtig begegnet.

»Wir in Boston sind Bibelleser«, erklärte sie, »Sie haben mich ›erkannt‹, ich fühle es. Sie haben gute Augen. Ihre Stimme ist mir vertraut wie Klänge aus der Kindheit, das Trillern von Lerchen am Morgen, wie Musik von Haydn. Vor Ihnen fühle ich mich hüllenlos und heimisch.«

»Ich wurde ein Moralist«, erwiderte er, »weil ich mir unersetzlich schien, und folgerte, also ist jeder Mensch unersetzlich.«

Da wechselte sie die Stellung, wie um ihm alles zu zeigen.

Sie saßen im Wintergarten, unterm Nachthimmel.

Die Sterne strahlten aus alter Gewohnheit, seit Millionen Jahren tun sie nichts anderes.

Das Schiffsorchester, in weißen Fräcken mit goldnen Knöpfen, spielte Haydn, wie aus alter Gewohnheit, seit zwanzig Jahren.

Der Professor trank Kaffee, das Mädchen aus Boston Sekt, beide schienen berauscht. »Gewisse Vokabeln begreife ich nicht«, sagte sie, »zum Beispiel Glück – oder Wollust.«

Sie sah ihn an und zeigte ihm die Sterne, ein Licht am Horizont, das Meer, Delphine und ihre Brüste. Ihm schien alles neu, die springenden Delphine, das ferne Licht, das Funkeln in ihren grünen Augen. Abwechselnd blickte er auf ihre Brüste und die Wellen.

Um Mitternacht gingen sie am obern Deck spazieren. Um ein Uhr tanzten sie einen Tango. Um zwei Uhr erzählte sie ihm ihr ganzes Leben, insbesondere die nackten Details. Um drei Uhr brachte er sie zu ihrer Kabine. Sie blickte ihm in die Augen und lächelte. Er schwieg. Schließlich flüsterte sie: »Gute Nacht« und gab ihm ihre Hand, wie einen Schlüssel. Noch während er ihre Hand hielt, wandte sie sich ab und ging in ihre Kabine.

Er blieb vor der Tür, die sie nicht abgesperrt hatte. Nach fünf Minuten oder einer Viertelstunde ging er aufs Deck und unterhielt sich mit dem Schiffsdoktor, der einen Bart trug, um seine Jugend zu verbergen.

Am andern Tag bekam der Professor das Mädchen nicht zu sehen. Kurz vor dem Abendessen begrüßte sie ihn, als hätten sie zusammen geschlafen. Sie saßen und tanzten, er trank Kaffee, sie Kognak. Nach dem vierten Glas erzählte sie ihm ihr ganzes Leben, er vernahm dieselben Redensarten, dieselben Enthüllungen, sie zeigte die Beine und die gleiche Seele. Es war die Rolle einer Schauspielerin, ein echolaler Akt.

»Bist du mein Mann?« fragte sie um Mitternacht. Um ein Uhr morgens lag sie allein in ihrer Kabine und weinte vor Scham.

Er zitierte indes vor dem Schiffsarzt auf Deck Baudelaire und Heine. Der Schiffsarzt gestand, er hasse die Poesie, und begann das Mädchen aus Boston zu zergliedern. »Lucy ist sinnlich«, stellte der Schiffsarzt fest. Nur die Knöpfe an seiner Uniform funkelten von Leben. Der junge Schiffsarzt wirkte schon eingepökelt. Sein Bart schien angeklebt und aus Kunststoff. Seine Augen waren funkelnde Knöpfe. Er roch nach Jod, wie das Meer.

Am letzten Tag regnete es, als wäre das Meer oben und unten. Das Orchester spielte Haydn. Lucy ließ ihm sagen, sie sei seekrank.

Im Zug nach Rom schien ihm, er fahre in alte Zeiten zurück. Einmal hielt der Zug in einem Laubwald. Die Bäume redeten miteinander ganz familiär. Die Vögel zwitscherten vergnügt. Er stand am offenen Fenster, der Wunder gewärtig, wie als Knabe, wenn ihn der Vater auf eine Reise mitgenommen hatte. Unwillkürlich blickte er sich um, wo sein Vater sitze. Hatte er eben die freundliche Stimme gehört? »Franz«, hatte ihm der Vater damals gesagt, »sieh dir die Welt an. Sie gehört dir, so weit du sie kennst. Hörst du, Franz?«

»Gewiß, Papa!« hatte er erwidert. Er war ein höfliches Kind gewesen und hatte die kahlen oder grünen Bäume angesehen, den Zug der Bahnhöfe oder die stehenden Wolken, die Weizenfelder in Kansas und die Negerhütten in den Südstaaten.

Die Märchen von Papa? Nichts gehört mir. Und das wenige, das man sieht, ist nicht die Welt.

Im Tonfall seines armen Vaters, der vor zweiundzwanzig Jahren umgekommen war, sagte er im sausenden Zug nach Rom: »Franz! Sieh dir die Welt an!«

Da fuhr die Welt an ihm vorüber. Er saß am offenen Fenster und spürte den Wind von Frankreich. Er sah die hohen Linden und niedern Wolken und die kleinen Leute vor den Cafés in den kleinen Städten, das war die Welt, aus einem Museum des neunzehnten Jahrhunderts. In Italien glänzten die Berge grün und blau. Zwischen den Ölbäumen weideten Schafe. Auf den Bahnhöfen schimmerten Chiantiflaschen. Die Pinien gefielen ihm und die Zypressen.

Auf der ganzen Bahnfahrt glaubte er das Meer noch zu riechen, das schrille Pfeifen der Möwen zu hören und das Schaukeln zu spüren, wenn im Mondlicht der schwimmende Himmel mit dem schwankenden Meer zusammenstieß. Dazwischen funkelten die grünen Augen Lucys und die vergoldeten Knöpfe des Schiffsarztes. Stunden hindurch wagte er nicht, zur Seite zu blicken, aus Furcht, seinen Vater zu sehn, der in einem Dutzend Berufen, in drei Ehen und seinem ganzen Leben gescheitert war, aber wenn er gerade Geld verdient hatte, unerschütterlich glaubte, das Leben besser zu kennen als irgendwer und die Menschen zu durchschaun und die Weisheit mit Löffeln gegessen und seine sieben Kinder alle zum Glück und zur Tugend erzogen zu haben; er glaubte an die Tugend, er glaubte ans Glück, er glaubte an seine Weisheit, der arme Papa; er war in Frankfurt am Main im Jahre 1885 geboren, der älteste Sohn einer nur an Kindern reichen Familie. Er war mit einundzwanzig Jahren nach Amerika gekommen. Er hatte mit sechsundzwanzig Jahren geheiratet, das erste amerikanische Mädchen, dem er in New York begegnet war. Das Jahr darauf, 1912, ward

Franz geboren, 1915 ließ der Vater sich scheiden und heiratete eine Jüdin aus Brooklyn. 1928 ließt er sich scheiden und heiratete eine zwanzigjährige schier weiße Mulattin aus Harlem. 1939 wurde er in Dachau versehentlich statt eines Juden erschlagen. Er hatte die schönsten Grundsätze und wenig Glück.

Sein ältester Sohn, Franz, oder Francis, wie er getauft wurde, war seines Vaters schärfster Kritiker gewesen. Sein Vater hatte ihm immer voller Zuversicht gesagt: »Sieh mich an! So mußt du es machen!«

»Gewiß, Papa!« hatte Franz erwidert; denn er war ein höflicher Sohn und hatte längst beschlossen, alles anders zu machen als der arme Papa. Der Vater hatte früher Oskar Pfennig geheißen. In den Staaten machte er Gebrauch vom landesüblichen Privileg, seinen Namen zu ändern, und hieß fortan Oskar Mark. »Jetzt bin ich hundertfach, was ich war«, erklärte er im Vertrauen seinem ältesten Sohn. Aber Franz hielt nichts von solcher nominellen Inflation und hätte ebenso gern Franz Pfennig geheißen.

In Rom fühlte er sich sogleich glücklich. Die Ruinen vor dem Bahnhof, Reste der antiken Stadtmauer und der Thermen des Diokletian, der Lärm der Kinder und Autos, die Blumen an den Straßenecken, die Kastanienbrater, der Geruch nach Weihrauch und Wollust und gebranntem Kaffee, die Palmen in den Hinterhöfen, die farbigen Kutten der Mönche und das sensationelle Lächeln der Römerinnen, alles machte ihn fröhlich.

Je länger er lebte, um so gewisser rechnete er mit einem ausführlichen, immer reicheren Leben, als hätte ihn erst die Gewohnheit des Lebens in dieser angenehmen Welt sicher gemacht.

In jungen Jahren stieß er an allen Ecken an den Tod, vor lauter Grauen lachte er bloß und schob alle weitausschauenden Pläne beiseite. Nun bekam er Lust, ein anderes Leben zu beginnen und seelenruhig noch mit zwanzig, dreißig Jahren zu rechnen. Er hatte nichts zu verlieren außer einer angenehmen Illusion.

Er war kaum einige Stunden in Rom, hatte im Badezimmer Figaros erste Arie gesungen, im Spiegel sich selber freundlich willkommen geheißen und in der Hotelhalle einen Espresso getrunken, als eine vielköpfige Familie in geschlossenem Haufen gegen ihn vorrückte, wie wenn sie ihn überrennen wollte. Schon umzingelten sie ihn, überschütteten ihn mit einem Schwall von Ausrufen und Koseworten, duzten ihn ohne Ausnahme und legten Hand an ihn, ungeachtet ihres Geschlechts oder Alters. Der Sprache und dem Aussehn nach waren sie Italiener. Also konnten sie nicht zu seiner Familie gehören, die er in Deutschland aufsuchen wollte, um vielleicht einen Neffen oder eine Nichte nach Amerika mitzunehmen.

Ein Mann mit Bauch und schwarzem Vollbart faßte ihn derb an beiden Ohren und küßte ihn genußsüchtig auf die linke und zum Überfluß auch auf die rechte Wange, atmete ihm den abgestandenen Geruch eines Mittagsmahls samt Zigarre ins Gesicht, kniff ein Auge schelmisch zu und rief mit Stentorstimme: »Wir haben Geheimnisse auszutauschen, Alfredo!«

Vielleicht hätte er sie sogleich dem amerikanischen Professor in die Ohren gedonnert, wenn nicht zwei Damen den Dicken mit gewandter Gewalt weggerollt hätten, um den armen Franz unter sich aufzuteilen. Beide umfaßten ihn so zärtlich und drückten ihre halbbloßen Busen und geschmeidigen Beine so prall gegen ihn, daß er sich wie im Bett fühlte. Sie versetzten ihm einen Haufen feuchter Küsse, die ihn wie ein tropischer Regen trafen. Kichernd sprachen sie mit unbegreiflicher Geschwindigkeit auf ihn ein, riefen: »Liebster

Onkel Alfred!« und beschworen ihn flüsternd, nichts zu versprechen, bevor nicht jede unter vier Augen mit ihm geredet habe. Die leckeren Damen sahen wie Zwillinge aus, nur schien die eine doppelt so rasch gealtert. Füße, Hände und Busen, die Stimmen, die Beine, das Lächeln waren wie Fotokopien.

Schon wurden beide fortgedrängt von Halbwüchsigen, die ihn wie einen Baum zu ersteigen versuchten, Buben mit gesträubten Haaren und Augen, die ihn mitten in der Kletterpartie wie einen Baseball einander zuschoben, und schüchterne Mädchen mit schlecht verhehltem Feuer, die sich mit kleinen Brüsten an ihn schmiegten, indes sie einander strategische oder taktische Befehle zuflüsterten, kichernd und keuchend.

Alle versicherten ihn in allen Stimmlagen ihrer Liebe. Alle schienen von ihm etwas zu erwarten, einen Eiskaffee, die Ehe, die Erbschaft.

»Ich bin entzückt«, rief Franz in seinem besten Italienisch, »aber wer bin ich denn, um ...«

»Unser Onkel aus Amerika«, rief die Familie mit einer Stimme, *»lo zio* Alfredo!«

Franz, meist ein Skeptiker, war diesmal seiner Sache sicher.

»Ein Irrtum, liebe fremde Familie. Ein Onkel aus Amerika bin ich, aber nicht der Ihre. Ich heiße Franz und habe keine Familie in Rom. Sicher wartet schon im Hotel der wahre *zio* Alfredo! Merken Sie nicht an meinem Akzent, daß ich kein Italiener bin?«

Die Familie lachte schallend. So was hatten sie schon vernommen. Ihr Onkel Alfredo war ein Schelm. Er trug Masken, spielte Rollen. Mit Freuden wollten sie ihn alle Onkel Franz heißen! Warum nicht? »Lieber Onkel Franz! Bester Franz!«

»Es tut mir leid«, sagte Franz eingeschüchtert.

»Man hat uns vorbereitet«, erklärten die beiden ähnlichen Damen, und die jüngere sagte, sie heiße Rosalba und Boni, wie Onkel Alfredo.

»Ich bin Professor Francis Mark«, sagte er und sah erschrocken, daß ihm keiner glaubte. Rosalba zog ihn beiseite, die Familie ließ es zu, da soeben ein Streit begonnen hatte, wer den Onkel entführen dürfe. Man diskutierte mit Geschrei den Vorrang der Verwandtschaft und der Verdienste.

Mark fühlte nicht die Kraft, diese fremde Familie wegzuschieben, die wie ein Polyp mit dreißig Armen und Beinen ihn umschlang. Schon ließ er sich von dieser appetitlichen Person zu einem Sofa und in die Aufregungen eines schrankenlosen Familienlebens drängen, indes diese aufreizende junge Person so ungeniert sich anbot, zum Tasten, Fühlen, Hören, Sehen und Schmecken, daß ihm schier alle fünf Sinne vergingen. Sie hatte so runde Knie, so sinnliche Beine, so lachende Augen, einen so offenen Busen, solch einladendes Lächeln und so faßliche Hände, die ihm ungeniert ins Gesicht griffen. Um ihm ins Ohr zu flüstern, mußte sie sich mit dem ganzen Körper an ihn pressen. Sie verriet ihm, andere Familienmitglieder hätten ihnen aus Amerika geschrieben, Onkel Alfredo liebe Verkleidungsszenen und *practical jokes*, sie sollten sich auf alles gefaßt machen. Der Onkel konnte als Kellner verkleidet ihnen den Espresso bringen oder als Barfüßermönch ihnen die letzten Worte des angeblich auf hoher See ertrunkenen Onkel Alfredo mitteilen.

Es sei unwahrscheinlich, daß Onkel Alfredo ihnen als Onkel Alfredo entgegentreten werde. Darum war keiner von seiner spärlichen Verkleidung überrascht. Alle wollten ihn kapern. Und besitze er wirklich zwei oder fünf Millionen Dollar? »Und willst du nicht endlich heiraten? Ich bin im Mai einundzwanzig. Bin ich dir zu alt? Du bist Mitte Dreißig.«

»Achtundvierzig«, erklärte Franz.

Rosalba lachte munter. Sie sprach so nahe seinem Ohr, daß ihr Hauch ihn kitzelte, ihre Lippen ihn berührten. Sie schlang ihre Arme um ihn und blickte ihm aus solcher Nähe ins Gesicht, als suche sie ein Stäubchen oder den Himmel in seinem Auge.

Kosend erklärte sie, als erwarte sie keinen Widerspruch: »Wir reisen. Ich koche. Du liebst mich. Ich spüre es am Griff deiner Hände, an deinem Blick. Ich mache dich glücklich, du machst mir Kinder, viele, viele. Die andern? Wir lachen über alle. Auch Mama will dich kapern! Sie ist schon alt, dreiundvierzig und gibt nur siebenunddreißig zu.«

Da die Familie in immer engerem Halbkreis die beiden einschloß, hielt es Professor Mark für geboten, ehe ältere Familienmitglieder ihn zu erobern sich anschickten, Rosalbas Küsse zu erwidern. Er küßte mit erstaunlichem Genuß, trotz der glotzenden Familie und der amüsierten Hotelgäste, Rosalba auf Wangen und die Lippen, die sie ihm durch ebenso geschwinde wie reizende Bewegungen halb anbot, halb entzog.

Die Kellner hatten Sessel herbeigerollt. Schon saß die fremde Familie wie um ihren Stammeskönig herum. Schon schlürften sie Kaffee, Wermut, Eisgetränke und geträumte Dollars.

Das Sofa bot Platz für drei. Nach einem knappen Zerren und Stoßen zwischen der Mutter Rosalbas und dem Dicken siegte dieser und löste Mark aus der Umschlingung Rosalbas. Falsche Rücksichten seien nicht am Platz, erklärte er mit dröhnender Stimme. Alle verehrten das Wunder der Familie. Und alles aus eigener Kraft, auf verschlungenen Pfaden, natürlich. Der gerade Weg führe kaum zu Brot und

Wein, vielleicht sonntags ein Huhn, wenn einer Glück habe. Aber seine Taten habe man in den Zeitungen gelesen. In seinem Gesicht stehe freilich nichts davon, der Kampf bis aufs Messer und Leichen auf dem Weg zum Gipfel. Im Gegenteil sehe er wie ein lieber alter Lehrer im Kindergarten aus. »Auch mir«, sagte der Dicke und lachte schmetternd, »sieht man nichts an. Nur das Gewissen zeichnet seine Spuren, es ist ein Luxus. Wir haben kein Gewissen nötig. Wer hat heute nicht getötet? Das gehört zur Tagespolitik. Gewissen zeigt man im Beichtstuhl.«

»Die Columbia Universität in New York, wo ich lehre, ist kein Kindergarten«, erklärte Franz Mark. Er war mehr amüsiert als gekränkt. »Ich las im letzten Semester über Lessing und Heine. In Amerika machen wir unsere Politik mit dem Stimmzettel, ohne das Blut unserer Parteigegner zu vergießen.«

Die Familie lachte pflichtschuldig. Sie hatte genug der Verstellung und wäre lieber zum Ernst des Lebens übergegangen. Es ging um Geld. Jeder hatte seinen Plan, um den reichen Onkel zu plündern. Rosalba schlang unversehens wieder den Arm um ihn und gab ihm auf Vorrat Küsse. »Hast du wirklich zwei Konkurrenten in den Selbstmord getrieben?« fragte sie, mit allen Sinnen begierig auf blutige Details. Der Verwandte auf dem Sofa hob entsetzt die fleischigen Arme. »Solche Fragen stellt man nicht!« rief er dröhnend. »Diskretion!« brüllte er durch die Hotelhalle. »Sonst hießen wir alle Verbrecher.«

Das ganze Hotel schien einverstanden, da seine Lautstärke neue Details versprach.

Eines der halbwüchsigen Mädchen rief: »Papa! Es stand in der Zeitung!«

»Was Zeitungen schreiben!« erwiderte verächtlich der Dicke, ein Kenner der Welt.

»Wahr ist es doch!« versicherte die Halbwüchsige, voller Leidenschaft für Fakten. »Der *Messagero* hat den lieben Onkel einen Gangster genannt, der Italien Schande mache, im Gegensatz zu Fermi und Toscanini. Stimmt's, Onkel Alfredo?«

»Journalisten urteilen strenger als ihre Leser«, erwiderte freundlich der Professor Mark. »Euer Onkel ist vielleicht der Herr drüben, der die *Herald Tribune* liest.«

Die Familie lachte gequält, doch verglichen sie den Herrn drüben mit dem Herrn hüben, nun schien der neue Gast familiär. Die Nase, die Hände, der kanariengelbe Tropenanzug, der Strohhut mit riesiger Krempe, die handgemalte Krawatte mit einem weiblichen Engel, der Stock mit Goldgriff, die Glacéhandschuhe, war das ihr Onkel?

Er trug den Strohhut im Nacken, so sah man die gewaltige Stirn, gebuckelt, zerfurcht, die zu kleine Nase, den Mund voll goldner Zähne, das winzige Kinn und die Arme eines Gorillas. Alle hörten seine mädchenhaft hohe Stimme, wie er pausenlos einen Whisky mit Soda nach dem andern bestellte.

Trinkend musterte er die ausgebreitete Familie, die um Professor Mark geschart war. Er sprach mit sich selber und starrte die Familie an, bis der Dickbäuchige diesen Mark nochmals musterte und den bunten Herrn gegenüber, und mit einem Ruck sich erhob, durch die Halle ging und dem bunten Herrn ohne Umstände ins Ohr flüsterte, worauf dieser den Kellner rief und zwölf Whisky bestellte, elf mit Soda, sodann sich erhob, den Dickbauch umarmte und auf beide Wangen küßte, um ihn dann gleichsam durch die Halle zurückzurollen, mit zärtlichen Püffen und gelinden Stößen, worauf beide vor der erwartungsschweren Familie stehenblieben und einer den andern vorzuschieben versuchte.

Schon gab die Familie den Professor Mark preis. Francis war erlöst und kam sich ein wenig vernachlässigt vor. War es nicht besser, aus Versehen geliebt zu werden, als gar nicht? Wegen so eines Popanzes ließ man ihn sitzen? Da umringten sie im Getümmel seinen bunten Landsmann. Mark fühlte Mitleid mit ihnen. Wie unglücklich mußten sie sein, um so dem Glück nachzurennen. Zufrieden erkannte Franz, er war aus besserem Stoff.

Francis, der Sohn eines Mannes mit einem Dutzend Berufen, in New York geboren, in Paris erzogen, in Berlin akademisch gebildet, hatte schon vor der Abfahrt gewußt, er gehe gefährlichen Abenteuern entgegen. Manchmal fühlte er morgens, sein Leben sei eine Sammlung diffuser Schicksale gewesen, und abends, er habe kaum zu leben begonnen. Morgens zählte er seine Erfolge und abends die Niederlagen. Er gehörte zu jenen wenigen Menschen, die Weltkriege, Revolutionen, das allgemeine Schicksal für Teile ihres privaten Lebens halten.

Nach der ersten Nacht in Rom konnte er nicht durch die Straßen gehn, ohne zu trällern, ein Harzer Roller auf Reisen. Am liebsten hätte er sich auf die Schulter geklopft wie einem wiedergefundenen Freund. Er fühlte sich so gesund, so stark. Begeistert betrachtete er die alten Steine und jungen Mädchen, und er sah sich wie in zwei Zerrspiegeln, jung wie diese und alt wie jene. Vielleicht sollte er wirklich in Europa heiraten?

Am Tage vor seiner Abfahrt hatte er in der Fifth Avenue einen Kollegen von der Columbia Universität getroffen, George Anderson, einen Spezialisten für Romantik. Nach einer Woche mit Schneestürmen war es ein blauer Tag gewesen, ein Herold des Frühlings. Die beiden Professoren tranken einen Schnaps in der Bar des Hotels *Plaza*. Dann gingen sie die Fifth Avenue hinauf, und die Sonne ging unter. George und Francis waren stehngeblieben, die Sonne setzte sinkend den Himmel in Brand, illuminierte die Wolkenkratzer von Central Park South und der Fifth Avenue und belebte die hungrigen Äste der Bäume im Central Park. Anderson hob den Zeigefinger dem Kollegen vor die Nase. »Mein lieber Franz, ich muß Sie warnen. Für mich war der fünfzigste Geburtstag ein Schock. Bald legte ich mich fünfmal wöchentlich auf die Couch meines Psychoanalytikers. Ich assoziierte, ich träumte wie nie, ich lebte im Traum, ich träumte von einem besseren Leben. Mein Psychoanalytiker hat die Übertragung gewissenhaft disputiert, mich kuriert, meinen Fall publiziert und heiratet mich. Es ist eine Frau von vierzig Jahren, M. D. ... Sie erklärt mir alles, sogar die Romantiker. Sie sagt, sie kennt mich. Ich werde sie nicht enttäuschen. Sie verdient zehnmal mehr als ich. Sie liebt mich und brennt darauf, mir näherzukommen. Sie sagt: Es wird eine glückliche Ehe. Ich weiß nichts von ihr. Sie freut sich auf die Bekanntschaft mit Ihnen, lieber Francis; Lizzy kennt Sie aus meinen Träumen. Sie würden es nicht glauben, welche Rolle Sie in meinen Träumen spielten. Tun Sie etwas gegen Ihr schleichendes Alter! Ich war voriges Jahr drei Wochen in Europa. Das ist nicht mehr die Heimat der Vernunft! Schreiben Sie ein Buch! Besser noch, heiraten Sie! Lizzy sagt, die Ehe macht glücklich, insbesondere Gelehrte. In unserer Wohnung wird es keine Couch geben, nur Betten. Heiraten Sie, *my dear* Francis, eine junge Europäerin, und machen Sie ihr Kinder! Ein Gelehrter, sagt mein Analytiker, braucht Kinder.«

Die Kollegen standen vor dem Metropolitan Museum und schüttelten einander die Hände. Mark blickte dem andern nach. Hätte er nicht den armen Anderson warnen müssen, statt Andersons Warnung anzuhören?

Bei einem Sturzregen schiffte sich Mark in New York ein.

Munter kam er in London an, wo es regnete, vergnügt in Paris, wo es regnete; er fühlte sich in Rom so behaglich wie nie, obgleich es regnete.

Er war in einem Hotel nahe der Via Veneto abgestiegen und blickte von seinem Zimmer auf die nebelfeuchten Bäume der Villa Borghese. Der römische Winter war so überraschend feucht gewesen, daß eine Zeitung an ähnliche Regenfälle im 6. Jahrhundert nach Christi Geburt erinnerte. Kaum schien die Sonne am nächsten Tag, da zeigte es sich, daß Blumen und Bäume um die Wette blühten. Francis war von der Ungeduld dieser zarten Existenzen gerührt, die lieber blühten und starben, als einen Tag länger zu warten.

Mittags traf Francis auf der Terrasse des Restaurants *Valadier* die Middleways. Er genoß das strahlende Licht der Sonne, angeregt vom kalten Atem der Tramontana. Zwischen den Gängen einer Mahlzeit, die ihm zu üppig schien, las er Gedichte von Leopardi und blickte auf die Kuppel der Peterskirche. Er mischte Genüsse, um sie zu prüfen.

Als Student hatte Mark für ein Genie gegolten. Er hatte 1932 in Berlin in der Uhlandstraße nahe dem Kurfürstendamm gewohnt. Mit einem deutschen Kleinwagen, den ihm sein Vater zu seinem zwanzigsten Geburtstag geschenkt hatte, war er jeden Vormittag in die Universität und jeden Nachmittag an die Seen gefahren, wo er in kleinen Restaurants bei Kaffee, Apfelkuchen und Schlagsahne ein Drama über Hannibal geschrieben hatte. Er sah den Untergang eines neuen Karthago voraus, wußte aber nicht, ging es um Berlin, Moskau, Paris oder New York. Das Manuskript lag noch dreißig Jahre später in seiner New Yorker Wohnung am Riverside Drive.

Spielend machte Francis in Berlin seinen Doktor der Philosophie, ging zur Harvard Universität und wurde früh ein Professor an der New Yorker Universität für vergleichende

Literatur. Er hatte einige Bücher veröffentlicht, dreimal beinahe geheiratet, in Italien am Weltkrieg, in Japan an der Okkupation teilgenommen. Mehrere seiner Lieblingsschüler hatten bereits bessere Lehrstühle als er, und einer kandidierte schon für den Nobelpreis, ein andrer hatte sich schon zu Tode getrunken. Amerika war voll von seinen Schülern, die wieder tausend Schüler hatten.

Seine Schüler, die zufällig zusammentrafen, ohne zu wissen, daß sie Professor Marks Schüler waren, sagten, daß sie einander beim zehnten Wort erkannten, noch ehe sie von Literatur oder gar der Romantik zu sprechen begonnen hatten. Professor Mark war stolz darauf. Schier jeder Mensch kann Menschen machen, erläuterte er. Aber das einzige eines Menschen würdige Geschäft sei die Erziehung der Menschheit. Manchmal freilich hatte Professor Mark den Verdacht, gerade seine klügsten Studenten, seine Lieblinge, lachten ihn aus. Übereinstimmend versicherte ihm jeder und jede, als hätten sie es heimlich abgesprochen, er sei der beste Mensch auf der Welt.

»Ich kenne mich besser«, entgegnete prompt Professor Mark.

Da blickte er nun auf die Kuppel der Peterskirche, trank seinen Kaffee und dachte, er sei in der Tat ein brillanter junger Mensch gewesen. Vielleicht hätte ihn eine ehrgeizige Frau weitergebracht?

Ihm fiel Silvia ein, seine erste Liebe. Er blickte sich unruhig um. Da saß sie, zwei Tische von ihm entfernt, in einer Horde lachender Amerikaner. Hatte er ihre Stimme vernommen und war dadurch an sie erinnert worden? Da saß sie, immer noch hübsch, in ihren mittleren Jahren, selbstbewußt und elegant, die Gattin von Joseph H. Middleway, und wäre beinahe Mrs. Francis B. Mark geworden, B. für Byron.

Schon hatte ihn Joseph H. Middleway entdeckt, schon stand Franz Mark im Haufen.

»*Hello*, Francis!«

Silvia bot ihm die Wange zum Kuß. Mr. Harry Stone. Mrs. Whitehead. Mr. William Page. Mrs. Stone. Mr. Whitehead. Professor Francis Mark. *Howdoyoudo. Howdoyoudo.* Mark mußte sich zu ihnen setzen.

Silvia flirtete mit diesem Page. Von Zeit zu Zeit warf sie Franz einen Blick zu. Jedesmal verschwand ihr Lächeln, als sei es aufgemalt gewesen. Jeder neue Blick schien ein Hilferuf. Silvia sah nicht glücklich aus.

Harry Stone war ein erfolgreicher Fotograf; auf Zureden erinnerte sich Franz Mark an Fotos von Stone. Stone, hager, mit Glatze, einem Schnurrbart und kaum mehr als dreißig Jahren, war auf der Hochzeitsreise. Seine Frau erklärte Mark ungefragt: »Ich bin sieben Jahre jünger als Stone und kenne ihn seit siebzehn Jahren; bei der ersten Bekanntschaft habe ich ihm versprochen, ihn zu heiraten. Er hat sich natürlich gewehrt. Ich war ein Kind. Kein Mann heiratet, wenn man ihn nicht dafür bezahlt. Mein Harry ist ein Danton, *L'Incorruptible.*« Sie meinte Robespierre, sie gefiel Mark trotzdem. Sie hatte das vergnügte Gesicht einer frechen Fünfzehnjährigen und den runden Busen einer jungen Stammesmutter, den sie allen Blicken preisgab.

Sie erzählte: »Meine Mutter war Russin und nannte mich Mascha. Mein Vater hieß mich Diana, er ist Ire, aber weder New Yorker Schutzmann noch Londoner Humorist, weder rothaarig noch witzig. Er trinkt keinen Whisky, geht regelmäßig zur Beichte und ist Kunsthändler. Harry Stone war einer unserer Kunden. Wir spielten Verstecken in Daddys Laden. Ich vergoß bittere Tränen, wenn er mich nicht fand. Er küßte mich, als ich zu groß wurde, um mich zu verstecken, auf dem Weg zur Highschool und als ich vom College heimkam. Einmal hat er mich nackt fotografiert. Da weinte ich bitterlich, weil nichts geschah. Keines der Fotos gelang. Jetzt habe ich ihn und habe es ihm gesagt, sobald wir zur Kirche hinausgegangen sind, aus der Little Church in der Fifth Avenue. Harry, sagte ich: Das gilt fürs Leben. Ich glaube nicht an Scheidung. Er drückte mir die Hand und wurde blaß, mein Stone. Ich habe ihm vor der Kirchtür verraten, daß ich nichts im Kopf habe, als *einen* Mann auf Erden glücklich zu machen, meinen Stone, und er wird glücklich, wenn es sein muß, mit Gewalt.«

Harry Stone lächelte wehmütig, er schien noch nicht so glücklich zu sein, wie seine Frau ihn wollte.

Herr Middleway sagte anerkennend: »Diana Stone hat nie etwas verhehlt.« Er blickte voll Appetit auf ihren Busen. Jeder Mann blickte auf ihren Busen, die Herren am Tisch und die Herren an den anderen Tischen, mit Wohlgefallen oder Abneigung, die barbarische Schaustellung hatte einen faszinierenden Charakter.

Middleway, ein Verlagsdirektor, um zwei Jahre jünger als seine Frau, sah wie ihr Onkel aus. Er hatte in den letzten Jahren öfter seine Stellungen gewechselt, als es dem Ruf eines andern nützlich gewesen wäre. Aber ihm nützten seine Schwächen. Er hatte mit einundvierzig Jahren weiße Haare; seine dicke fröhliche Nase war röter, als es seinem mäßigen Alkoholverbrauch entsprach; seine blauen Augen schienen tiefsinnig oder schläfrig; seine Stirn war zu hoch, seine Lippen waren zu dünn, sein Kinn war zu weich. Er war einen Kopf kleiner als seine Frau, die so groß wie Franz Mark war. Dabei hatte er eine hübsche wendige Figur, seine Freunde behaupteten, Middleway habe auch bei den Frauen Erfolg. Er war rücksichtslos im Beruf, hatte aber die Manieren und Redeweise eines weltfremden Autors. Seine Autoren traten auf, als hätten sie ihre Jugend in der Wallstreet verbracht und seien im Privatleben Gangster. Middleway akzeptierte mit onkelhafter Zärtlichkeit ihre scharfen Geschäftsgrundsätze und legte sie alle herein. Seine klügern Autoren gewahrten es und hingen doch an ihm. Einige gingen mit ihm von Verlag zu Verlag, als könnten sie nicht mehr Bücher schreiben, ohne die Aussicht, von ihm ausgenommen zu werden.

Silvia und Middleway waren seit zwanzig Jahren verheiratet, er war ihr erster Mann, sie war seine zweite Frau. Sie hatten zwei Kinder zusammen, zwei blonde Mädchen, die vergeblich ihre Eltern baten, sie zum Psychoanalytiker zu senden. Sie sprachen zu aller Welt von Komplexen und Phobien. »In unserer Familie«, sagten sie stolz, »ist man neurotisch.«

2

Franz Mark hatte einige Jahre hindurch Herrn Middleway in Clubs und Bars getroffen. Einmal hatten sie an einem heißen Tag im Juni im Harvard Club zusammen gegessen und waren in eine politische Diskussion über die Deutschen geraten. Middleway vermutete, er habe seine wahre Meinung noch nicht ganz klargemacht. Kurzerhand lud er Professor Mark ein, zum Wochenende nach Freeport auf Long Island hinauszufahren, wo Middleway ein Sommerhaus von seinen Eltern geerbt hatte. Middleway holte ihn drei Stunden später ab und fuhr ihn in seinem Wagen hinaus.

Das Landhaus stand am Rand von Freeport, ein paar hundert Meter vom Meer entfernt. Im Vorgarten kamen sie gerade zurecht, wie ein junges Paar an die Tür klopfte, das Mädchen und der Mann sahen wie Maler aus Greenwich Village aus, jener mißglückten New Yorker Imitation des Montparnasse. Das Paar kam unangesagt. Das Mädchen schien wie absichtlich verwildert, aber trotzdem einnehmend. Als das schokoladenbraune Dienstmädchen erklärte, Frau Middleway sei am Strand, ließ Middleway das junge Paar in der Halle und brachte Franz Mark in ein Gastzimmer im ersten Stock. Er lud ihn ein, seine Badehose anzuziehen und an den Strand zu gehn, wo er Frau Middleway schon finden werde. Das junge Paar sei harmlos, er schreibe, sie studiere Medizin, eine Kusine einer Kusine seiner Frau. Unangesagte Gäste seien Pfeffer und Salz der Sommerhäuser.

Franz packte sein Wochenendköfferchen aus, entkleidete

und wusch sich, zog die Badehose an, stellte sich für eine Minute ans offene Fenster, der Wind blies vom Meer, salzig, unruhig und mit einer leisen Gewalt. Nach dem Vorgarten begann schon der Sand, ein wenig Gras zog sich streifenweise hin, ein paar Gänseblumen oder Löwenzahn blühten hoffnungsvoll dazwischen.

Franz ging rasch die Treppe hinunter, durch den Vorgarten zum Strand. Der Wind, heftiger als er gedacht hatte, wirbelte ihm Sand in die Augen. Er kam halb geblendet zum Strand und sah eine große, sehr schön gewachsene Frau in einem Bikini-Badeanzug, der so gut wie nichts von ihr verhüllte. Sie reichte ihm die Hand, die kühl war, und sagte: »Willkommen an unserm Ozean.«

Er lächelte, schüttelte ihr die Hand und sah verwirrt an sich herunter, um angesichts der Entblößung dieser fremden Frau nachzuprüfen, ob er nicht seine Badehose vergessen habe.

Er genierte sich einen Augenblick, ihr ins Gesicht zu sehen, als wäre da ihre wahrhaft nackte Stelle, der Ort ihrer Scham, und in der Tat hatte er am untern Rand ihres Badeanzuges einen Büschel blonder Haare gesehen, der ihm die Impression einer verhüllenden Vorsorge der Natur gegeben hatte.

Als er ihr endlich ins Gesicht sah, das sie ihm ganz nahe entgegenhielt, gewahrte er, zu seiner Überraschung, Tränen in ihren Augen, und ihr Gesicht kam ihm bekannt vor. Aber das geschah ihm häufig mit Menschen. Er wußte nicht, ob ihr Gesicht hübsch war oder nicht, aber es hatte für ihn auf den ersten Blick etwas Anziehendes, ja Aufregendes, was durch den vagen Eindruck des Vertrauten noch verstärkt wurde. Sie hatte eine offene Stirn und blonde Löckchen, die ihr der Wind ins Gesicht wehte, kleine, helle, gescheite Augen, eine kluge derbe Nase und einen schönen Mund voll prächtiger Zähne, die geradezu Appetit machten. Die blassen ungefärbten Lippen zitterten wie zwischen Weinen und Lachen. Das weckte mit einem Mal eine gewisse Erinnerung in ihm. Da sagte sie: »Du bist es also, Franz!« Nun erinnerte er sich an ihre Stimme, und sie sagte: »Ich bin es, Silvia.«

Da erkannte er sie erst, Silvia Methuen. Ihr Gesicht hatte sich in den zwölf Jahren geändert, aber nach jedem neuen Blick kam sie ihm immer ähnlicher jener vergangenen Silvia in Berlin und in Paris vor.

»Wenn ich gewußt hätte, daß du Mrs. Middleway bist, so wäre ich nicht gekommen.«

Er sah ihren Blick und verbesserte sich: »Nicht, ohne dich vorher zu fragen.«

»Du bist willkommen«, sagte sie. »Joseph sagte schon am Telefon, er bringe Professor Mark fürs Wochenende, nur wußte er deinen Vornamen nicht genau, George oder Henry, sagte er, oder Francis. Den ganzen Nachmittag sagte ich mir vor, wie einen Refrain: George oder Henry. Oder Francis. George oder Henry ... oder ... Francis. Hast du vergessen, daß du in Berlin mich hast heiraten wollen? Ich wollte dich erst ausprobieren. Aber das wolltest du nicht ... erst als es zu spät schien ... du warst ein Moralist.«

Sie strich die Haare aus der Stirn und sagte: »Joseph und ich sind schon fünf Jahre verheiratet. Alle Leute sagen, er sei brillant. Er wird es weit bringen. Und du bist ein Professor? Ich weiß ziemlich viel von dir. Ich schwatze und frage dich gar nicht: Willst du lieber ins Haus gehn und etwas trinken? Oder schwimmen?«

Sie ging neben ihm ins Meer. Indes er nach zwei Schritten im kalten Wasser stehenblieb und sich bückte und mit den Händen Wasser schöpfte und über seine Brust und Schultern goß und seine Achselhöhlen und den Bauch abkühlte, schwamm sie bereits mit sichern langen Stößen und legte sich auf den Rücken und ließ sich von den Wellen schaukeln. Er schwamm zu ihr, sie sagte etwas, er antwortete und kehrte ziemlich rasch an den Strand zurück, wo er sich auf den Sand legte.

Bald kam Frau Middleway. Sie bot ihm ihr Handtuch an, aber die Sonne und der Wind hatten ihn schon getrocknet. Sie trocknete sich sorgfältig, salbte sich ein, erbot sich, auch ihn zu salben, insbesondere Stirn, Nase, Schulterblätter, Arme und Beine, machte sich sogleich eifrig ans Werk, und er errötete.

Dann legte sie sich schweigend auf den Bauch. Die Sonne ging schon tiefer und warf einen rötlichen Schein auf ihre gebräunte gesunde Haut. Auf ihren langen Beinen flirrte ein blonder Flaum. Sie lag mit geschlossenen Augen ruhig atmend da, indes er, auf den Ellbogen gestützt, ihre Rückseite und ihr Profil betrachtete.

Zwei Hunde kamen kläffend und jagten einander. Von ferne hörte man die Rufe von Kindern und das Hupen von Autos. Über ihnen schwebten Möwen, die schrien. Eine kleine Wolke stand sehr hoch über ihnen. Die Wellen stießen härter an den Strand.

Im Sommer 1932 hatte Franz auf einem Waldweg an einem der Seen bei Berlin ein junges Mädchen getroffen, das auf einer Bank saß und schluchzte. Als er vorbeikam, machte sie keine Anstalt, ihre Tränen zu verbergen, und als er unschlüssig stehnblieb und wartete, ob sie ihm nicht eine Erklärung geben, ihn um eine Auskunft oder Hilfe bitten würde, fragte sie unwirsch: »Wollen Sie was?«

»Sie weinen«, erwiderte Franz verlegen.

»Das weiß ich selber«, antwortete das Mädchen und zog ihr rotseidenes Röckchen über die Knie.

Jetzt erst gewahrte Franz, daß das Mädchen zwar sehr gut

angezogen war, aber nicht ganz ordentlich, wie es schien. An ihrem weißen Blüschen war ein Knopf abgerissen, ihre wildledernen Schuhe waren beschmutzt, sie trug nur einen Handschuh, hatte kein Handtäschchen bei sich, ihre Haare, von einem sehr hübschen weichen, seidigen Blond schienen ordentlich zerrauft, als hätte sie jemand an den Haaren gezogen.

»Wer sind Sie überhaupt?« fragte das Mädchen.

»Ein Landsmann von Ihnen«, sagte er lächelnd. »Ich höre es an Ihrer Aussprache.«

Sie erschien ihm nun sehr anziehend. Sie war so groß wie er selber. Sie sah sich nach der Bank um, als müßte da noch etwas liegen, schüttelte den Kopf, wobei ein hurtiges Lächeln kam und schwand, indes die Lippen nachzitterten, wie unentschlossen, ob es zu weinen oder zu lachen gelte, worauf sie unvermutet mit raschen Schritten fortging.

Franz folgte ihr und brachte sie durch einige kindische Bemerkungen zum Lachen und zum Sprechen, worauf sie in eine vergnügte Unterhaltung gerieten und in einem Waldkaffeehaus bei vielen Portionen Apfeltorte mit Schlagsahne und heißer Schokolade Freunde wurden.

Sie war die Tochter eines amerikanischen Konsulatsbeamten und studierte an der Berliner Universität Kunstgeschichte und italienische Sprache. Franz brachte sie in seinem Auto nach Berlin und ging mit ihr am selben Abend zu einer Aufführung von Shakespeares *Sommernachtstraum*, im Theater von Max Reinhardt. Sie trafen sich die nächsten fünf Wochen erst täglich, dann zweimal und dreimal täglich, schließlich frühstückten sie zusammen und blieben zusammen vom frühen Morgen bis spät in die Nacht, wenn er sie heimbrachte. Zuweilen folgte er ihrer Aufforderung, noch in ihrer Studentenbude (sie wohnte nicht mit ihrem Vater, einem Witwer, der zuviel trank) eine Orange zu essen, zuweilen kochte sie ihm noch auf einem Spirituskocher einen Tee und zwei Eier im Glas, und sie aßen Butterbrote um zwei Uhr und drei Uhr morgens, oder sie gingen noch zum Kurfürstendamm und tranken im *Café Wien* oder *Dobrin* eine heiße Schokolade und sprachen über Nietzsche und Thoreau, Picasso und Proust, über ihre deutschen Kommilitonen und die Weltrevolution, über das Recht zur Abtreibung und die Kameradschaftsehe, aber nie über ihre Liebe oder künftige Ehe. Übrigens fragte er nie, warum sie damals im Walde geweint hatte, und sie sagte es nie.

Silvia traf viele Anstalten, ihn zu verführen, und legte ihm lauter Fallen; sie trug durchsichtige Schlafröcke, kämmte sich mit größter Sorgfalt oder gar nicht, verschob ihren Rock und zeigte ihm die nackten Oberschenkel, den halben Busen und was noch. Ihm schien es zu gefallen, aber er legte nicht Hand an. Doch hielten es ihre Bekannten für ausgemacht, daß sie ein Paar seien und bleiben würden.

Silvia wußte, daß er sie liebte. Sie begriff nicht, warum er sie nie auszog. Sie sprachen nie von ihrer Heirat, aber sie machten gemeinsame Pläne für fünfzig Jahre.

Silvia war täglich mehr verliebt in ihren Franz und wurde nervös und ironisch.

Die Stadt Berlin schwamm wie ein Segelschiff im prallen Wind der Zeit. Der Wind blies abwechselnd vom Osten und vom Westen. Der Erste Weltkrieg hatte eine scheinbar vernünftige Epoche eines gemäßigten Pessimismus und des gesicherten Unrechts beendet. Der technische Fortschritt beschattete die künstlerischen und literarischen Unruhen. Einige Gruppen der zivilisierten Menschheit wurden vor lauter sattem Wohlstand schwermütig, vor lauter Gesundheit krank. Sie mißbrauchten ihre schönen Empfindungen und Entdeckungen zu unerfreulichen Zwecken.

Im neunzehnten Jahrhundert hatten die Europäer ihre alten Götter begraben. Im zwanzigsten Jahrhundert schufen sie neue Götzen. In Ehren ergraute Rationalisten zelebrierten einen mystagogischen Irrealismus. Skeptiker wurden orthodox, Revolutionäre konservativ. Der Export und der Ehebruch blühten. Die Promiskuität gedieh im Geist und im Fleisch. Man schlief mit der Frau des andern, man schrieb mit der Feder des andern, des andern Ideen, jeder predigte dem andern Religion, Moral oder eine Partei. Die Immoralisten glaubten so fromm fanatisch an die Immoral wie die Moralisten an ihre jeweilige Moral. Es schien nur Sektenmitglieder, nur noch Religionsanhänger, nur Parteigenossen, nur noch Konvertiten zu geben.

Die Nordamerikaner entdeckten die Wonnen einer jungen Weltherrschaft, die Sowjetrussen die Wonnen einer siegreichen Weltrevolution, und die Berliner schaukelten zwischen New York und Moskau und sahn vor lauter sexueller Freiheit nicht, daß sie ihre politische Freiheit täglich mehr verloren. Die oberen Zehntausend von Berlin schwammen wie Kork auf den Wogen von einem Dutzend Zeitströmungen zugleich, die nächsten Hunderttausend schaukelten mit, ohne den Zusammenhang zu begreifen, und eine Million war in Unruhe. Die andern drei Millionen lebten fort, wie ihre Väter gelebt hatten, in Unwissenheit und Armut, um fünfzig bis hundert Jahre verspätet.

Da Franz und Silvia jung und naiv waren, nahmen sie den Taumel ernst, wie eine neue Religion. Die inflationelle Moral, die schwankenden geistigen Valuten nahmen sie für bare Münze. Sie verspeisten die ungewaschenen Ideen ungekocht, als wären sie intellektuelle Rohköstler. Franz diskutierte mit sozialen Nationalisten. Silvia begann einen Flirt, aus intellektuellem Interesse, mit einem kommunistischen Literaten. Er hieß gleichfalls Franz und kam aus Prag. Franz Schwarzbach trug dicke Sporthemden aus rotem Flanell und dicke rote Ideen, gewebt aus marxistischer Menschheitsbeglückung und modernen Staatsstreichtheorien.

Franz Schwarzbach und Franz Mark mißfielen einander auf den ersten Blick. Jeder warnte Silvia vor dem andern. Silvia glaubte, durch den Flirt mit dem einen Franz ihren andern Franz dahin zu bringen, wo sie ihn haben wollte, in ihr Bett. Indes sie mit Mark spielte, kam sie rascher mit Schwarzbach ins reine, oder unreine.

Schwarzbach schien einen klaren Kopf zu haben, seine Brillengläser funkelten intelligent, er sprach in sieben Sprachen fließend die Sprache der Partei. Nur verwechselte er sich mit der Partei und die Partei mit der Welt. Wenn man ihm widersprach, so hatte man Hegel nicht begriffen. Wenn man Stalin kritisierte, fühlte sich Schwarzbach persönlich angegriffen, nahm die funkelnde Brille ab und sah einen mit kleinen, müden, ein wenig tränenden Augen auf eine Weise an, die wehmütige Klage mit rabiater Anklage mischte.

Wenn Franz Schwarzbach sich verliebte, brachte er das Mädchen nicht in sein Bett, sondern erst in die Partei. Vielleicht glaubte er, die marxistische Disziplin führe gradwegs in den Himmel, sogar ins Himmelbett.

Statt Veilchen brachte Schwarzbach seiner angebeteten Silvia kommunistische Handzettel. Er war schon im Gymnasium heimlich der Partei beigetreten, hatte den sogenannten Hofdienst gelernt und als Bote für so geheime wie läppische Mitteilungen gedient. Mit neunzehn Jahren hatte er seinen ersten Gedichtband im Verlag der Parteizeitung veröffentlicht, wobei ein Drittel der Gedichte aus seiner revolutionären Feder stammte, den Rest bildeten Übersetzungen proletarischer Gedichte aus dem Huzulischen ins Slowakische, aus dem Tschechischen ins Deutsche, aus dem Spanischen ins Tschechische und aus dem Deutschen ins Russische. Später hatte er die Schwester der Frau seines Verlegers geheiratet und seinen ersten Roman geschrieben. Es war ein gescheiter Roman. Die Bürger gingen darin zugrunde, die Arbeiter bissen die Zähne zusammen. Schwarzbachs Haare wurden an den Schläfen schon dünner, aber seine Stimme war noch die eines großen Jungen, der Haeckels *Welträtsel* gelesen hatte, auch Darwins *Entstehung der Arten* und gar das *Kapital* von Marx, und die Antworten auf alle Fragen wußte und vor Eifer fast stotterte und mit seinen hübschen gescheiten Händen die Antworten eifrig unterstrich, und siehst du, und so ist es, und natürlich hast du recht, wenn du zweifelst, aber dennoch, so ist es, siehst du es nicht ein, ja, ja, und also, ja, so ist es.

Silvia hatte die rechte Art zuzuhören. Es war, als hätte sie nur dafür gelebt, um von ihm zu lernen, wie man die ganze Welt verbessern könne. Sie schien alles zu glauben, die ganze Welt bekam ein anderes Gesicht, gleichsam Schwarzbachs Augen, Mund und Stimme.

Schwarzbach und Mark traten in einen ungesunden Wettstreit der Geschenke. Freilich war der Kampf für Mark von vornherein verloren; denn ihn kosteten die Geschenke Geld, er brachte immer teurere Blumen, nach Veilchen und Vergißmeinnicht riesige Rosensträuße und Orchideen, nach Bonbonnieren goldne Armbänder.

Für Schwarzbach zahlte die Partei, nicht mit Geld und Gütern, sondern durch Gunstbezeugungen und angebliche Vertrauensbeweise. Schwarzbach machte Silvia zum Mitglied einer Parteizelle, er brachte ihr die Mitgliedskarte, er schenkte ihr den Parteinamen »Klara«, für eventuelle illegale Zwecke in einer drohenden oder leuchtenden Zukunft; er machte sie mit kleinern und größern Genossen und Genossinnen bekannt. Schließlich lud er sie sogar zu einem

Sommerball der »Roten Hilfe«, einer kommunistischen Organisation, ein. Der Ball fand in einem Tanzsaal in der Hasenheide statt; zwei kleine Kapellen spielten, eine im Saal, die andre im Garten in einem großen Zelt, mit Tischen und Stühlen um eine kleine Tanzfläche.

Schwarzbach hatte schon vierzehn Tage vorher, mit jener verstohlenen Heiterkeit, die er für Verschwörungen aufbrachte, von dem Ball gesprochen, zu dem er Silvia mitnehmen werde. Franz Mark bot alles auf, damit Silvia mit ihm auf eine elegantere Veranstaltung gehe. Aber Silvia war entschlossen, Schwarzbach nur aufzugeben, wenn Mark sie verführen würde. Einen Kuß von Mark, und sie würde Schwarzbach stehenlassen und vergessen, freilich war sie nicht ganz sicher, ob sie trotz des Kusses nicht alle Beziehungen mit Schwarzbach und der Partei erst nach dem Ball der »Roten Hilfe« lösen würde.

Der Ball fand an einem Samstag im Juni statt. Schwarzbach hatte versprochen, Silvia ein Viertel vor acht Uhr mit einem Auto abzuholen, das seinem Freund Eugen gehörte, dessen Vater eine Textilfabrik besaß; der Freund war fest entschlossen, die Textilfabrik zu erben, er fand Reichtum in Ordnung, aber die Armut hielt er für einen Skandal. Eine Gesellschaft, die vom organisierten Hunger lebt, muß untergehn, erklärte er diesem amerikanischen Studenten Franz Mark.

Mark, den die Liebe oder die Eifersucht zwang, mit all diesen jungen Kommunisten umzugehn, in deren Gesellschaft Silvia sich tummelte, hatte diesem aufsässigen Fabrikantensohn erwidert: »Also muß man den Hunger abschaffen.« Eugen antwortete: »Man muß die Gesellschaft ändern.«

»Und die Fabrikbesitzer?« fragte Mark.

»Es wird immer Fabriken geben«, antwortete mürrisch Eugen. »Wir sind alle Brüder. Nur gibt es keine Gleichheit in der Welt. Die wahre Humanität ist wie das Messer eines Chirurgen.«

»Sie haben schneidende Ideen«, erwiderte Franz Mark, »hoffentlich werden Ihre Methoden weniger scharf sein. Ich bin ein Amerikaner, ein Sohn des Volks.«

Franz Mark war schon um sieben Uhr zu Silvia gegangen. Er hatte sie vom Kaffeehaus an der nächsten Ecke angerufen. Er bat um eine kurze Unterredung. Es sei dringend.

Sie hatte eine Sekunde gezögert. Sie ziehe sich eben für den Ball um, aber er möge kommen.

Silvia wohnte in zwei möblierten Zimmern, hochparterre, in der Augsburger Straße. Als Franz Mark vors Haus kam, stand sie am Fenster und lachte. »Du hast einen komischen Gang, Franz. Er ist reizend und fortschrittlich und indianisch. Du gehst achtsam wie ein Jäger, der sein Gewehr zu Hause gelassen hat. Viele Deutsche scheinen sogar auf Spaziergängen eine Pflicht bis zum äußersten zu erfüllen oder auf Geschäftsreise zu sein. Es gibt auch andere. Komm geschwind. Du mußt mir helfen.«

Er klingelte an der Wohnungstür. Die Zimmerwirtin Silvias, die Witwe eines Architekten, öffnete ihm. Sie war etwa fünfunddreißig Jahre alt und wohlhabend, hatte nichts zu tun und vermietete einige Zimmer ihrer großen Wohnung aus Neugier, ziemlich billig, aber mit dem Anspruch, am Privatleben ihrer Untermieter teilzunehmen. Sie hatte ein offenes Gesicht, war gut gebaut, wie von einem modernen Architekten entworfen, und versicherte Silvia und allen Bekannten und den Bekannten ihrer Untermieter, ihre Untermieter gehörten zur Familie. Sie besaß auch einen Dackel, der Felix hieß, und einen Angorakater namens Fatum, die gleichfalls zur Familie gehörten.

Franz Mark war erstaunt, wie genau er sich an solche Details aus seinen jungen Jahren erinnerte, die mehr als fünfundzwanzig Jahre alt waren. Dabei klagte er, vielleicht aus Koketterie, über sein schlechtes Gedächtnis, tröstete aber seine Freunde damit, daß er infolge seiner Gedächtnislücken vieles immer wieder wie zum ersten Male sah und erlebte. »Dank meinem mangelhaften Gedächtnis lebe ich also doppelt und dreifach. Und in meinem Beruf vergesse ich nichts. Schon für fremde Sprachen ist mein Gedächtnis hervorragend. Ich muß mich selber loben, in den seltenen Fällen, wo ich es darf.«

Die Witwe des Architekten hatte zwei Dienstmädchen, aber sie selber öffnete stets die Tür und antwortete jedem telefonischen Anruf, aus Angst, es könnte ihr ein interessantes Detail entgehn. Wenn eine Klingel ertönte, für Tür oder Telefon, rannte sie wie ein Schnelläufer, kam aber nie außer Atem.

Als Mark zum ersten Male allein zu Silvia gekommen war, hatte ihm die Witwe die Tür geöffnet, kaum daß er geläutet hatte, als hätte sie sich auf seine Ankunft vorbereitet und stünde schon seit Jahren an der Tür. Freundlich lächelnd hatte sie ihn gemustert, vom Kopf zu den Füßen, und schien mit ihm Stück für Stück einverstanden. Sie hatte ihm Hut und Mantel abgenommen, als finge sie erst an, ihn ganz auszukleiden. Sie hatte sich so nahe vor ihm aufgestellt, als wollte sie ihn mit ihrem Busen begrüßen. Ohne Umschweife begann sie: »Ruth Rabe. Mir gehört das Haus. Dreihunderttausend Mark, keinen Pfennig mehr als der Voranschlag. Mein Mann war Wilhelm Rabe, nicht der Erzähler, der Architekt. Vor drei Jahren gestorben, ein Autounfall. Seine Freundin am Steuer. Sie hat es überlebt. Wir Frauen. Erst nach seinem Tode erfuhr ich, daß er eine Freundin hatte. Sie hat mir alles gestanden, nach seinem Tode, auch die Bettsachen. Wie kann ein Mensch so blind sein? Ich meine den Toten und mich. Seine Freundin war älter als ich, nicht hübsch, im Vergleich zu mir häßlich. Und wieso merkte ich nicht, daß er mich betrog? Nun bin ich allem auf der Spur. Ein zweites Mal will ich nicht mehr böse Überraschungen post festum erleben. Post festum, stimmte, unsere Ehe war ein Fest, zuerst. Wilhelm war so sinnlich. Der Tote hieß nämlich Wilhelm. Ich werde es ihm nie verzeihen. Eine häßliche Frau mir vorzuziehen! Ich werde es ihm nie vergessen. Ein Mensch, der einen Teil seines Lebens vergessen will, ist ein teilweiser Selbstmörder; er verstümmelt sein Leben künstlich.

Und Sie?« sagte sie und rückte dem verwirrten Franz noch näher auf den Leib, als wollte sie ihn mit ihren Beinen, mit ihrem Bauch, mit ihren Brüsten erkennen. »Sie sind Amerikaner, studieren deutsche Literatur, heißen Franz Mark. Ich weiß alles. Silvia erwartet Sie ungeduldig. Bei jedem Telefonruf öffnete sie die Tür ihres Zimmers und schrie: ›Da ist Mark. Bitte öffnen Sie die Tür.‹ Diesmal scheint sie die Türklingel für den Telefonruf zu halten. Hier ist Silvias Tür.«

Dann hatte sie endlich gerufen: »Silvia, liebste, Franz ist hier.«

Mark hatte sich noch nicht an die einnehmenden Manieren der Witwe gewöhnt, obwohl sie ihm häufig versichert hatte, sie habe ihn in die Familie aufgenommen.

Auch diesmal öffnete ihm die appetitliche Witwe. Sie trug ein luftleichtes Sommerkleidchen. Wieder versperrte sie ihm den Weg und stellte sich so dicht vor ihn, daß er sie von oben bis unten fühlte. Sie flüsterte ihm zu: »Lieber Franz. Ich weiß alles. Empfangen Sie meinen Rat. Gehen Sie unbedingt zum ›Roten Ball‹ mit!«

»Ich bin nicht einmal dafür angezogen«, hatte er geantwortet, verwirrt und in Aufregung versetzt durch ihren warmen Körper, ihren Duft, ihren heißen Atem, das Glitzern ihrer Augen so dicht vor ihm, ihre sinnliche Stimme, ihre lachenden gescheiten Lippen, die auf seinen Kuß zu warten schienen. »Ich bin auch kein Mitglied«, sagte er, als wäre das seine letzte Rettung, vor Silvia oder der Witwe.

»Da kann jeder hin, den man mitnimmt. Der Herr Schwarzbach darf es Ihnen nicht abschlagen. Man läßt ein Mädchen, das man liebt und noch nicht einmal geküßt hat, nicht allein mit einem andern, gar einem Parteimitglied, zu einem ›Roten Ball‹ gehn. Noch dazu, wenn der andere denselben Vornamen hat wie Sie. Mit einem Glas Wein ist so einem jungen Ding, das gewohnt ist, ›mein lieber Franz‹ zu sagen, gar nicht mehr klar, welchen Franz sie umarmt.«

»Ich habe Silvia nie umarmt!«

»Das ist Ihr Fehler oder Ihre Schuld. Heutzutage, wo jeder beinahe jede umarmt, wo die jungen Leute des Guten zuviel tun, tun Sie zuwenig. Ich sage zu Silvia, abwegig ist er nicht. Der nicht. Ich spüre es sozusagen mit jeder Faser. Sogar ich rege Sie auf. Das spürt jede Frau, besonders wenn ihr der Herr gefällt. Sie haben also Überzeugungen, die nicht in unser Jahrhundert passen, die sich nicht für Silvia schicken, von denen ich selber Sie gerne kurieren würde, auf der Stelle, wenn Sie es nur erlauben.«

Damit ließ ihn Frau Rabe stehn; verwirrt blickte er ihr nach; sie lächelte ihm so freundlich zu, daß ihm schien, auch als sie sich schon abgewendet hatte, lächle sie noch, mit allem, was sie hatte.

Silvia saß in einem grünseidenen Morgenrock vor dem Toilettentisch in ihrem Schlafzimmer und kämmte ihre blonden Haare. Da die Tür zwischen ihrem Schlafzimmer und ihrem Wohnzimmer offen war, sah Franz sie genau, obgleich er in der Mitte ihres Wohnzimmers stehngeblieben war. Sie hatte grüne Augen, die funkelten, wenn sie lachte, und sie lachte häufig. Sie winkte ihm mit dem Kamm. Ihre

Augen blickten ein wenig starr, wie immer, wenn sie nachdenklich schien.

Mark schloß die Tür des Wohnzimmers zum Flur und blieb stehn. »Ich störe? Du machst dich fein?«

»Franz sagt, Franz Schwarzbach meine ich, auf den Veranstaltungen der Partei nähme jeder Rücksicht darauf, daß viele Genossen und Genossinnen kein Geld hätten.«

»Was ziehst du also an?«

»Ein weißes Blüschen. Einen roten Rock.«

»Einen roten Rock«, wiederholte er und errötete. Was trug sie unter ihrem Morgenrock? Er hätte Silvia auf der Stelle umarmen mögen. Hatte er ein Recht darauf? Sie gefiel ihm.

Sie war hübsch und klug und gut. Alles zog ihn zu ihr. Alles schien ihm ohne sie schal. Alle Tagträume führten zu ihr. Zwanzigmal im Tag und bei Nacht fragte er sich, ob er mit einem andern Menschen je das Leben verbringen könne. Doch da er erst zwanzig Jahre alt war, schien ihm ein Leben zu lang für einen Mißgriff und langwierig sogar fürs Glück.

Daß man ein einziges Leben hatte und kaum eine Wahl. In ein Land hineingeboren, in ein Elternhaus eingesperrt, in eine Epoche beschlossen, in einer Sprache fixiert, festgelegt in einem Beruf, vorausbestimmt für ein Leben in einem Dorf oder in einer Stadt, mit denselben wenigen Menschen, für die man seit Geburt abgesprochen scheint, soll man sich auch noch für die Liebe zwischen Mann und Frau mit zwanzig Jahren festlegen, und abschließen, ein Mädchen heiraten, mit dem man zusammen leben und womöglich sterben soll. So könnte man mit zwanzig Jahren für die nächsten fünfzig Jahre den Speisezettel festlegen. Jeden Morgen zwei Eier im Glas, Kaffee, Orangensaft, jeden Mittag das gleiche belegte Brot, jeden Abend … Und immer derselbe Mensch um einen, die gleichen Lippen, dieselbe Stimme, als hätte man nicht schon an der Einförmigkeit der eigenen Stimme genug, als wäre man nicht verdammt, ewig, das heißt fünfzig oder siebzig Jahre es mit sich selber aushalten zu müssen, mit denselben Sinnen zu empfinden, mit demselben Hirn, mit denselben Augen die Welt sehn müssen, unentrinnbar an alle eigenen Schwächen gefesselt, und diese Qual freiwillig verdoppeln, fünfzig Jahre lang bei demselben Mädchen liegen, von Tag zu Tag zusehn, wie diese Frau sich verwandelt und verliert, an Reiz, an Jugend, an Enthusiasmus, an Gesundheit, an Charme, an Witz, an Güte, immer älter wird, was man an sich selber kaum zu ertragen, schwer mitanzusehn vermag. Und das war dein ganzes Leben? Oder heiraten, um sich drei Jahre danach scheiden zu lassen? Kinder haben, die man verriet? Einem Menschen sich verbinden, den man beim ersten Widerspruch, beim zweiten Konflikt stehnließ, wie einen falschen Zug?

Liebte er sie so sehr? Liebte sie ihn?

Mark sah sie an, die freundlichen Wangen, das runde Kinn, den Hals. Er lauschte ihrer Stimme und versuchte, aus ihrem Klang die Natur des Mädchens herauszuhören, wie man den Autor nicht nach dem Inhalt, sondern nach dem Stil erkennt.

»Du hörst mir zu?« fragte Silvia zum zweiten Male.

Er nickte und verbesserte sich sogleich, er habe ihrer Stimme gelauscht.

»Gefällt sie dir?«

»Es ist eine gescheite Stimme.«

»Also gehst du heut' in die Oper?«

»Ohne dich? Was soll ich da?«

»Stimmen hören, ohne dem Text zu lauschen.«

Franz war aufgestanden. Auch sie stellte sich vor ihn, ganz nahe wie Ruth Rabe, die Witwe des Architekten. War es die Methode dieses Hauses?

Er spürte, daß sie für ihn da war. Ihm gefiel, daß er ihr gefiel. Offenbar verlangte sie handgreifliche Beweise seiner Neigung. Sie erwartete seinen Kuß, vielleicht aber nur die Gelegenheit, seinen Kuß abzuwehren. War sie nur kokett? Stellte sie ihm eine Falle? Oder prüfte sie ihn?

Ihm schien, wenn er sie küßte, lag er schon mit ihr im Bett, ward sie seine Frau, noch ehe er entschlossen war, sein Leben mit ihr zu Ende zu leben. Er kam sich selber lächerlich vor. Aber er nahm die Ehe ernst. Er wollte seine künftige Frau nicht erst ausprobieren. Er liebte Silvia zu sehr, um mit ihr ins Bett zu gehn und dann sie sitzenzulassen oder gar dann von ihr verschmäht zu werden.

Seine Ehe sollte vom Beginn bis zum Ende genau geplant sein. Keine Geste sollte falsch sein, kein Gefühl korrumpiert. Er kannte die Unwiederholbarkeit seines Lebens und der ganzen Welt. Alles hing mit allem zusammen. Alles hatte ungeheure Folgen. Jedes falsche Wort konnte ein Leben verwirken. Ein verfehltes Leben konnte eine Epoche ärmer machen. Vielleicht war das Universum sinnlos und gesetzlos. Aber für die Menschen war alles Gesetz und innigster Zusammenhang, alles bedeutend und nach jeder Richtung voller Folgen. Ohne Gesetz war die Menschheit irreal.

Ich will Kinder haben, und vielleicht soll Silvia ihre Mutter sein. Ein falsches Wort verdirbt mir Kinder und Kindeskinder.

»Silvia«, sagte Franz plötzlich mit einer heiseren Stimme, »Silvia«, sagte er und blickte an ihr vorbei durchs Fenster auf ein Stück des bewölkten Himmels, »unmöglich kann ich dir in fünf Minuten alles sagen, ein Leben vorausbestimmen. Ich brauche Stunden, Tage, halbe Nächte.«

»Sag es in fünf Minuten«, verlangte sie lachend. »Länger kann ich nie zuhören.«

Er schwieg, mit unglücklicher Miene und unglücklichen hängenden Armen.

Da drehte sie sich ab, machte ein paar Tanzschritte, trällernd, und ging in ihr Schlafzimmer zurück.

Schon hörte er sie singen.

Du liebst mich nicht. Ich lieb' dich nicht.
Was hält uns noch zusammen?

»Silvia«, rief Franz durch die offene Türe. »Silvia!« Sie schien ihn nicht zu hören. Sie sang:

Von ferne fällt auf dein Gesicht
Ein Schein von kalten Flammen.

»Silvia!« rief Franz.

Gleich darauf klingelte es. Er vernahm Stimmen. Es klopfte.

Silvia rief: »Herein!«

Die Witwe schob Franz Schwarzbach ins Zimmer. Er trug ein halbes Dutzend roter Broschüren und eine weiße Rose in den Händen, legte alles auf ein Tischchen, schüttelte freundlich die Hand von Franz Mark und erklärte: »Schön, daß Sie mitkommen!«

Silvia rief vom anderen Zimmer: »Er kommt mit! Er kommt mit!«

»Das Auto wartet«, rief Schwarzbach und setzte sich mitten ins Wohnzimmer.

»Ich komme wie der Wind«, rief Silvia und trällerte:

Ich liebe ihn. Er liebt mich nicht.
Ich lieb' ihn nicht. Und er liebt mich.
Ein Schatten fällt auf sein Gesicht

Und macht es lieb und wunderlich.
Was trennt uns da? Was treibt ihn dort?
Jetzt ist die Stunde, hier der Ort.
Ich warte, bis er endlich spricht.
Er liebt mich. Und er liebt mich nicht.

Ehe er wußte, warum und wie, saß Franz Mark mit Silvia und Schwarzbach im Auto Eugens, des Sohns eines Textilfabrikanten. Das Auto war ein Luxuswagen, aber Eugen und Schwarzbach waren so schlicht angezogen, daß sie verkleidet wirkten. Schwarzbach trug ein rotes Sporthemd, Eugen statt eines Kragens einen roten Schal und ein Sportjackett aus feinem Tuch, nach feinstem Schnitt, nur war in einem Ärmel ein Flicken eingenäht.

Silvia saß in bester Laune neben Eugen und flirtete mit ihm so feurig, indes er chauffierte, daß Mark und Schwarzbach hinter ihnen um das Leben aller zitterten.

Silvia schilderte ihre sozialen Ideen, die aus einem amerikanisierten Rußland oder einem russifizierten Amerika zu stammen schienen. Sie berief sich fortwährend auf Franz. Er schien ihre oberste Autorität, der Quell ihrer Ideen. Franz sagt. Franz glaubt. Nur zitierte sie abwechselnd diesen oder jenen Franz. Sie hatte ein gutes Ohr und ein mokantes Gedächtnis für die Aussprüche ihrer Freunde und zitierte beide ohne Unterschied. Jeder Franz erkannte sein Stück geistiges Eigentum. Jeder schämte sich vor Eugen für die Sätze des andern, die hohl klangen. Zum Teufel, welcher Franz? Mach es ihm klar!

Silvia lachte so lustig, es schien schierer Übermut. Galt alles den Augen dieses Eugen oder seinem amerikanischen Wagen oder dem Schnitt seines Schneiders?

Als sie zur Hasenheide kamen, war die Straße voll von Pärchen, die zum Ball gingen. Die Bäume blühten wie Blumensträuße, die man nur mitzunehmen brauchte. Ein halber Mond, ganz grün, hing wie eine Balldekoration am Himmel. Lichterglänzende Autobusse brachten brüllend und hupend neue Tänzer und Tänzerinnen in Haufen. Viele Ballbesucher kamen in Autos oder Taxis. Heller als alle Sterne, die Autobusse und die Lichtreklamen der Stadt Berlin schimmerte die Venus.

Franz Mark erinnerte sich noch der verlegenen Scham, die er empfunden hatte, weil er mitgegangen war. Diese Scham hatte wie eine Grammophonplatte die ganze Musik des Abends fixiert, tausend Details wie nach Noten geordnet. Was sollten dieser Freund Eugen und Schwarzbach und Silvia von ihm halten? Er hielt nichts mehr von sich. Er verachtete sich. Er war wütend auf sich. Er hätte sich selber ohrfeigen wollen.

Geh. Du kannst immer noch gehn. Du machst dich lächerlich, wenn du jetzt gehst. Immerhin wirst du weniger verächtlich sein. Du hast ein Almosen dieses Schwarzbach angenommen. Aus Mitleid hat er dich mitgeschleppt, aus Gleichgültigkeit, weil du schon besiegt bist, oder aus einer frechen Berechnung, weil er voraussieht, daß ich mich hier nur blamieren kann und daß er in seinem Milieu über mich triumphieren wird. Ich muß gleich gehn, sagte er in einem fort und wußte in jedem Augenblick, daß er bleiben würde, bis zum bitteren Ende.

Franz Mark erinnerte sich an hundert Einzelheiten, an die stummen Liebespaare im Garten, in allen Vorstufen und Nachstufen der Umarmung, und an die flüsternden Bäume. Im Zelt hingen rote und blaue Lampions. Das kleine Orchester arbeitete und schwitzte. Die Liebespaare tanzten, einige ausgelassen lachend und schwatzend, andere feierlich und mit Gesichtern wie im Schlaf oder in Erwartung finsterer Wonnen und unbeholfen. Sie traten einander auf die Füße, die sich wie im Traum bewegten. Sie stießen an andere Tänzer und sprachen von der Partei, zum Rhythmus der Tanzmusik. Alle drehten sich, die Tänzer, die Kellner, die Musiker, die Zuschauer, die Lampions, die Sterne.

Mark saß am Tisch mit Schwarzbach und Eugen und zwei neuen Freunden von Schwarzbach oder Eugen, alle tranken Glühwein, alle tanzten mit Silvia. Auch Mark wollte einmal mit ihr tanzen, insbesondere, um ihr etwas Wichtiges zuzuflüstern. Aber er war zu langsam. Immer winkte ihr ein anderer zu und kam ihm zuvor. Immer legte ein anderer seine Hand auf ihre Schulter oder ihren Arm, die Herren am Tisch oder fremde Genossen.

»Einem Genossen schlägt man keinen Tanz ab«, hatte Eugen kategorisch erklärt. Schwarzbach hatte skeptisch gelächelt. Auch er konnte zuweilen über Genossen lächeln. Silvia sprang jedesmal auf, wie von einem schwülen Wind fortgeweht, und tanzte mit bekannten und unbekannten Genossen, mit Eugen und mit Schwarzbach, mit immer neuen und immer denselben. Einem Genossen kann man nichts abschlagen?

Ihr Rock wehte. Ihre Haare wehten. Die Musik wehte. Das Zelt schwang, die Erde drehte sich, Mond und Sterne schienen und wandelten. Der Kellner brachte neue Getränke, und Mark zahlte. Der Kellner schien nur zu ihm Vertrauen zu haben, offenbar.

Also mußte Mark auch noch fürs Vergnügen der anderen zahlen und schämte sich, daß es ihn verdroß. Er hatte immer angenommen, Leiden mache edel und Unglück mache besser, statt dessen schien ihm nun, leidend werde er ordinär. Er konnte sich in diesen Stunden nicht gegen gewisse fixe Ideen wehren. Jeder Tänzer, der Silvia entführte, schien ihm für die Dauer des Tanzes vorbestimmt, mit Silvia am Ende des ›Roten Balles‹ ins Bett zu gehn. Er stellte sich alles genau vor, ihren Heimweg mit dem fremden Individuum, wie sie vor die Tür kam, den Fremden mitnahm, wie sie beisammen saßen, einen Likör tranken, wie sie sich küssen ließ, wie beide ins Schlafzimmer schritten, weiter ging die Phantasie von Franz nicht, seine Vorstellung erlosch wie eine Laterne, die der Wind auslöscht. Er begann aufs neue: Silvia verschwand, ohne sich zu verabschieden, wie sie heimging mit dem fremden Individuum – bis Silvia zurückkam, an ihren Tisch, erhitzt, strahlend, kokett, mit wehenden Blicken, wehenden Worten.

Er litt bei seinen Vorstellungen unter demütigenden Qualen und konnte sie nicht loswerden.

Dann kam es zum Mord. Wieder mußte er bezahlen.

Silvia tanzte mit Schwarzbach einen Tango. Mark sah ihnen zu. Er sah sie sprechen und lieh ihnen hundert Gespräche, alle unheimlich. Diese erfundenen Gespräche machten ihm Angst vor den Personen, die nichts von diesen geliehenen Dialogen wußten. Ihm schien, als übertrage er diese Dialoge auf jene Personen und zwinge sie damit zu tun, was er fürchtete. Er war schuld an allem. Mit seinen bösen Gedanken machte er alle böse.

Plötzlich hörte er einen seiner erfundenen Dialoge am Nebentisch, von fremden Personen vorgetragen. Litt er schon an Gehörstäuschungen? Aber es war ein realer Dialog, den er unwillentlich mithörte, und so phantastisch, wie nur reale Dinge sind.

Am Nebentisch saßen in drangvoller Enge, neben vier kichernden Mädchen, drei finstere Herren, die gewalttätig aussahen wie Filmschauspieler in Gangsterrollen, und wieder soviel Salbungsvolles hatten wie verkleidete Pastoren. Die Mädchen sprachen von Liebe, die Herren von Mord, es klang eins wie das andre, als wäre ihre Liebe mörderisch, und als wären sie in den Mord verliebt.

Franz Mark mußte zuhören, ohne es zu wollen. Nie hatte er sich so gedemütigt gefühlt, aber er hatte diese Situation geschaffen, die ihn demütigte, und er war nicht imstande, sich von dieser würgenden Peinlichkeit zu befreien; er schürte noch das Feuer, an dem er geröstet wurde. Er sollte Silvia zu hassen beginnen und liebte sie nur um so mehr, er sollte fortgehn und brachte es nicht zuwege, er wollte mit ihr tanzen und kam nicht dazu. Tanzte sie schon in einem andern Zelt, und mit wem? Oder war sie fortgegangen, mit einem ihrer Tänzer oder mit dem Klavierspieler?

Am Nebentisch sagte eine Stimme, die wie verstellt klang: »Du betrügst mich. Ich werde dich schon fassen. Du treibst Unzucht mit den Augen. Du läßt keinen Mann aus. Ich bring' dich um.«

»Du hast unrecht, und du weißt es«, antwortete ein Mädchen mit einer überraschend sanften unschuldigen Stimme. »Ich liebe nur dich. Ich schaue keinem andern Mann nach. Und du weißt es.«

»Du betrügst mich sogar mit meinem Bruder. Ich bring' ihn um. Er ist ein Hitlerjunge. Er ist eine Schande für die Familie.«

»In meiner Familie«, antwortete das Mädchen, »sind sie bei der Partei, mein Vater, mein Onkel Erich und mein Onkel Gustav und alle meine Brüder. Wenn du nicht bei der Partei gewesen wärst, hättest du mich nie bekommen.«

»Dich hat jeder. So bist du.«

Mark wagte nicht, sich umzuschaun. Er hatte die Personen an diesem Tisch vorher betrachtet. Nun fiel ihm ein, sie hatten Mordmienen gezeigt. Da kamen Schwarzbach und Silvia, beide erhitzt vom Tanz oder von einer politischen Diskussion, die zwischen ihnen nie abzureißen schien.

Silvia setzte sich den beiden jungen Männern gegenüber, jeder hieß Franz, der Mark und der Schwarzbach, jeder liebte sie auf seine Art, es schien ihr zu behagen. Sie trank ein Glas Wein in einem Zug, wie ein Durstiger ein Glas Wasser. Unterm Tisch setzte sie ihren Fuß auf Schwarzbachs Schuh, überm Tisch legte sie die Hand auf Marks Arm. Sie sah Mark tief in die Augen und lächelte, als vergehe sie in seinem Blick, schon sah sie aber auf Schwarzbach, wie ertappt, und lächelte ihm zu, wenn sie glaubte, Mark sähe es nicht, und wenn Schwarzbach ihr grad in die Augen sah, lächelte sie, als vergehe sie in seinem Blick, und schaute wie ertappt gleich auf Mark, ob er ihren Blickwechsel mit Schwarzbach gesehen habe.

Natürlich sah Mark ihren Flirt mit Schwarzbach, und Schwarzbach sah ihren Flirt mit Mark; nur sie schien nicht zu gewahren, daß jeder sie bei ihrem kleinen Doppelspiel ertappte; sie trieb es wie im Traum und als ginge es nicht um kleine Koketterien, sondern um Spionage und Gegenspionage, mit drohenden Prozessen, Verurteilungen und Exekutionen.

Mark sah genau, daß Silvia dieselben zärtlich glühenden Blicke mit Schwarzbach tauschte, wenn sie glaubte, daß Mark wegschaute. Er sah ihre Hand auf seinem eigenen Arm, und als ein Windstoß die rot-weiß gewürfelte Tischdecke aufwehte, sah er ihren kleinen Fuß auf Schwarzbachs Schuh. Wen liebte Silvia? Wem wollte sie gefallen? Oder war sie nur kokett? Ach, und warum gefiel sie ihm so über alles Maß?

Es war schwül im Zelt, als käme ein Gewitter. Die roten und blauen Lampions schaukelten wie rote und blaue Feuerblumen. Ein Stück der oberen Bespannung des Zeltes war weggerissen, an seiner Stelle schien ein Stück des Nachthimmels mit Sternen und vorüberwehenden Wolken aufgenäht zu sein, wie der Flicken auf dem Ärmel des neuen Anzugs von Eugen. Die Sterne funkelten so künstlich. Der Wind strich durchs Zelt so schwül. Die Musiker fiedelten und bliesen so gespenstisch, als säßen sie im finsteren Schlund des Tartarus. Dieselben Paare taumelten fortwährend wie im selben Tanz umschlungen auf dem engsten Raum der Tanzfläche seit vielen Stunden umher, wie Seelen im Hades, die verdammt waren, ewig fortzutanzen. Das ganze Zelt schwankte in einem lüsternen Wind, der dem armen Franz höllisch erschien.

Wieder hörte er die Stimmen nebenan. Wieder wußte er nicht, hörte er sie wirklich oder waren sie eine banale, sinistre Halluzination. »Du bist eine Hure«, sagte der Mann wieder. »Ich möchte mir die Zunge abbeißen, weil eine Hure wie du meine Frau wird.«

»Ich bin ein anständiges Mädchen, und du weißt es. Ich liebe nur dich, und du weißt es.«

»Willst du wissen, warum ich dich heirate, obgleich du eine Hure bist?«

»Ich will es nicht hören. Ich lieb' nur dich, das weißt du.«

»Das weiß ich. Du liebst mich. Es ist wahr. Aber mich wie jeden Dritten, der dir gefällt, jeden Zweiten, dem du gefällst. Du kannst keinem Mann widerstehn. Das weißt du.«

»Es ist nicht wahr, und du weißt es. Ich gehöre dir, und du mißbrauchst es. Ich liebe dich, und du vergißt es von Mal zu Mal. Du wirst mich umbringen und es bereuen.«

»Du weißt es, und du liebst mich?«

»Ich liebe dich, und du weißt es.«

Mark zwang sich, wegzuhören. Ihm kam vor, er sei betrunken und er höre alles doppelt, ja im Kreise, im Karussell von Gefühlen und betrunkenen Worten. War er nicht selber der Mann am anderen Tisch, hatte er nur seine eigene Gestalt verstellt und sein Antlitz und seine Stimme, und war das allzu willige Mädchen drüben nicht Silvia?

Ich kenne Silvia nicht, und ich liebe sie. Wen lieb' ich? Ich kannte sie nie und glaubte stets, ich liebte sie. Wer ist

Silvia? Liebt man Menschen nur, weil man sie nicht kennt? Wer die Menschen kennt, kann sie nicht lieben? Mark blickte auf. Silvia war wieder verschwunden. Schwarzbach saß neben ihm und redete auf Eugen und dessen zwei Freunde ein. Alle vier rauchten Zigarren und tranken Schnäpse. Sie sprachen von Hitler.

»*What's the matter?*« fragte Mark und merkte betroffen, daß er in sein Amerikanisch verfallen war. »Warum interessiert euch dieser Verrückte?«

»Er ist nicht verrückt genug«, antwortete Eugen. »Er macht halb Deutschland verrückt. Sehen Sie nur!«

Mark erinnerte sich deutlich an seine Verblüffung. Da saßen plötzlich am Nebentisch drei junge Männer in den berüchtigten braunen Hemden der SA zwischen den Kommunisten und ihren Mädchen. Die drei saßen nebeneinander eingeklemmt auf zwei Stühlen. Sie hatten rote Gesichter und wie eingeschlafene Augen. Alle drei hielten die Fäuste wie Waffen auf dem Tisch. Untereinander sprachen sie flüsternd, als hätten sie Geheimnisse vor den andern, die verlegen wegguckten.

Da hörte Mark wieder die verstellte Stimme. Nun sah er den Mann, der vorhin gesprochen hatte, mit dem Mädchen, es war ein blasser Mensch mit weißblondem Haar, der keine Wimpern und Brauen zu haben schien. Die Nase war zu klein, zu niedlich, wie bei gewissen Backfischen, aber der Mund war voll und lasziv.

Der Mann sprach zu einem SA-Mann, und nun sah Mark, das mußte ein Bruder des Mannes mit der verstellten Stimme sein. Er sah genauso aus, dieselbe fahle Blässe, stärker noch durch den Gegensatz zum braunen Hemd, dasselbe weißblonde Haar, die nackten Augen wie ein Huhn, scheinbar ohne Wimpern und Brauen. Nur waren seine Augen wie verschlafen und verklebt, und die Augen seines kommunistischen Bruders funkelten und schienen weit aufgerissen und zu groß, als hätte er Rauschgift genommen. Auch der SA-Mann hatte den lasziven Mund und das allzu niedliche Näschen. Auch der kommunistische Bruder hatte die großen Fäuste wie Waffen auf den Tisch gesetzt.

»Du hast kein Recht«, sagte er zum Bruder, »mit deinen arschbraunen Spezis herzukommen. Die Genossen schlagen euch tot.«

»Die tun es nicht«, erwiderte der Bruder. Er hatte fast dieselbe Stimme, auch sie klang wie verstellt.

»Vielleicht weil sie wissen, daß du mein Bruder bist«, antwortete der Kommunist.

»Du weißt es auch?« fragte der SA-Mann.

»Wozu bist du hergekommen?«

»Euch das Maß zu nehmen«, sagte der braune Bruder.

»Du lügst«, rief der Kommunist. »Du kamst wegen der Paula. Du willst ins Bett mit ihr. Fass' ich euch, schlag' ich euch tot.«

»Mit dem Maul«, antwortete sein Bruder. »Du machst alles mit dem Maul, ein Maulhurer, ein Maulmörder. So seid ihr alle. Wartet nur! Bald stellen wir euch an die Wand. Köpfe werden rollen. Dann gilt keine Bruderschaft. Keine Schonung, sagt der Führer. Glaubt's oder glaubt's nicht!«

»Ihr habt keinen Glauben«, sagte sein Bruder. »Ihr wißt nicht, wozu ihr auf Erden wandelt. Ihr habt kein Herz für den einfachen Mann. Ihr habt keine Zeit für ihn. Das Proletariat kann warten. Auch hundert Jahre. Ihr habt gar keine Zeit. Ihr erfindet neue Kriege. Ihr werdet ein Dutzend Kriege führen. Um die Welt zu erobern. Um die Rasse zu verbessern. Um die Absatzmärkte. Gegen die Sexualkonkurrenz. Gegen alle, die euch im Weg stehn. Gegen alle, die anders denken. Gegen alle, die denken. Gegen euch selber.

Ihr wollt die Welt zerstückeln. Ihr werdet Deutschland zerstückeln. Ihr wollt die halbe Menschheit zerfleischen. Ihr werdet selber zerfleischt werden.«

»Und was wollt ihr?« fragte sein brauner Bruder. »Dasselbe. Ihr habt nur andere Namen dafür. Wir sagen: das Reich. Ihr sagt: das Proletariat. Wir sagen: die Rasse. Ihr sagt: der Klassenkampf. Ihr sagt: Die Kapitalisten seien schuld. Und wir: die Juden. Und die Freimaurer. Und die Zigeuner. Ihr habt unrecht, und ihr werdet alles verlieren, sogar euer Leben. Wir haben recht. Heute gehört uns Deutschland und morgen die ganze Welt.«

»Du verstehst nichts«, erwiderte der kommunistische Bruder. »Euch lehrt keiner zu denken. Der Marxismus ist die Methode, um die moderne Welt zu begreifen. Hast du Hegel gelesen? Ihr steht allein in der Welt. Mit uns ist die Sowjetunion. Mit uns ist das Weltproletariat. Mit uns sind alle Armen in der Welt. Mit uns ist jeder, der eine bessere Welt will. Mit uns sind alle Gerechten.«

»Das heißt, keiner ist mit euch«, antwortete der braune Bruder. »Und nicht einmal die Paula ist mit ihrem Herzen bei euch. Sie hat Angst vor dir. Sonst ließe sie dich gleich sitzen und ginge mit mir ins Bett. Aber tanzen darf sie mit mir. Willst du, Paula?«

»Warum nicht«, antwortete das Mädchen. »Wenn Ludwig nichts dagegen hat.«

»Ich erlaub's nicht. Wenn du mit dem Georg tanzen gehst, passiert was. Wenn du mit ihm tanzen gehst, das endet im Bett. Wenn du mit ihm im Bett liegst, schlag' ich euch tot.«

Franz Mark blickte weg. Ihm war dieses belauschte Gespräch peinlich. Diese Menschen nebenan kamen ihm fremd und fürchterlich vor. Er sah die Tänzer an und erblickte Silvia. Sie tanzte mit einem Individuum, das sogar in dieser gemischten Gesellschaft auffiel. Das heißt, zuerst gewahrte er nur Silvias sonderbaren Ausdruck. Ihr Gesicht sah verzückt aus, wie ausgegossen, so sinnlich, als gäbe sie sich in diesem Augenblick einem übermäßig Geliebten hin. Ihre Augen schwammen wie in einem Regen des Glücks. Ihre Lippen öffneten sich, als wollte sie die Zähne blecken. Ihr Busen und ihre Beine schienen an diesem Tänzer angeklebt zu sein. Ihr linker Arm umschlang seinen Nacken.

»Wer ist dieser Mensch?« fragte Franz Mark.

»Der Kerl daneben?«

»Nein, Silvias Tänzer.«

»Silvia tanzt?«

Schwarzbach folgte mit dem Blick dem Finger Marks und machte eine böse Miene. Gleich darauf lachte er und stieß seinen Freund Eugen an. Eugen musterte Silvia, ihren Tänzer und Mark. Dann lachte Eugen.

»Was gibt's?« fragte Mark ungeduldig.

»Sie wissen es nicht?« fragte Eugen.

Schwarzbach murmelte: »Er scheint nichts zu wissen.«

»Wovon reden Sie? Sprechen Sie endlich.«

»Dieser Tänzer ist Silvias Freund.«

»Ihr Freund?« fragte Mark verblüfft.

»Sehen Sie nicht, daß sie ihn liebt?« fragte Schwarzbach.

»Das sieht man nie bei Silvia«, erwiderte Mark mürrisch. »Sie schaut jeden Mann an, als sei sie soeben für ihn entflammt. So tut sie mit dem Verkehrsschutzmann, mit dem Pedell der Universität, mit jedem Studenten, der sie von ungefähr anschaut, ja, im Restaurant mit jedem jungen Kellner.«

»Er ist ein Kellner.«

»Wer?«

»Silvias Tänzer. Er bedient im *Café Wien*. Meist hat er die Tische neben der Musikkapelle. Haben Sie ihn nie gesehn? Es ist Silvias Lieblingskaffeehaus. Er ist Silvias Lieblingskellner. Oder kürzer, Silvias Liebling. Er heißt Pippo. Sein wahrer Name ist Giuseppe Turrisi; er ist am Fuß des Ätna geboren, in Taormina; aber er sieht nicht aus, als hätte er griechische, römische, normannische, arabische, spanische Ahnen. Seine Familie lebt in Palermo. Um die Wahrheit zu sagen, er sieht nach nichts aus, nicht einmal nach einem guten Kellner.«

Mark hörte zu, schaute aber unverwandt auf Silvia und ihren Tänzer, die zuweilen von anderen Tänzern verdeckt waren, aber immer wieder am Rand der Tanzfläche gegenüber dem Tisch der Freunde auftauchten, als stellten sie sich eigens zur Schau.

Der Kellner war ein wenig kleiner als sie, aber das mochte an ihren hohen Absätzen liegen. Was unterschied ihn von den anderen Arbeitern und kleinen Angestellten oder verlaufenen Intellektuellen? Er hatte eine lange Nase, rote Ohren, rote Lippen, rote Hände, dunkle Haare, dunkle Augen. Die Haare waren schon schütter. Sein Blick war hart und frech. Er lächelte fortwährend. Seit Schwarzbach ihn als einen Kellner vorgestellt hatte, glaubte Mark dieses allzu beflissene Lächeln eines Menschen zu sehn, der von Trinkgeldern lebt. Aber dabei war dieses Lächeln frech und nackt, als verspotte er die Trinkgeldgeber; es schien zu fordern und herauszufordern, das ergebene, blinde sinnliche Lächeln Silvias und die Blicke der andern Tänzer und der Zuschauer und der Musiker und der bedienenden Kellner. Er schien aller Welt sagen zu wollen: Seht, was für eine schicke Dame ich habe. Seht ihr, wie sie mir untertan ist? Ich lächle, und sie muß lächeln, ob sie will oder nicht. Ich tue mit ihr, was ich will.

Oder täuschte sich Mark? Ihm schien sogar, als blickte der Kellner, sooft der Tanz es zuließ, triumphierend zu ihrem Tisch herüber und zeigte ihnen allen an diesem Tisch sein nacktes ordinäres Lächeln, er zeigte es dem Eugen und dem Schwarzbach und dem Franz Mark, ja ihm besonders.

Schon kam ihm vor, als winkte ihnen der Kellner mit seinen leicht geröteten nackten Augen vertraulich und frech zu, wie um es ihnen ganz klarzumachen, daß er, ein armer Kellner aus Sizilien, diese feinen Berliner Kavaliere und sogar einen Amerikaner aus dem Felde schlage; seht, ich führe eure Freundin im Tangoschritt und schwinge sie und lasse sie vor und zurück gehn und presse ihre Hand und ihre Brust, und sie liebt das, seht ihr, seht, sie schmilzt in meinem Arm, seht ihr, sie preßt ihren Schoß an mich.

Silvia schien versunken, wie in einer Höhle, im Arm Pippos und im Tango. Trotz ihres süßlichen und festgefrorenen Lächelns hatte ihr Gesicht, ja ihr ganzer Körper einen tiefbeschäftigten Ausdruck.

»Sie erkennen diesen Kellner noch immer nicht?« fragte Schwarzbach. »Sicher hat er Sie und Silvia schon oft im *Café Wien* bedient. Sie müssen blind sein, lieber Freund. Er geht durchs volle Café und scharwenzelt vor allen Kundinnen, und Silvia hat nur Augen für ihn, und sie wartet demütig und tiefbeschäftigt und mit diesem verzückten Lächeln, das sie auch jetzt für diesen armen Menschen hat. Sie wartet auf seinen Blick, der sie durchdringt wie ein Strahl der Liebe und sie hilflos macht. Sehn Sie hin! Vielleicht denken Sie im *Café Wien*, Silvias Lächeln gelte Ihnen? Aber Silvia erzählt allen, Sie hätten ihr noch nicht mal einen Kuß gegeben. Menschenskind! Ist das wahr? Bei Ihren modernen amerikanischen Autoren liest man es anders. Wo sind Sie her?«

»Aus New York. Riverside Drive 210, zwischen der 81. und 82. Straße wohnte ich. Die Sonnenuntergänge über dem Hudson, vor unsern Fenstern im elften Stock! Manchmal kam der Wind vom Fluß, da schien das Riesenhaus im Sturm zu schwanken wie eine Telegrafenstange. Nachts schrien die Möwen vor den offenen Fenstern, und die hellerleuchteten Dampfer tuteten aus ihren eisernen, zorndampfenden Kehlen; sie röhrten wie Hirsche in Brunft, auf dem Weg nach Europa.

Und am Sonntagmorgen lief ich als Kind zum Broadway und kaufte Schlagsahne und ungesalzenen Räucherlachs aus Nova Scotia, und es gab zum Frühstück Griddlecakes mit Maplesirup und heiße Würste. Und im Sommer gingen junge Frauen im seidenen hellbunten Pyjama über den Broadway und in roten Sandalen, wie Tulpen, die fürs Frühstück einkaufen.

Für fünf Cent bekam man die beste Tasse Kaffee, für fünf Cent fuhr man ans Meer und schwamm zusammen mit zwei Millionen nackter New Yorker am Strand von Coney Island, und die Drehorgeln spielten, die Segelboote segelten, am Himmel war keine Wolke und im Herzen kein Gram. Stellen Sie sich das vor. Es ist eine wunderbare Stadt, New York, und es waren goldene Zeiten, und Berlin gefällt mir so sehr, weil es mich stets an New York erinnert, vielleicht stammen die Berliner und die New Yorker aus derselben gutgemischten Familie. Auf die Mischung kommt es an.«

»Und Silvia?« fragte Schwarzbach.

»Silvia?« fragte Mark. »Sie fragen nach Silvia?«

»Sie wollen sie also heiraten?«

»Sofort!« erwiderte Mark.

»Werden Sie nicht eifersüchtig sein?« fragte Schwarzbach.

Mark lachte fröhlich und wunderte sich selber, wie unbefangen sein Lachen klang. »Warum soll ein vernünftiger Mann, der die Frauen kennt, eifersüchtig sein? Hat nicht jeder Mensch ein ungestörtes Anrecht auf seine komplexen Triebe? Ist ein Mensch das exklusive erotische Eigentum eines andern?«

»Das hängt von Klima, Kirche, Kultur und der Epoche ab«, antwortete Schwarzbach. »Aber ich freue mich, daß wir wieder mal übereinstimmen. Sie glauben also auch nicht, daß Silvia durch dieses Abenteuer mit dem sizilianischen Kellner verändert wird? Sie mißverstehn mich nicht. Ich ziehe einen natürlichen Proletarier diesen verrotteten Bürgern vor. Ich liebe Cafés, und Kellner erscheinen mir wie bezahlte Freunde. Aber manche macht ihr Beruf oder ihre Natur zu Gigolos, zu Zuhältern, zu Schwarzhändlern der publiken Erotik, zu zynischen Taugenichtsen. Und wie alle Menschen, die von einem bestimmten engen Blickwinkel Menschen immer in denselben Situationen sehn und darum sie zu durchschauen glauben, wie Frauenärzte, Psychoanalytiker, Scheidungsanwälte oder Pfarrer, so glauben auch Kellner ihr Publikum zu kennen und allen Grund zu haben, es zu verachten. Viele Kellner werden vielleicht darum Lumpenproletarier, Spitzel und Doppelspitzel und obendrein geschlechtskrank. Auch dieser Sizilianer scheint mir in vieler Hinsicht suspekt. Kann eine Frau einen verkommenen Mann lieben, ohne selber zu verkommen? Ist nicht die Liebe die größte Gleichmacherin und das Bett erzdemokratisch?«

Schwarzbach schwieg. Er hatte Mark angeblickt, als erwarte er sogleich eine definitive Antwort. Da ging mit einem Male das elektrische Licht aus. Es ward finster. Eine vollkommene Stille herrschte für eine Sekunde. Die Musiker spielten nicht. Die Tänzer blieben stehn. Die Zuschauer schwiegen.

Da glaubte Mark die Stimme Silvias zu hören. Er vernahm deutlich wie aus nächster Nähe ihre Stimme: »Nein, Pippo! Das kannst du nicht tun! Bitte!«

Dann wurde es mählich weniger schwarz, ein winziger Schein kam, von der hellen Nacht oder von den Sternen, die durch ein Loch der Zeltdecke schimmerten, oder von Lichtern außerhalb des Zeltes oder weil Marks Augen sich an die Finsternis gewöhnt hatten.

Mark suchte links und rechts Silvia und ihren Tänzer. Er sah sie nicht. Hatte er ihre Worte nur geträumt? Hatten sie das Zelt verlassen? Oder verdeckte sie der Knäuel der Tanzpaare?

Eben als das elektrische Licht aufflammte und die steckengebliebene Musik wieder tönte, knallte es zweimal gar nicht laut. Einige Tanzpaare blieben stehn, ein Paar fiel hin. Man hörte Rufe, und wieder ward es still. Die Musik unterbrach, doch das elektrische Licht funktionierte. Ein Kellner rief: »Licht!« Ein paar Tänzer schrien: »Musik!« Einige schrien: »Hilfe!«

»What's the matter?« fragte Mark. Eugen fragte: »Was?« Und da hörte man plötzlich ein Gurgeln, Schluchzen, Stöhnen. Und Schwarzbach rief: »Hier!«

Da sah Mark den Toten zwischen ihrem Tisch und dem Nebentisch. Er schien vom Stuhl gefallen oder gerissen. Mark machte einen Schritt zur Leiche, wie um ihr zu helfen. Er dachte, der kann nicht ganz tot sein! Oder bin ich verrückt? Warum soll er halbtot sein? Um meine Gefühle zu schonen? Man muß helfen! Mark rief: »Ist kein Doktor da?«

Er bückte sich übers Gesicht des Toten. Der Leichnam hielt die Hand über den Mund, als wollte er einen gräßlichen Schrei zudecken.

Mark faßte die Hand des Toten. Sie war feucht. Mark fühlte das Feuchte an seiner Hand. Er sah hin. Ihm schauderte. Seine Hand war feucht vom Blut des Ermordeten. Mark wischte seine Hand an der Hose ab. Dann brach die Hölle los.

Tische wurden umgestoßen. Tanzpaare fielen über Stühle. Sie wollten flüchten und konnten nicht. Alle drängten, stießen, schrien. Alle wollten zum Zelt hinaus. Sie schrien: »Hilfe!« Und: »Die Nazis! Fangt sie!« Und: »Mord! Mord! Schlagt sie alle tot, die Mörder! Alle tot!« Ein Mädchen schrie gellend: »Mehr Licht!«

Ein Dutzend Entschlossener hatte sich zum Eingang gestellt. Sie bildeten mit Fäusten, Schenkeln und Füßen eine Barriere, mit Schultern und Rücken eine Mauer, um keinen herein-, keinen hinauszulassen. Vielleicht waren es Ordner, Parteifunktionäre, Mitglieder eines Sportvereins, sichtbarlich gewohnt, rasche Aktionen zu organisieren. Sie wurden mit der Masse, die gegen sie preßte, fertig. Ihr Widerstand steigerte die Wut und Angst der Abgesperrten.

Eugen hatte den Schwarzbach und Mark wie mit eisernen Klammern gepackt. Er wollte flüstern, wahrscheinlich brüllte er; sonst hätten die beiden ihn nicht gehört; Eugen brüllte: »Das ist der Bruder! Der hat ihn erschossen. Es ging nicht um die Partei. Um das Mädchen ging's. Wo sind die drei Nazis? Die Partei läßt sich das nicht gefallen, daß mitten in ihre unschuldigen Festivitäten Nazis eindringen und ein Mitglied abschießen. Klar war es Eifersucht, *un crime de passion*. Es war ein Brudermord. Sicher hat sein Bruder ihn erschossen. Das will niemand wissen. Da steht Partei gegen Partei. Das gibt Straßenkämpfe eine Woche lang. Die Demokratie ist tot, in Rußland, Spanien, Portugal, Frankreich, England, Amerika, überall. Das fällt überall um wie ein morscher Baum.«

»Man lebt immer am Ende der Zeiten«, erwiderte Mark. »Auf allen Straßen liegen Tote. Ich gehe.«

»Wohin?« fragte Schwarzbach. »Warten wir nicht auf Silvia?«

»Ich fahre morgen nach New York.«

»Ich verstehe, daß du Deutschland satt hast«, sagte Eugen. »Aber Silvia ...?«

»Ich liebe sie nicht mehr«, antwortete Mark und begann schon, durch die Menge zu drängen. Er hatte beobachtet, wie einer neben einem Zeltpflock durchgeschlüpft war, unterm Zeltstoff. Er kroch an derselben Stelle durch. Er stand im Freien, zwischen Pflöcken, Gestrüpp, Bäumen und Sternen. Er entkam unbemerkt. Über ihm war ein ungeheurer Himmel. Er fühlte plötzlich eine Nässe im Gesicht. Blutete er? Er fuhr mit der Hand hin. Es war ein Schwall von Tränen.

»Ich liebe sie nicht mehr«, sagte Mark laut und stöhnte, als sei er schwer verletzt. Er stand vor seiner Haustür, mit dem Schlüssel in der Hand, und sah lange auf den Schlüssel. Er sagte: »Ich liebe sie nicht mehr.«

3

In dem Zimmer von Mark saßen Silvia und ihr Tänzer nebeneinander auf dem Sofa, mit dem Blick zur Tür.

»Wie bist du ins Haus gekommen?« fragte Mark.

»Wir warteten vorm Haustor. Jemand kam und ließ uns ein. Ein junges Mädchen. Wir klingelten an deiner Wohnung. Frau Schatt ließ uns ein. Hast du immer so liebe Vermieterinnen? Ich erklärte ihr, deine Mutter sei gestorben.«

»Sie ist lange tot«, erwiderte Mark.

»Ich weiß«, sagte Silvia. »Du mußt uns helfen. Wir übernachten hier.«

»Wer ist das?« fragte Mark, obgleich er es wußte.

»Das ist Pippo«, sagte sie, wie es schien, ungeduldig. »Du kennst ihn.«

»Ich habe kein Bett für euch«, sagte Mark.

»Pippo kann stehend schlafen. Das gehört zu seinem Beruf. Wenn du mir dein Bett leihst, kannst du auf dem Sofa liegen. Wir wollen achtundvierzig Stunden bei dir bleiben. Ich will nicht, daß sie ihn verhaften.«

»Wen?« fragte Mark.

»Pippo«, sagte sie und schien wieder ungeduldig. »Er ließ im Finstern sein Messer liegen. Neben der Leiche. Sei ganz ruhig! Er ist unschuldig. Er hat nichts getan. Das heißt, er wollte einem der Nazis ein wenig ins Gesicht schneiden, eine Narbe, du verstehst, zum Andenken. Jemand ist ihm zuvorgekommen, aber gründlich. Weißt du, wer es war? Du hast ja dicht daneben gesessen. Und als Licht wurde, warst du über ihn gebückt. Aber wenn die Polizei Pippos Messer findet, werden sie ihn verhaften wollen. Und sie haben es natürlich gefunden. Warum sollten sie es nicht finden? Und vielleicht war es blutig. Hast du es nicht gesehn? Die Leiche schwamm in Blut. Natürlich weiß ich nicht, wer der Mörder war. Auch die Polizei weiß es sicher nicht. Sie weiß es meist nicht und verhaftet den ersten besten. Pippos Fingerspuren sind auf dem Messer, natürlich. Die Polizei hat sie schon, natürlich. Pippo ist vorbestraft, natürlich. Pippo ist vorbestraft. In seinen Kreisen ist jeder dritte oder vierte vorbestraft. Wegen einer Bagatelle, was denn? Im Volk zählt man gewisse Vergehen zu den Bagatellen, natürlich. Sie würden ihn verhaften, und ich würde es nicht aushalten. Wir schlafen jede Nacht zusammen. Er ist mein Geliebter, natürlich. Du weißt es nicht. Jetzt weißt du es. Du siehst mich nicht an. Aber ich weiß, was du denkst. Du denkst, ich liebe dich nicht. Ich liebe dich. Aber du bist unmenschlich. Meinst du, ich bin aus Holz? Ich weiß nicht, was du treibst. Und ist es dir nicht lieber, ich gehe mit einem Kellner ins Bett als mit deinen Freunden? Etwa mit Franz? Ich meine Schwarzbach.«

»Ich fahre morgen nach Amerika«, sagte Mark.

»Das kannst du nicht tun«, sagte sie. »Du mußt uns schützen.«

»Und wenn die Polizei kommt?« fragte Mark.

»Uns mußt du schützen«, sagte Silvia. »Das bist du mir schuldig. Oder hast du mich nie geliebt? Dir kann nichts passieren. Du bist ein Amerikaner. Du bist aus einer anständigen Familie. Du bist nicht vorbestraft. Du hast Geld. Du verlierst deinen Posten nicht, selbst wenn sie dich für ein paar Stunden festhalten. Du hast keinen Posten.«

»Ich liebe dich nicht mehr«, sagte Mark.

»Ich liebe dich«, sagte Silvia. »Was ist das für eine Liebe, die aufhört? Liebst du mich wie ein Huhn, das du braten läßt, um es zu verzehren? Schmecke ich dir nicht mehr? Was für ein schlechter Mensch du bist! Und weißt es nicht!«

Plötzlich legte Silvia die Hände vor ihr Gesicht und weinte laut wie ein Kind.

Dieser Kellner Pippo, der bei Silvias Erklärungen sich aufgestellt hatte, wie zur Schau, und auf seinen Füßen dagestanden war wie auf zwei Piedestalen und ins Leere geblickt hatte, als sei er eine Standuhr, die aufgezogen ist und tickt, für sich oder andere, und der gar nicht gehört zu haben schien, daß man von ihm sprach, bewegte sich plötzlich und trat vor Mark hin und sah ihm in die Augen und sagte: »Da haben Sie es!«

»Was?« fragte Mark.

»Sie weint«, sagte der Kellner. »Ihretwegen. Haben Sie einen Schnaps?«

»Für Silvia?«

»Für mich«, sagte der Kellner.

»Nein«, sagte Mark und setzte sich gegenüber Silvia an den Tisch.

Der Kellner hielt die Hand hin, als erwarte er ein Trinkgeld, dann ging er zum Fenster und blickte hinunter. Es war eine stille Seitenstraße, nur eine Laterne vor dem Haus erleuchtete sie. Mit einem Fluch trat der Kellner vom Fenster zurück.

»Die Polizei ist da«, sagte er und faßte Silvia am Arm und schüttelte ihn. »Hast du mich verpfiffen?«

»O Pippo?« sagte sie und stand auf und wischte die Tränen weg. »Leg ihn ins Bett zu deiner Zimmerwirtin«, sagte sie zu Mark. »Sie ist ganz hübsch und kaum mehr als vierzig. Er wird ihr schon gefallen, im Bett.«

»Was fürchtest du?« fragte Mark.

»Es geht um Sekunden. Du mußt ihn und mich retten.«

Sie faßte Mark an der Hand und mit der andern Hand

den Pippo und zog beide zur Tür. Mark sagte: »Du bleibst«, und ging mit Pippo zur Wirtin und kam allein zurück.

Schon klingelte es an der Wohnungstür. Schon klopfte es hart. Schon hörte man Rufe von draußen. Schon hörten sie Männer eintreten.

»Hat ihn die Wirtin versteckt?«

»Im Kleiderschrank«, sagte Mark.

»Tat sie es gern?«

Mark schwieg.

»Wird sie ihn nicht verraten?«

»Ich weiß nicht«, sagte Mark. »Die meisten verraten ohne Absicht.«

Da kam schon die Polizei ins Zimmer, ein Mann in Zivil, einer in Uniform, auch der Zivilist sah aus wie uniformiert.

»Sie sind der Amerikaner?« fragte der Zivilist.

Mark lud sie ein, sich zu setzen.

»Ihren Paß«, sagte der Polizist.

Mark hatte ihn in der Tasche.

»Wir müssen Sie mitnehmen«, sagte der Polizist. »Ihre Braut gleichfalls.«

»Haben Sie Waffen?« fragte der Zivilist.

Sie durchsuchten flüchtig das Zimmer, tasteten flüchtig Mark ab. »Kommen Sie«, sagte der Zivilist. »Sie auch«, sagte er zu Silvia.

Mark hatte sich gefreut, daß die Polizisten auch Silvia mitnahmen. Er fühlte sich sicherer mit ihr. War er nicht ein böser Mensch? Er wollte nicht, daß sie in seinem Zimmer mit dem Kellner saß, in seinem Bett mit dem Kellner schlief.

Silvia wurde aber schnell wieder entlassen, kaum daß sie ihn beim Mordkommissar preisgegeben hatte. Sie war zurückgekehrt in sein Zimmer, zurück zu diesem Kellner. Und weiter?

Schon im Polizeiwagen hatte Silvia mit dem Zivilisten zu plaudern begonnen und zu flirten. Sie erzählte von ihrem Vater, dem amerikanischen Konsul in Berlin. Sie erzählte vom amerikanischen Botschafter, der war ein Freund ihres Vaters. Sie habe kein Verhältnis mit Herrn Mark, sie würde es gleich sagen, sie finde nichts dabei, aber ihr Bräutigam sei dagegen, er wolle es nicht.

Auch am Alexanderplatz, vor dem Mordkommissar, sagte Silvia ungefragt alles. »Herr Mark will es nicht, weil er mich liebt, er hat es mir genau erklärt, später werden wir heiraten, in den Staaten. Ich war das erste Mal auf seinem Zimmer. Der Mord hatte ihn aufgeregt.« Da wollte sie ihn nicht allein lassen, zu Fuß seien sie eine Weile gegangen und hätten vom Mord und ihrer Liebe gesprochen. Dann hätten sie ein Taxi genommen, in Marks Zimmer hätten sie vom Mord und von ihrer Liebe gesprochen. »Nicht einmal einen Kuß hat mir Franz gegeben.«

Inzwischen kamen andere Beamte, standen herum, hörten zu, gingen wieder. Der Kommissar hatte sie reden lassen, von ihrem Vater, vom Botschafter, vom Mord und von Mark, und hatte ihn freundlich gefragt: »Was sind das für Flecken auf Ihrem Rock, Herr Mark?«

Und Silvia war aufgesprungen und hatte sich über Marks Rock gebückt und war zurückgewichen. Sie hatte gerufen: »Guter Gott!« und: »Franz!« und: »Franz ist unschuldig!«

»Es sieht in der Tat wie Blutflecke aus«, sagte der Kommissar.

»Er hatte Nasenbluten«, sagte Silvia, »von der Aufregung. Er bekommt Nasenbluten, häufig sogar.«

»So?« sagte der Kommissar und telefonierte; offenbar bekam er einen langen Bericht; er sagte nichts und legte den Hörer wieder auf.

»Unsinn«, sagte Mark. »Nie bekomme ich Nasenbluten.«

»Er saß nur daneben«, rief Silvia unruhig. »Franz saß neben der Leiche. Und als es finster wurde ...«

»Ja«, sagte der Kommissar.

»Vielleicht«, sagte Silvia, »ist das Blut herübergespritzt.«

Der Kommissar stand auf.

»Fräulein, vielleicht gehn Sie ins Nebenzimmer. Nein, durch diese Tür. Ich brauche Sie nicht mehr.«

Und Silvia war aufgestanden und hatte sich über den Tisch gelehnt, hinter dem der Kommissar saß, ein Mann mit Brille und dem Doktortitel; er hatte zu Beginn seinen Namen genannt, Dr. Scheller oder Schneller, Mark hatte den Namen nicht genau verstanden. Silvia beugte sich über den Tisch und fragte, als erwarte sie die Antwort auf ein Geheimnis: »Werden Sie Herrn Mark lange hierbehalten?«

Der Kommissar würdigte sie gar keiner Antwort. Und Silvia reichte ihm die Hand, aber er übersah sie.

Dann sagte Silvia zu Mark: »Leb wohl, Franz. Ich bin nach dem Abendessen zu Haus. Ruf mich an!«

Und sie trat zu ihm, als wollte sie ihm die Hand geben. Schon streckte sie die Hand aus, zog sie aber gleich zurück, als fürchte sie, auch Mark werde ihr den Händedruck verweigern. Dann lächelte sie Mark zu, als wollte sie ihn rasch noch verführen, und lächelte dem Kommissar zu, als wollte sie ihn rasch noch verführen, und ging durch die bezeichnete Tür ab.

Mark erinnerte sich nicht mehr genau, was dann geschehen war.

Wann hatte der Beamte seine Personalien aufgenommen? Hatten sie seine Fingerabdrücke genommen? Hatten sie ihn am ersten Tag verhört, am zweiten, am dritten? Hatten sie ihn wirklich im Verdacht gehabt, der Mörder zu sein? Er war auch einem Richter vorgeführt worden, der hatte ihm seine Personalien vorgelesen und ihn gefragt, ob er einen Anwalt bestellen wolle.

»Ich will nach Amerika! Ich will meine Botschaft benachrichtigen.«

»Später!« sagte der Richter und ließ ihn wieder abführen.

War es bei seiner Entlassung oder beim letzten Verhör gewesen, daß ihn der Beamte gefragt hatte: »Wie alt sind Sie, Herr Mark?« Und ohne Marks Antwort abzuwarten, hatte er ihm unvermutet mitgeteilt, im Morddezernat habe ihn natürlich keiner verdächtigt, nicht ernsthaft, aber die Aussagen einer ihm nahestehenden Person hätten die Polizei geradezu verpflichtet, den Anspielungen und Hinweisen nachzugehen.

»Hat man den Mörder also gefunden?« hatte Mark gefragt.

Der Beamte hatte ihm nicht geantwortet, sondern ihm ein Glas Wasser eingeschenkt. »Trinken Sie nur«, sagte er. »Oder wollen Sie eine Zigarette?«

Mark hatte das Wasser getrunken und eine Zigarette geraucht. Als er acht Tage nach seiner Festnahme entlassen wurde, um neun Uhr morgens, ging er noch am Alexanderplatz zu einem Friseur, ließ sich rasieren und die Haare schneiden, und nahm ein Taxi. Er fuhr sogleich in die Augsburger Straße zu Silvia. Noch ehe er klingelte, öffnete ihm die Zimmerwirtin. Ruth Rabe trug einen Morgenrock, war offenbar frisch gebadet, frisch frisiert, herrlich ausgeschlafen und zu allen Abenteuern bereit, insbesondere aber zum Austausch aller sagbaren und unsagbaren Geheimnisse.

Ehe er ein Wort sagen konnte, lag sie ihm schon am Hals und küßte ihn viel und heftig, auch auf den Mund, und preßte sich an ihn, als sollte er diesmal fühlend ihre Anatomie auswendig lernen.

»Sie wissen alles«, rief sie, »fast alles«, wobei sich ihr Morgenrock verschob und er fast alles sah.

»Ich bin so glücklich«, rief sie und schien auf dem Sprung, ihn ganz in Besitz zu nehmen.

»Und Silvia?« stammelte er und entwand sich mit der Geschicklichkeit des Joseph in Ägypten der drohenden und lockenden Umarmung.

»Sie wohnen hier, in meiner Wohnung, zwischen dem Pudel Felix und dem Kater Fatum. Hat es Ihnen Ihre frühere Wirtin nicht gesagt? Frau Schatt wollte nichts mehr mit der Polizei zu tun haben, sagte sie. Ich glaube, sie hat Angst vor Ihnen. Wahrscheinlich sind Sie kein Mörder, aber genau kenne man keinen Menschen, sagt sie. Und hat sie nicht recht? Ich habe Ihre Sachen hergebracht und Ihnen die Zimmer von Silvia eingerichtet.«

»Und Silvia?«

»Ist in Sizilien. Wußten Sie das nicht? ›Wird Mark mich verstehn?‹ fragte sie mich hundertmal. ›Ich bewundere seine Tat‹, sagte sie, ›aber eben darum muß ich Pippo retten. Es geschieht im Sinne von Franz, von Franz Mark, meine ich.‹« Wenn Silvia nur wollte, unterschied sie genau. »›Dem Franz wird nichts geschehn, höchstens ein paar Monate im Gefängnis, und dann die Ausweisung. Und wenn er nicht gesteht ...‹«

»Wer?« fragte Mark und stand mit seiner schönen Frisur im Zimmer von Silvia und schnupperte, aber da war nur das Parfüm der Architektenwitwe. Franz sah zum offenen Fenster hinaus, die Straße war leer und eben darum voller Empfindungen. Der bewölkte Himmel sah wie ein Symbol aus. Das Haus gegenüber schien von Dämonen bewohnt, so leer und drohend. Verzweifelt faßte Franz Mark die Hände der hübschen Frau und wollte sie wieder loslassen und konnte es nicht mehr, diese zehn Finger der hübschen Frau hatten seine Hände ergriffen und unterworfen. Diese Finger vereinigten sich mit den seinen, sie glühten und schmeichelten, sie umschlangen und begehrten und besaßen seine Finger, sie verschmolzen miteinander, zwanzig Finger in der Raserei der Wollust, er fühlte jeden Finger von ihr an jeder Stelle seiner Haut, er fühlte sich groß und mächtig und zu Hause und fremd, verlassen und verzweifelt, im Stande der Wollust und des Entsetzens zugleich.

Er wollte sie nicht und saß schon neben ihr auf dem Bett von Silvia. Ihre zehn Finger ließen ihn nicht mehr los. Und sie saß neben ihm und auf ihm und lag über ihm und unter ihm und war schon nackt, und sie umschlang ihn mit ihren Beinen und griff ihn mit ihren Brüsten an und bedrängte ihn mit ihrem Schoß und atmete in seinen Mund und nahm seine Lippen in Besitz und vergrub ihre Zunge in seinem Mund und strich ihm über die Haare und fünfzig Stellen seines Körpers und führte seine Hand auf ihrem Körper spazieren, mit der Lust eines Lehrers, und öffnete seine Kleider und entwendete ihm dieses und jenes Kleidungsstück, erst verlor er die Schuhe, und sie streifte ihm die Socken mit den Zehen ab, und seine Krawatte entschwand und sein Rock, sein Gürtel stand offen, an seinem Hemd war kein Knopf mehr, und die Hose war geöffnet und schon verloren, und die Unterhosen und das Hemd, seine Kleidungsstücke flogen fort wie Staub, auf den man bläst, und er lag nackt und atmend und verstört und mitten in unbekannten Schmerzen lächelnd und mitten in der Verzweiflung schwach vor Wollust und stark vor Wollust, und indes sie nicht einen Augenblick aufhörte, ihn zu küssen und mit allen Sinnen zu beschäftigen, denn sie küßte und streichelte ihn und sprach zu ihm und lächelte zu ihm und atmete in ihm und lag auf ihm und duftete über ihm und sprach auf ihn ein und nannte ihn mit Kosenamen und hieß ihn einen Helden und einen Mörder, und indes sie ihn vollauf beschäftigte und in Atem hielt, seine Sinne und seine Seele, seine Finger und Zehen und Arme und Zunge und Zähne und alles was schwach und was stark war, lag sie ganz nackt neben ihm und über ihm und an ihm und auf ihm und unter ihm, und er stöhnte und lachte und weinte und keuchte und drang ein und fühlte sie oder sich oder beide in einem, und er fühlte ihre zehn Finger und alle Zehen und jedes Haar an ihr und jede Pore und jedes Wort, denn sie sprach und erzählte, sie sprach mit der Zunge und mit den Zähnen und mit den Augen und jeder verborgenen Falte und Höhlung, mit allen Muskeln und allem Blut, mit der Stimme, mit Worten und Tränen, mit ihrem Saft und mit seinem Samen, sie sprach mit seinem Samen und seinem Namen, mit seinen Lippen und seinen Empfindungen, durch seine Haut und seine Säfte; so will ich ewig leben, dachte er und dachte nichts und fühlte und empfand und sah und hörte und genoß und gab sich hin und besaß.

Zwischendurch tat er mitten im Taumel nüchterne Blicke, er sah eine Narbe auf ihrem Bauch, er sah ein graues Haar an ihrer Schläfe, er sah ihren Blick im großen Spiegel gegenüber dem Bett, er sah einen Stuhl, der umgestürzt war, er dachte zehnmal: ein Schlachtfeld, und ich bin gefallen, er sah seine Hosen verkrumpelt auf dem Fußboden und darüber ihren Busenhalter und ihr Höschen, er sah ein Bild an der Wand, eine Reproduktion eines Stuhls, den Van Gogh gemalt hatte, es war ein leerer Stuhl, und das Schicksal saß darauf, unsichtbar, und er sah Silvia in Sizilien und im Bett von Pippo, nackt wie er, Franz Mark, und preisgegeben dem Sizilianer, und indes Mark die Frau Rabe genoß, stellte er sich Silvia vor und genoß sie von Grund auf im Schoß von Frau Ruth Rabe, der Witwe des Architekten Rabe.

Frau Rabe hielt Herrn Mark immer noch am Busen, wie eine Mutter ihr Kind.

Franz betrachtete sie zum ersten Male genau und im Detail. Aus solcher Nähe und so im einzelnen gefiel sie ihm besser als je. Er sah inmitten der abebbenden und langsam wiederkehrenden Erregung hundert Wunder von nahe. Er sah ihre Augen, wie sie Licht empfingen und wiedergaben, funkelten und verloschen, von Gefühl oder von Verstand zu blitzen schienen, ein Symbol des Lebens, eine optische Maschine mit Seele. Er sah ihre Brüste sich heben und senken. Er sah die Begierde und die Erfüllung in ihrer Haut und sah unzählige Schatten über sie hingehen.

»Wie alt bist du?« fragte Franz.

»Vierunddreißig«, sagte sie.

»Weißt du die Zahl der Männer, mit denen du das gemacht hast?«

»Ich habe sie nie gezählt«, sagte sie. »Aber ich glaube, es war noch kein Dutzend.«

»Warst du deinem Mann treu?«

»Wir waren zehn Jahre verheiratet.«

»Liebtest du alle zwölf?«

»Nie zwei auf einmal.«

»Und auch mich liebst du?«

»Seit du zum ersten Male zu Silvia kamst.«

»Bleibt sie in Sizilien? Wird sie Pippo heiraten?«

»Sie wollte dich heiraten.«

»Ich habe sie unglücklich gemacht. Ich bin schuld. Ich wollte nicht mit ihr zu Bett gehn.«

»Gefiel sie dir nicht?«

»Zu sehr!«

»Ich gefalle dir also nicht?«

»Zu sehr!«

»Würdest du mich nicht heiraten?«

»Und Silvia will mich nicht mehr?«

»Sie sagt, du bist ein Held. Aber sie habe Angst vor dir. Sie glaubt, du warst der Mörder auf dem roten Ball.«

»Ich?« schrie Franz und machte sich los und setzte sich auf, im Bett, und stützte sich auf ein Kopfkissen.

»Aber wenn du es auch getan hättest, so wäre es doch kein Mord. Du hättest aus ideellen Gründen gehandelt. Du hättest einen Nationalsozialisten umgebracht. Vielleicht ist das nicht der sicherste Weg, um Deutschland von dieser Pest zu befreien. Aber je weniger es von dieser Sorte gibt ...«

»Lieber Gott, du sprichst wie sie.«

»Wie Silvia?«

»Nein. Wie die Nazis.«

»Ich verabscheue sie.«

»Ich höre es. Aber nun weiß ich plötzlich nicht mehr, wer wurde eigentlich erschossen, der Nazi oder der Kommunist?«

»Der Kommunist?« fragte Frau Rabe. »In der Zeitung stand doch ... Und bist du gegen die Kommunisten?«

»Ich mißbillige die Meinungen vieler, ohne sie darum zu erschießen.«

»Das habe ich auch Silvia erklärt«, versicherte eifrig Frau Rabe und umarmte ihren neuen Liebhaber. »Ich sagte ihr, ich kenne den Franz, ich meine den Mark, besser als du. Das ist ein anständiger Mensch. Der bringt keinen um, ohne wirklich gute Gründe dafür zu haben. Überhaupt haben wir alle mal jemanden umbringen wollen, sagte ich zu Silvia, aber kaum einer von hunderttausend versucht es wirklich. Und warum tun wir andern es nicht? Weil wir anständige Menschen sind. Ein anständiger Mensch begeht seine Morde nur im Wunschtraum. Du bist ein anständiger Mensch«, sagte Frau Rabe und küßte ihn. »Aber wenn du ein Mörder wärst, liebte ich dich ebenso.«

»Und wer gab der Polizei in der Mordnacht meine Adresse?« fragte Mark.

»Der Eugen«, erwiderte Frau Rabe, »oder der Franz, ich meine Herrn Schwarzbach. Ich weiß es nicht. Hat es dir die Polizei nicht gesagt?«

»Die Polizei fragt nur.«

4

Franz Mark saß in Rom, im Restaurant *Valadier*, auf dem Pincio; er sah die Kuppel von St. Peter, die Bäume im Wind, die paar hohen Wolken am Himmel und die Lippen von Silvia. Er blickte in ihre Augen. Ihm kam vor, als falle er in ihrem Blick in den Abgrund der Zeit hinab und als verwechsle er die verschiedenen Epochen seines Lebens, ja, als erlebte er in dieser Minute gleichzeitig viele vergangene Epochen seines Lebens. Er sah sich als Kind auf dem Arm seiner Mutter; damals hatte er empfunden, die Welt sei alt, und nur er sei jung.

Er sah sich im Bett der Frau Rabe, sie glaubte, sie gebe sich einem jungen Mörder hin, also hatte sie ein mörderisches Herz? Ihre Vorstellungen hatten sie gekitzelt, ihn hatten seine Empfindungen empört. Und doch war er bei Frau Rabe geblieben, abwechselnd in ihrem Bett, in ihrem Schoß, in ihrer Wohnung; er war an ihrem Arm durch die Wälder bei Berlin gegangen, hatte mit ihr vor den Cafés am Kurfürstendamm oder im *Café Josty* am Potsdamer Platz gesessen. Er hatte die Mahlzeiten genossen, die sie ihm anbot, im Bett und bei Tisch. Sie waren in Konzerte gegangen und hatten zusammen Bach und Schumann gehört, und Hindemith und Strauß. Sie hatten über Gott und über Gedichte gestritten. Sie hatten Straßenbettlern Pfennige geschenkt.

Ruth hatte ihn in die Hörsäle der Universität begleitet und zugesehn, wie er die Weisheit der Professoren schlürfte. Sie hatte über seine rüden Witze gelacht, seine drolligen Einfälle bewundert und ebenso seine Taten im Bett, die freilich ähnlichen Taten anderer Zwanzigjähriger glichen. Sie hatte ihm gestanden, niemand sei so hübsch wie er, so gescheit wie er, so potent wie er, so gut wie er. Sie sagte, sie bete ihn an wie den lieben Gott. Und sie hielt ihn für einen Mörder. Er hatte nicht die Kraft, sie stehnzulassen.

Er versank in ihrem Anblick. Er sah ihr Haar an, es glich dem Haar von Millionen Weibern, aber ihm schien in diesem oder im andern Augenblick, jedes Haar von ihr sei eine Welt, ein Stern, das Leben, ein Stück der Weltseele. Er sah ihr Lächeln, wie es anfing, die Lippen bewegte, die Wangen formte, in ihren Augen glitzerte, und wenn sie nackt bei ihm lag, lächelten ihre Arme, ihre Beine, ihr Mund und ihr Schoß, ihre Augen, ihre Finger, das Bett lächelte, das Zimmer, die ganze Stadt Berlin, die halbe Welt lächelte. Unwiderstehlich mußte auch er lächeln und lachen, und sein Lachen machte sie lachen, und vor lauter Fröhlichkeit und Gelächter umarmten sie sich und vereinten sich und keuchten im Gelächter und lächelten noch und atmeten ruhiger.

»Sag mir«, hatte er sie fünfzigmal gefragt, »du glaubst, ich bin ein Mörder?«

Dasselbe hatte er Silvia gefragt, als sie mit einem Mal wieder in Berlin war, nach drei Wochen, und bei Frau Rabe wohnte, in ihren alten zwei Zimmern, und Franz in einem Zimmer daneben wohnte und Silvia schöner aussah als zuvor und im gleichen Atem ihm versicherte, sie sei so unglücklich, und sie sei so glücklich.

»Ich bin unglücklich«, sagte Silvia und sah ihn an, voller Anklage im Blick, »und ich bin glücklich«, sagte sie und schaute weg.

»Du beurteilst diesen Kellner ganz falsch«, sagte sie, noch ehe er ein Wort äußern konnte. »Ich selber habe ihn falsch beurteilt. Erst in Palermo lernte ich ihn kennen. Ich liebe ihn immer noch«, versicherte sie, »obgleich er mich täglich geprügelt und mir geschworen hat, ich werde als Opfer der Mafia sterben, ganz gleich in welchem Erdteil. Der Arm der Mafia reiche von Los Angeles bis Tokio oder Delphi. Ich fürchte mich nicht vor ihm und will dir alles von ihm erzählen, trotz seiner Drohungen, mich umzubringen, wenn ich es erzähle. Ich fürchte mich vor keinem. Und Pippo ist ein wunderbarer Mensch, und ein Mörder vielleicht – wenn du ihm nicht zuvorgekommen bist. Einer von euch beiden ist der Mörder von Klopskitz. Warum starrst du mich so an?«

Er starrte sie an, ihre klare Stirn, ihre blonden Löckchen, die aussahn, als hätte ein Wind sie ihr ins Gesicht geweht, ihre lustigen, klugen, kleinen, flinken Augen, die intelligente derbe Nase, ihren schönen Mund, der so appetitlich war wie frische Erdbeeren. Die ungefärbten Lippen zitterten wie zwischen Lachen und Weinen. Sie lächelte so ängstlich zärtlich, mit einer so schüchternen Frechheit, wie Kinder sie zeigen, die sogleich bereit sind, mitten im Übermut Tränen zu vergießen.

Er sah ihr seidenes Röckchen, auch das Röckchen schien zu lächeln, vor Angst und Zärtlichkeit, er sah ihre Beine an, und er hätte sie küssen mögen, oder lange anschaun. Das war nur Sinnlichkeit, er wußte es, ein Bein ist ein Bein, jedes gesunde Mädchen hat zwei Beine, und jedes dritte Mädchen hat hübsche Beine, oder jedes zehnte wenigstens.

»Ich bin kein Mörder«, sagte Franz.

»Natürlich nicht«, erwiderte Silvia. »Auch Pippo ist kein Mörder. Er hat es mir selber gesagt. Er hat Überzeugungen wie du. Früher wurden die meisten Morde in der Hitze begangen. Aus Leidenschaft brachte man einander um, aus Wollust, Eifersucht, Geldgier, aus Religionseifer, aus Liebe, sogar im Namen Christi, den sie den Gott der Liebe heißen. Heute begeht man kalte Morde, weil man verschiedener

Meinung ist. So erklärte es mir Pippo, mit anderen Worten, in seiner schlichten Sprache des Volks.«

»Kellnerjargon«, sagte Franz.

»Was hast du gegen Kellner?« fragte Silvia.

Franz sah ihren Busen an. Durch die dünne Bluse schien er fast nackt und schien eine andere Sprache zu sprechen als Silvia. Sicherlich trug Silvia keinen Busenhalter. Sie gefällt mir nicht mehr. Aber ich liebe sie noch.

Sie sagte: »Du liebst mich nicht mehr. Aber ich gefalle dir noch.«

Er wagte nicht, sie anzusehen. Durchs Fenster schien die Sonne. Ihre Strahlen spiegelten in den Bildern an der Wand, in einem Kristallüster, auf den Rücken vieler Bücher. Das Zimmer war nicht niedrig, und die Stuckdecke mit Putten und Blumenkränzen schien zu schweben. Es standen nicht zu viele Möbel herum. Die großen Fenster ließen Ströme von Licht herein. In einer Ecke stand eine Zimmerpalme. Aber gerade dieser gefesselte, verkrüppelte Baum verstärkte die Empfindung von Franz, daß er mit Silvia in einem hängenden Käfig sitze, zwei freundliche Bestien in einem Tiergarten, mit unsichtbaren Zuschauern um sie herum.

Plötzlich sah er auf einem kleinen Tisch an der Wand ein feststehendes Messer liegen von der Art, mit der man einen Menschen umbringen kann. Die Klinge war etwa dreißig Zentimeter lang. Der Griff war aus Bein. Auf dem Stahl waren dunkle Flecken, die in den Strahlen der Sonne deutlich sichtbar waren.

Er hatte beim ersten Schritt ins Zimmer dieses offene Messer gesehn, und auch im Wegblicken hatte er das Messer gesehn, den beinernen Griff. Daneben stand eine Porzellangruppe, er sah sie erst jetzt, Amor und Psyche, Amor war nackt und Psyche verhüllt; sie faßte mit zwei Fingern seine Unterlippe, um ihn mit offenem Mund zu küssen; er umfaßte sie mit einem Arm, mit dem andern Arm schien er wegzustreben. Es war ein unfreiwillig komisches Paar, und doch erwies sich die melancholische Anmut der mythologischen Gruppe als unzerstörbar, immer faßt die verhüllte Seele nach dem entweichenden Gott der Liebe, immer flieht uns die Liebe, und die arme Seele kennt sich selbst nicht zwischen den Hüllen.

»Du sollst mich nur verstehn«, bat Silvia. »Wir sind alle potentielle Mörder. Warum glaubst du, habe ich Pippo und Palermo verlassen? Mir gefiel Palermo, ich liebte Pippo, aber ich hatte Angst, ich würde ihn ermorden. Ich beschwöre dich, Franz, sei kein Kind, öffne die Augen. Du bist ein Gelehrter. Du kennst die Lebensläufe und Werke der Dichter in aller Welt. Ich sage dir, die Menschen sind zum Wahnsinn verurteilt. Schon die Gewißheit des Todes wäre unerträglich für eine gesunde Vernunft. Die Liebe ist nur unter Verblendeten möglich. Um sich selber oder einen andern Menschen zu lieben, muß man blind sein, muß man alle Sinne zügeln, allen Trieben entgegentreten. Der Mensch ist ein Haufen Schmutz, ein Bündel von Mordinstinkten. Wir töten unserer Nahrung wegen, schlachten Tiere, massakrieren Pflanzen, bringen einander um.«

Plötzlich blickte sie auf. »Du siehst mich nicht an, Franz, oder du siehst nur meine Beine so begehrlich an, als seien sie Hammelkoteletts und du wolltest sie verspeisen. Willst du mich haben, Franz?«

Sie wartete seine Antwort nicht ab und begann, sich auszuziehen. Sie tat es langsam, aber ihm schien es geschwind. Sie hatte nicht viel an. Er konnte keinen Blick abwenden. Er war aufgestanden und lächelte, ohne es zu wissen, ging ihr entgegen, ohne es zu merken. Sie hatte die Bluse abgetan und öffnete den Rock und ließ ihn fallen und zog das Höschen aus, ein lachsfarbenes. Er hing schon an ihrem

Mund, aber sie führte ihn vor ihr Bett und zog ihn aus wie ein Kind.

»Silvia«, stammelte er und konnte die Augen nicht von ihr abwenden. »Was tust du?«

»Du liebst mich nicht«, sagte sie. Endlich standen sie nackt voreinander. Sie lächelten, ohne es zu wissen. Er starrte sie an, von oben bis unten, auch ihren Bauch, auch ihre Brust. Er schaute in ihre Augen, die so fröhlich glitzerten, auf ihre Lippen, die zum Kuß lockten, auf ihren Schoß, der ihn einlud.

Endlich faßte er sie, und sie fielen um, vor dem Bett, und vereinten sich, und ihm schien, er falle und steige zugleich, er stürze und stehe zugleich, er schloß die Augen und fühlte sich mächtig wie nie, wie im Besitz der ganzen Welt und hingegeben wie nie, und fröhlich wie nie, und er öffnete die Augen und sah ihre Augen, ganz ruhig, ganz vernünftig, vernünftig wie nie; sie blickte ihn ruhig an, ganz unparteiisch, als wären ihre Augen unbeteiligt und kalt, indes Silvia selber glühte, ihre Lippen seine Lippen zu verschlingen schienen, ihre Nüstern bebten, ihre Brüste sich hoben, ihre Lenden zitterten, ihre Hände ihn in Besitz nahmen, ihr Schoß glühte und bebte und ihn festhielt. Ihre Haare schienen ihn zu umfassen, ihr Atem ihn zu erfüllen, ihre Haut ihn einzuheimsen. Die ganze Person glühte und genoß ihn, aber ihre klugen Augen sahen zu, unbeteiligt, unbetroffen, wie zwei Zuschauer des Lebens.

»Das will ich sein, mein Leben lang«, erklärte Franz, »ein Zuschauer des Lebens.«

»Was sagst du?« fragte Silvia.

Sie lag auf dem Rücken und hielt die Hände unter ihrem Kopf verschränkt und lächelte. »Bist du glücklich?« fragte sie ihn. »Und warum habe ich es nicht längst gemacht?«

»Was?«

»Dich verführt!«

»Es ist zu spät.«

»Es ist nie zu spät. Als sie dich in Haft nahmen, sagte ich zu Pippo: ›Jetzt mußt du fliehn.‹ ›Es ist zu spät‹, sagte Pippo. Ich antwortete: ›Es ist nie zu spät.‹ Die Zeitungen hatten über den Mord in der Hasenheide, beim Sommerball der ›Roten Hilfe‹, ausführlich geschrieben, drei Tage lang, dann war es aus. Neue Morde, neue Neuigkeiten. Hast du die Zeitungen damals gelesen?«

»Ich war verhaftet.«

»Ich weiß. Wir hatten alle angenommen, der Nazi habe seinen kommunistischen Bruder erschossen, aber es stellte sich gleich heraus, der Kommunist hatte seinen Nazibruder erschossen, die Leiche trug Uniform. Aber der Kommunist behauptete, er habe nur einmal geschossen, in Notwehr, als sein Bruder mit dem Messer gegen ihn losging. Man fand den Revolver des kommunistischen Bruders, da war wirklich nur eine Kugel, die man auch im Körper des Toten fand, und sie saß in der Schulter des Toten und war keineswegs tödlich. Alle hatten aber zwei Schüsse gehört, und man fand auch die zweite Kugel im Unterleib des Toten, und auch sie war offenbar nicht tödlich gewesen, und sie kam aus einem andern Revolver, und wem hatte dieser gehört, wer hatte unmittelbar nach dem Bruder fast gleichzeitig geschossen? Und die Polizei fand ein Messer neben dem Toten, blutig, und es hatte dem Toten gehört, dafür fanden sich Zeugen, und das Blut stammte vom kommunistischen Bruder, der eine frische Stichwunde im linken Arm hatte.

Aber der Tote hatte gleichfalls eine frische Stichwunde im Rücken von einem Messer, das durch sein Herz gegangen war, das ihn erst getötet hatte. Dieses Messer fand die Polizei nicht. Pippo hatte angenommen, er habe sein Messer liegengelassen, neben der Leiche. Aber ohne es zu wissen, hatte er es wieder zu sich gesteckt.«

»Hier ist es«, sagte Franz, ohne hinzublicken.

Silvia ergriff seine Hand. »Ich schlief zwei Wochen in seiner Stube in Palermo. Du kannst es dir nicht vorstellen. Acht Personen wohnten in diesem Zimmer, wo ich mit Pippo schlief. Mit mir waren es neun. Auch Pippos Frau schlief in diesem Zimmer. Manchmal schlug er sie. Und wenn er mich allein im Zimmer ließ, schlug sie mich. Du kannst es dir nicht vorstellen. Hinter der Kathedrale gibt es eine ganz enge Gasse, ein Auto kommt gerade durch, es sind lauter fünf- und sechsstöckige Häuser, von Fenster zu Fenster gehn Schnüre, überall hängen Wäschestücke, zerfetzt, verwaschen, nicht mehr gut genug, um Fetzen und Lumpen zu heißen. Vor den Türen sitzen Weiber jeden Alters, in jedem Alter schon ausgelaugt wie ihre Wäschestücke. Da schleichen hungrige Katzen, da spielen hungrige Kinder. Manche dieser Kinder haben mit fünf oder sieben Jahren ein ganzes Leben im Gesicht, unglücksschwere oder zynische Augen. Da sitzen alte Männer in den Hausgängen, die aussehen wie Illustrationen zum Thema »unseliges Alter«.

Pippo lebt mit seiner ganzen Familie in einem Raum, parterre. Das Zimmer ist fensterlos, die Tür ist das Fenster. Da stehn zwei Betten, jedes Bett an einer andern Wand, in einem Bett schlafen die Eltern von Pippo, im andern Bett schläft er mit seiner Frau, wenn er nicht ein Mädchen mitbringt. Dann schläft die Frau in einer Ecke, auf einer Wolldecke auf dem Fußboden. Sie heißt Marietta, kommt aus Turin und sagt, sie werde sich nie an solche Zustände gewöhnen können. Aber sie lebt schon seit Jahren darin. Pippo hat zwei Kinder von ihr, ein Mädchen von dreizehn Jahren und einen Jungen von zwölf, und die Kinder schlafen abwechselnd im Bett mit den Eltern und den Großeltern. In einer Nacht schläft der Junge mit den Großeltern und das Mädchen mit den Eltern, in der nächsten Nacht der Junge mit den Eltern und das Mädchen mit den Großeltern. Sie ziehen beide vor, mit den Eltern zu schlafen. Solange ich mit Pippo in seinem Bett schlief, lagen beide Kinder bei den Großeltern. Obendrein gab es noch zwei Schlafburschen im Zimmer, die zusammen nur einen Anzug hatten; wenn der eine ausging, mußte der andere im Zimmer bleiben. Sie schliefen auf Säcken und Lumpen in einer Ecke. Es waren zwei freundliche, lachende Burschen, etwa fünfundzwanzig Jahre alt.

Es gab kein fließendes Wasser im Zimmer, die Toilette war im dritten Hinterhof. Dafür hatten sie einen Gasherd mit zwei Flammen. Immer roch es im Zimmer ein wenig nach Gas, und natürlich nach Staub und Schweiß und Urin und verbranntem Öl.

Nie gab es genug Nudeln im Haus. Brot war ein Leckerbissen. Der einzige in der Familie, der einen Beruf gelernt hatte, war Pippo. Von ihm lebte die Familie hauptsächlich. Die andern hatten Gelegenheitsarbeiten, Nebenverdienste waren ihre Hauptverdienste. Alle waren aufeinander eifersüchtig, auf die Gesundheit des andern, auf sein Geld, auf sein Bett, auf ein Stück Brot, auf die sexuellen Verhältnisse. Dabei hatte ich alle im Verdacht, daß sie mit allen schliefen. Die Schlafburschen mit Pippos Mutter, Frau und Tochter, Pippo und sein Vater mit Pippos Tochter, die beiden Kinder Pippos miteinander, mit Pippos Sohn schläft jedermann, es hat keine Folgen.

Diese Familie hurt und stiehlt, hungert und lacht, und alle leben von Pippo. Sie schlagen sich fortwährend, und insbesondere wegen der Politik. Dann sitzen sie alle in der einen Stube, alle rauchen Zigaretten, alle reden sie auf Pippo ein, um ihn zu bekehren. Er ist der einzige Antifaschist unter ihnen und in der ganzen Straße. Er ist ein Kommunist. Er macht kein Hehl daraus. Er lacht sie aus, die Familie, die Schlafburschen. ›Wenn ihr mich bekehrt‹, sagt er, ›so werde ich ein doppelter Faschist, dann lasse ich euch verhungern, die Mamma vielleicht ausgenommen. Vielleicht aber auch nicht.‹

Seine Mama und seine Frau laufen in die Kirche zum Beichtvater, der malt ihnen die Hölle, er befiehlt ihnen, den Pippo zu bekehren. Er warnt sie, er wisse es genau, nur dürfe er es nicht verraten, das Beichtgeheimnis, man werde den Pippo umlegen, die Nachbarn, die Schwarzhemden, die Polizei, alle seien gegen ihn.

›Bei allen Heiligen‹, beschwören sie ihn, ›gib es auf, Pippo. Gib nach!‹

Er lachte sie aus!

›Ich hasse die Armut‹, sagt er ihnen. ›Wer sie abschaffen will, für den bin ich. Geht auf die nächste Straße um die Ecke, da ist alles da, in den Schaufenstern Fleisch und Früchte, Seide und Samt. Paläste und der Dom, Gärten mit Bäumen und Blumen darin, die antiken Tempel und die Touristen, die Gutsbesitzer und die Grafen.‹

›Mir gefällt kein Samt mehr‹, sagte seine Frau, die Marietta. ›Und auch keine Seide mehr.‹

›Da stehn Paläste‹, fuhr er fort, ›und Automobile, da gehn die hübschen Mädchen und hübschen Jungen herum, da schwimmen die Banken im Gold. Alle leben im Überfluß, alle ertrinken in Geld. Und ich gönne es ihnen, wenn sie es nur anwenden wollten, um uns Arbeit zu schaffen. Aber sie sind Strohköpfe und Müßiggänger, zahnlose Zeitgenossen. Sie sitzen auf ihrem toten Geld, in ihren toten Palästen, auf ihren toten Ländereien und zwischen den toten Tempelruinen und haben mit ihren Katzen und Hunden mehr Mitleid als mit ihren Dienern und Nachbarn.‹

›Du versündigst dich, Pippo‹, entgegnete vorwurfsvoll die Mama. ›Der Priester sagt …‹

›Die Kirche gibt von morgens bis abends dem Unrecht ihren Segen. Der König und die Kirche, das sind unsere Feinde. Lauter Prasser und Sünder!‹

›Du bist verhetzt‹, sagte die Mama.

›Er ist der Sünder‹, sagte seine Frau. ›Ich sah ihn mit der Mariuccia im Bett.‹

›Das ist meine Sache‹, sagte Pippo.

›Und du liegst mit dieser amerikanischen Hure im Bett. Alle sehn es.‹

›Mit Silvia?‹ fragte Pippo. ›Sie hat mich gerettet. Ihr lebt alle von mir.‹

›Das ist wahr‹, sagte die Mama. ›Pippo ist der beste Sohn auf der Welt. Er ist ein guter Vater. Er ist ein guter Mann. Er gibt seinen letzten Lire für seine Familie. Ohne ihn wären wir längst verhungert. Keiner liebt euch wie Pippo.‹

›Ich‹, sagte Pippo, ›liebe die Menschen wenig. Ich kenne sie zu genau. Ich bediene sie. Ich hasse nur die Faschisten. Ich hasse die armen Leute, die sich ausnützen lassen. Ich hasse die reichen Leute, die auf mich herunterschaun. Ich hasse die Menschen. Aber ich werde nie wieder einen Menschen töten.‹

›Hast du schon einen umgebracht?‹ fragte seine Frau.

›Nie!‹ schrie ich.

›Du schweig‹, sagte Pippo, und als ich nur den Mund aufmachte, begann er, mich zu schlagen, und ich weinte und blutete aus der Nase und stöhnte und schluchzte und fiel auf den Boden, und er schlug mich weiter, mit den Fäusten, und die ganze Familie saß schweigend herum, und die beiden Schlafburschen mit dem einen Anzug sahn stumm zu, und er schlug mich, bis seine Frau sagte, nun ist es genug. Da hörte er auf. Und die Mama hob mich auf, sie stöhnte dabei, und sie brachte mich zu Bett.

Drei Wochen hielt ich es aus. Eines Morgens ging er weg

und kam nicht wieder, und seine Frau sagte es mir, daß er nicht wiederkomme; er sei in ein anderes Land gegangen, arbeiten, und ich dachte, vielleicht ging er nach Berlin, und ich muß ihm nach und ihn retten, aber da ist er nicht, wenigstens fand ich ihn nicht.«

»Und da bist du nun?« fragte Franz Mark und lag nackt im Bett neben der nackten Silvia. »Und du liebst mich nun? Und was hast du der Polizei über mich gesagt?«

»Daß du unschuldig bist. Daß ich nie ein Messer bei dir gesehn habe, nie einen Revolver. Daß du die Menschheit liebst. Daß du ein Moralist bist. Daß du besser als alle Amerikaner bist, denen ich je begegnet bin. Daß du besser als alle Deutschen seist, die ich je gesprochen habe. Daß du die Nationalsozialisten in Wirklichkeit nicht hassen kannst, wie du mir gesagt hast, und nicht hassen willst, weil du keinen Menschen hassen willst, daß man aber ihnen entgegentreten muß, ehe sie die Menschheit mit Füßen treten, was sie bald tun werden. Daß man ein Zeichen geben und ihnen entgegentreten muß, daß man eine Tat tun muß, daß du diesen Toten nicht gekannt hast, daß du den Mord nicht begangen hast, und wenn du ihn begangen hättest, so tatest du es ohne Bosheit, ohne Mordgier, ohne Haß, nur um ein Zeichen zu geben, nur um endlich eine Tat zu tun.«

»Du hast mich also verteidigt?« fragte Franz. »Den Mord verteidigt, den ich nicht begangen habe? Du hast mich einen Moralisten geheißen?«

»Es gibt Moralisten, die töten.«

»Von der Sorte deines sizilianischen Kellners?«

»Ich mußte ihn retten. Er war der Mörder. Er hat es aus Idealismus getan. Du warst nicht in Gefahr. Du bist ja frei. Und wer hat denn der Polizei deinen Namen und deine Adresse so schnell verraten? Das war ich nicht. Ich flüchtete ja zu dir mit Pippo. Ruth Rabe sagt, Eugen und Schwarzbach hätten dich angegeben. Das glaube ich nicht. Sie hielten dich sicher nicht für den Mörder. Freilich, ohne Pippos Geständnis hätte ich dich vielleicht verdächtigt. Ruth Rabe glaubte es gleich, du seist der Mörder. Die meisten Menschen glauben, Moralisten seien zu allem fähig. Die meisten Menschen wollen, jeder solle wie sie selber sein, nicht besser, nicht schlechter, und lieber schlechter als sie, denn besser.«

»Und wenn sie mich im Gefängnis behalten hätten?«

»Ich hätte dich im Gefängnis besucht. Siehst du nicht ein, daß ich Pippo retten mußte? Hättest du selber nicht alles getan, um ihn zu retten?«

Silvia umarmte ihren Franz und begann zu schluchzen. »Spürst du es nicht auch«, fragte sie ihn, »daß die Menschheit zusammengehört, daß wir alle füreinander verantwortlich sind, daß die Demütigung eines Menschen alle Menschen trifft?

Es gibt Troglodyten, Kannibalen, Rassenmörder, Ungeheuer jeder Art unter Menschen, und es gibt so noble Menschen. Die Menschheit ist durch tausend Sprachen voneinander getrennt, durch tausend Religionen, durch tausend verschiedene Sozialsysteme. Schon in einer einzigen Familie lebt man wie durch Abgründe getrennt.

Wenn ich zwischen diesen Sizilianern saß, neben der Dreizehnjährigen, die ihre Zigarette im Mundwinkel hielt und zwischen den Alten stand und an ihrem Gespräch teilnahm und gegen alle Partei ergriff, in einem Kleidchen, das wie ein zerrissenes Fähnchen um sie hing und ihren Körper mehr enthüllte als verhüllte, faßte mich ein Schmerz. Ich erinnerte mich, wie unschuldig ich mit dreizehn Jahren war, drüben in den Staaten, und was für ein grausames Leben diese Dreizehnjährige bereits hinter sich hatte, mit mehr Sexualerfahrung als eine zehnköpfige Pastorenfamilie durchs ganze Leben erhielt, mit mehr Lebenserfahrung, mit mehr Schmerz und Menschenverachtung.

Da waren die beiden Schlafburschen, die lange nur einen Anzug hatten, wenn der eine ausging, zur Arbeit, mußte der andre zu Hause bleiben. Da saßen sie um mich herum, die alle den Hunger kannten, die Gier nach einem Stück Brot, nach einem Becher Wein. Keiner hatte eine Stube für sich, keiner ein Bett für sich, und was ist das für eine Gesellschaft, die das mit ansieht und nicht ändern will. Was sind das für Menschen, die zusehn, wie ihresgleichen zugrunde geht? In Westeuropa essen sie zuviel, und in Südeuropa zu wenig. Und erst in Indien und China?

So ähnlich hatte schon Franz Schwarzbach zu mir gesprochen. So ähnlich sprach Pippo zu mir. Und er war fein heraus. Er hatte was gelernt. Er war ein Kellner. Er mußte nicht hungern. Wenn er Arbeit hatte und einen Posten, so aß er früher als die Gäste. Satt sah er zu, wie sie sich sättigten.

›Mein Fehler war‹, sagte mir Pippo, ›daß ich nie an die Gleichheit aller Menschen glauben konnte. Statt mich daran aufzurichten, daß ich so viel wert war wie jeder Mensch mit zwei Beinen und zwei Augen und mit zehn Fingern, mit Kopf und Herz, wollte ich etwas Besseres sein, wollte mich auszeichnen. Als ganz kleiner Junge wollte ich ein Räuberhauptmann werden und alle Reichen foltern. Zu den Reichen zählte ich den Bäcker, den Metzger, den Fischhändler in der Straße, den Polizisten, den Apotheker. Reichere kannte ich nicht. Später wollte ich der Polizist an der Ecke sein, der alle festnehmen darf. Dann war ich schon ein großer Junge, sechzehn oder achtzehn, da wollte ich Menschen retten, aus Katastrophen, vor mörderischen Elementen. In Gedanken zündete ich halb Palermo an, um aus einem brennenden Haus ein schönes Mädchen zu retten. Ich trug sie auf meinen Armen aus den Flammen, mein Haar und meine Hose waren versengt, das Mädchen weinte und umarmte mich, die Menge jubelte mir zu, und der Bürgermeister heftete mir die Rettungsmedaille auf die Brust. So träumte ich. Und lief zu allen Bränden. Aber da stand die Polizei und hatte immer abgesperrt, und es waren auch keine hübschen Mädchen da, die zu verbrennen drohten, und es gab nicht einmal Kinder, die ich retten konnte. Und alles war nur ein öder Tagtraum.

Einmal kam ich dazu, wie ein alter Mann sich auf die Landstraße legte, vor einer Kurve, nachts. Vielleicht wollte er überfahren werden. Vielleicht war er betrunken. Im letzten Augenblick sprang ich hinzu und riß den armen Mann zurück, als ein Lastauto um die Ecke schoß und knirschend bremste. Ehe ich wußte, wie mir geschah, sprangen der Fahrer und der Beifahrer aus dem Lastauto und schlugen uns links und rechts die Fäuste in die Gesichter und stiegen auf und fuhren davon. Kaum waren sie fort, überfiel mich der alte Mann und verprügelte mich. Und doch habe ich zweimal Kinder gerettet, das erste Mal wirklich aus einem brennenden Haus. Es war ein Mädchen von fünf Jahren, das wie ein Kätzchen schrie, und als die Polizei fragte, wer das Feuer in der Wohnküche ihrer Eltern angezündet hatte, lachend auf mich deutete und ja, ja, sagte und in die Hände klatschte und rief: Er! Er!

Sie behielten mich drei Tage und Nächte in Haft, dann ließen sie mich laufen. Immerhin war das Kind gerettet.

Das zweite Mal ruderte ich in einem Kahn, allein, im Meer, als plötzlich ein Sturm aufkam und ein Ruderboot neben mir umschlug, mit einer jungen Mutter und zwei Mädchen. Sie konnten alle drei schwimmen, und sie versuchten alle drei, ans Ufer zu schwimmen. Die Mädchen waren vielleicht zehn und fünfzehn Jahre alt. Die Mutter schwamm am besten. Ich hatte nicht achtgegeben, und der Sturm hatte auch meinen Kahn umgestürzt. Ich bin ein guter Schwimmer. Die Mutter schwamm und blickte sich nach ihren Töchtern um und schrie, und mir schien, als hörte ich zwischen Wind und dem Tosen der Wellen, wie die Mutter mir zurief, ich sollte die Töchter retten, ich faßte die eine und zog sie heraus, am Strand stand schon die Mutter und trieb mich zurück, um der zweiten Tochter zu helfen. Inzwischen hatte es zu regnen begonnen und der Wind nachgelassen, und um die Mutter und ihre gerettete Tochter sammelten sich schon Leute, und ich dachte, diesmal ist mir die Rettungsmedaille sicher, und ich sprang ins Wasser und schwamm zurück, die andere Tochter schwamm noch, die kleinere, aber sie kam nicht voran, und wie ich sie erreichte, versank sie, und ich selber fühlte eine plötzliche Schwäche, einen Schwindel und einen Krampf im linken Bein, und ich nahm meine letzte Kraft zusammen und kam noch ans Ufer, und da stand die Mutter und heulte und schrie und wollte mich prügeln, denn ich sei schuld, daß ihre beiden Töchter ertrunken seien, ohne mich wäre die zweite Tochter nicht wieder ins Wasser gesprungen, ohne mich wäre sie selber ins Wasser gegangen, um ihre ältere Tochter zu retten, andere wären ins Wasser gesprungen und hätten die Tochter gerettet, ich sei ein Harlekin, ein Taugenichts, ein Mörder, ja der Mörder ihrer Töchter sei ich.

Und die Leute ließen mich liegen und standen um mich herum und deuteten mit Fingern auf mich, und andere Leute kamen herzu und fragten: Wer ist das? Und die Leute, die zuerst gekommen waren, zuckten die Achseln und deuteten auf mich und sagten: Der? Das ist der Mörder.‹«

»Und ist er kein Mörder?« fragte Franz.

»Und du?« fragte Silvia.

»Ich bin nicht schuld«, sagte Franz.

»Wir sind alle Mörder«, rief Silvia und weinte und lachte. »Und es ist auf Erden kein Platz für Moralisten.«

»Bin ich ein Moralist?« fragte Franz. »Ich bin gar nichts Besonderes, leider. Ich bin zwanzig Jahre alt und faul und gefräßig, sinnlich und gedankenlos. Hier und da nehme ich mir etwas vor und vergesse es. Ich lese die Zeitung und denke, man müßte alles besser machen, und vergesse es. Ich habe mit Ruth Rabe geschlafen und war entzückt. Nun liege ich bei dir, und es gefällt mir noch besser. Ich gehe auf die Universität und höre mir die Professoren an, jeder einzelne weiß mehr als ich, und der oder jener ist ein Genie und weltberühmt, und alle zusammen scheinen mir dümmer als ich. Man kann Menschen nicht addieren. Die Summe geht nicht auf. Alle Menschen verstecken ihre Unruhe voreinander. Keiner spricht offen von seiner Angst. Jeder Professor hat sein Fach gelernt, jeder ist eine Autorität in seinem Fach, nur ist sein Fach eine Schublade, eng und voller Bettel. Die meisten haben auch andere Interessen, größere oder stärkere. Der ist verhurt, der säuft, der ist verfressen. Der stirbt vor Eitelkeit, jener hat Angst vor Krebs. Ich setze mich vor ein Kaffeehaus auf die Straße, in einer Stunde gehn tausend Menschen an mir vorbei, ich bin unzufrieden mit mir und möchte mit keinem tauschen. Da sind tausend Menschen, und keiner hat einen Funken Interesse an einem andern. Da sind tausend Menschen, und jeder hat paar fixe Ideen oder vielleicht nur paar fixe Triebe. Tausend Leute und wenn man Glück hat, keine Mörder darunter, wie dein Pippo.«

»Und vielleicht keiner so gut und hilfsbereit wie mein Pippo.«

»Ein bestrafter Wohltäter, ein verkannter Retter. An allen Ecken stehn die Retter herum, in Amerika verkaufen sie Äpfel auf der Straße, in Deutschland ziehn sie private Uniformen an und vergießen jeder des andern Blut.«

»Du bist nicht besser«, sagte Silvia. »Was tust du? Du murrst.«

Silvia begann, sich anzuziehn, und Franz folgte fasziniert dem Schauspiel. Ihn regte es auf, wenn die Mädchen sich auszogen, ihn regte es auf, wenn sie sich anzogen.

»Was kann ich tun«, fragte Franz lachend, »um die Welt zu retten? Ich gehe bald ins Examen und mache meinen Doktor phil. Ich schreibe eine Arbeit über Heinrich Heine. Ich kehre nach Amerika zurück und werde ein Professor werden. Ich will meinen Schülern sagen, sie sollen es besser machen als ich. Sie sollen sich sputen. Sie sollen anständig bleiben.«

»Und ihre Steuern zahlen, vergiß das nicht«, rief ungeduldig Silvia. Sie stand vor dem Spiegel und war schon angezogen und sah ihr Gesicht und ihre Figur prüfend an und hielt ihren Kamm in der Hand und drehte sich zu Franz um und lächelte ihm zu, gerührt mit einem Mal von all dem Vergnügen, das er ihr eben geschenkt hatte. »Komm«, sagte sie, »und sag mir, ob du mich lieb hast.«

»Du gefällst mir«, sagte Franz. Sie ging zu ihm, gab ihm einen Kuß und begann, ihn zu kämmen, ließ es sein, kämmte sich selber und sagte ihm, zu seinem Bild im Spiegel, zu ihm, der ihr mit entzücktem Lächeln zusah: »Wenn du mich heiratest, tue ich alles für dich. Ich helfe dir sogar, die Welt zu retten oder neben dir in New York auf der Straße Äpfel zu verkaufen. Wenn du willst, gebe ich das Rauchen und Trinken auf, gehe nur noch mit dir ins Bett, wenn du willst, sooft du willst und wann du willst, seltener oder häufiger. Ich werde Kinder von dir haben, am liebsten zwei oder drei. Ich werde versuchen, gut zu sein und gut zu handeln. Ich werde auf dich eifersüchtig sein oder die Freundin deiner Freundinnen sein. Ich werde dich antreiben oder dich auffüttern. Ich werde dich amüsieren oder kritisieren, dich vergöttern oder dich betrügen. Wie du willst, was du willst. Nur lebe mit mir! Du gefällst mir. Und ich setze auf dich. Du wirst es nicht bereuen. Da wird es keinen Pippo mehr geben, keinen Schwarzbach, keine Ruth Rabe. Ich werde dein Herr sein oder deine Sklavin, für dich kochen oder deine Muse sein, deine Hetäre, dein bester Freund, die Mutter deiner Kinder. Ich werde dich aushalten oder ausbeuten. Was du willst, Franz. Wie du willst. Aber laß mich nicht allein. Oder gefalle ich dir nicht mehr?«

»Du gefällst mir«, sagte er und nahm sie in die Arme. Aber sie ließ sich nicht küssen.

»Du hast mir einen Korb gegeben«, rief sie und weinte schon, und lachte gleich darauf und schickte ihn fort.

Er ging zur Universität. Als er am Abend zurückkam, war Silvia abgereist. Ruth Rabe öffnete ihm die Tür und küßte ihn, als wäre Silvia nie dagewesen. Solange Silvia da war, hatte sie sich zurückgehalten, wie eine schöne Mutter, die vor der Tochter zurücktritt. Nun zog Ruth Rabe schon an der Tür den verwirrten Franz Mark an ihren Busen, schon nahm sie Besitz von ihm und von seinem Bett. Sie schlief mit ihm und verführte ihn, bei Tag und bei Nacht, sie fütterte ihn und führte ihn aus, sie begleitete ihn zu den Kollegs und lauschte seinen Professoren, als hätte sie ein Liebesverhältnis mit einem halben Dutzend Wissenschaften.

»Und Silvia?« hatte Franz Mark schon an der Tür gefragt, kaum daß er Ruths Busen gespürt, Ruths ersten Kuß empfangen hatte. »Sie ist fort? Ist sie zu ihrem Vater? Bei Schwarzbach? Bei Eugen? Zurück nach New York?«

»Pippo hat angerufen, aus Paris. Sie hat in zwei Stunden gepackt. ›Sagen Sie Franz‹, rief sie mir auf der Treppe nach, ›sagen Sie ihm ...‹

›Was?‹ fragte ich. ›Was soll ich ihm sagen, liebes Kind?‹

›Sagen Sie ihm also ...‹

Ich stand an der Tür, sie auf der Treppe, fünf Stufen tiefer, wir sahn uns an. Sie schaute auf die Uhr. Sie fing zu lachen an, unterbrach sich, nickte mir zu, ging drei Stufen weiter und rief: ›Sagen Sie ihm nichts. Er wird mich nie verstehn.‹

›Nein‹, sagte ich, ›verstehn wird er dich nicht.‹

Silvia machte eine Handbewegung, eine merkwürdige Geste, ich habe umsonst darüber nachgedacht. Dann lief Silvia die Treppen hinunter, ich hörte ihre Stöckel. Das Mädchen hatte die Koffer Silvias schon hinuntergetragen. Ich lief ins Zimmer zum offenen Fenster. Sie gab dem Dienstmädchen die Hand und Geld, sie blickte empor, winkte mir zu, stieg ins Taxi und rief noch: ›Grüße.‹ Es ist möglich, daß diese Grüße dir galten, mein Franz.«

Franz blieb allein mit Ruth Rabe. Er verliebte sich von neuem in die neugierige Person. Manchmal schien ihm, als sei er nur ein Teil ihres Mobiliars. Er gewöhnte sich dermaßen an sie, daß sie ihm überall zu fehlen begann. Sie las seine Bücher mit ihm, schrieb seine Aussprüche auf, tippte seine Seminararbeiten für ihn, hörte ihn ab, hörte ihm zu.

»Ich bin deine Sekretärin«, sagte sie ihm, »deine Zimmerwirtin, deine Frau, deine Geliebte, dein Korrepetitor, dein Professor, deine Schülerin.« Er hatte sie im Verdacht, daß sie seine Liebesgespräche mit Silvia belauscht hatte und daß sie Silvia fleißig kopierte, um ihn stärker zu fesseln. Da er aber mit Silvia nur englisch gesprochen hatte und mit Ruth nur deutsch, klangen Silvias Redensarten in der deutschen Übertragung wieder anders, gefühlvoller, umschweifiger, fremdartiger für Franz.

Fasziniert sah er ihr zu, wenn sie sich für ihn auszog, fasziniert, wenn sie sich anzog. Sie lachte anders, roch anders, schmeckte anders, liebte anders, sprach anders als Silvia, und doch lag er in Ruths Schoß, als läge er in Silvias Schoß, als wären Silvia und Ruth Zwillingsschwestern, als wären sie dieselben in verschiedener Fasson, in wechselnder Aufmachung. Sie sahen einander keineswegs ähnlich. Was ihn am meisten verwunderte, war sein völliger Mangel an Gewissensbissen. Kaum nahte Silvia, war Ruth Rabe vergessen. Sie verlor nicht ihre Anziehung, aber sie faszinierte ihn nicht. Sie regte ihn auf, aber er liebte sie nicht. Kaum war Silvia verschwunden, nahm Ruth ihre Stelle ein, Ruth wurde Silvia.

Er liebte sie wie das Leben, er verging in ihren Armen vor Wonne, er lief zu ihr heim, um ihr alles zu erzählen, er lauschte jedem Wort von ihr, als sei sie seine ideale Universität, ein Weltlehrer, ein Lehrer der Liebe, als sei sie seine Mutter, seine Tochter, seine Frau, sein einziger Freund auf Erden.

Er schien sich nicht darüber zu wundern, daß sie keinen andern Freund hatte, daß sie so geduldig auf ihn zu warten schien, daß sie ihm keine Vorwürfe, keine Eifersucht auf Silvia zeigte, daß sie sich ihm hingab, wenn die andre fehlte, ihn preisgab, wenn Silvia erschien, damit zufrieden war, den Ersatz für Silvia zu liefern, Silvia Nummer zwei zu sein.

Dabei war sie die Bessere. Wenn Silvia nicht da war, schien ihm Ruth hübscher, reifer, gescheiter und vor allem beständiger. Untreu, wie er ihr war, liebte er ihre Treue. Unruhig, wie er war, liebte er ihre Ruhe.

Beide, Silvia und Ruth, waren kokett, aber Silvia kokettierte mit jedem, auch vor seinen Augen, Ruth nur mit ihm. Dabei gefiel Ruth seinen Kommilitonen und Professoren offenbar viel besser als Silvia. Durch Silvia kam er ins Gefängnis, durch Ruth zum Examen.

Franz wurde häuslich, er studierte immer fleißiger, er las und begann zu schreiben, er reichte seine Doktorarbeit ein und bestand mit Auszeichnung. Er lebte ein ganzes Jahr lang wie unter einer Käseglocke, wie in einem Aquarium, wie in einer Studierzelle und in einem Weiberschoß bei Nacht.

»Ich studiere auch in deinen Armen«, sagte er zu Ruth, »und liebe in allen Büchern nur dich.«

Sie waren verliebt ineinander, als hätte es nie eine Silvia gegeben. Wenn er zu Hause arbeitete, saß sie still in der Nähe. Wenn er zur Universität eilte, verließ sie mit ihm die Wohnung und ging spazieren.

Ihm machte es in diesem neuen Jahr, 1933, kein Vergnügen mehr, in Berlin spazierenzugehen. Er saß nicht mehr gern vor den Cafés auf der Straße, seine Kollegen und seine Professoren mißfielen ihm von Tag zu Tag mehr, die Stadt mißfiel ihm, das Land, das halbe Volk.

Zwar hatten die Straßenschlachten aufgehört. Man hatte den Bürgerkrieg in die Gefängnisse und in die Konzentrationslager verlegt. Mitten im Frieden begann die Bevölkerung einen barbarischen Privatkrieg im Lande. Die Ärmsten, Dümmsten, Jüngsten und künftige Mörder zogen die braunen und schwarzen Privatuniformen an. Sie bereiteten den Weltkrieg mit einer neuen Art Bürgerkrieg vor, in dem die eine Seite die Waffen hatte und folterte, die andere Seite nur die Ideale hatte und gefoltert wurde. Dem ganzen Volk wurde eine pseudointellektuelle und pseudomoralische Zwangstracht angezogen. Das Verbrechen wurde zum Gesetz erhoben. Die Verbrecher wurden die Richter. Die verschworenen Mörder bildeten die Regierung. Kardinäle und protestantische Bischöfe knieten vor einem Hitler, der sich öffentlich als den neuen Antichrist anpries. Er predigte offen die Ermordung von Deutschen und andern Völkern, und große Teile der Bevölkerung jubelten ihm zu. Er rüstete zum Krieg, und viele Opfer freuten sich. Er sprach wie ein Halbidiot, und Philosophen beteten ihn an. Er stank wie die Pest, und der Papst schloß ein Konkordat mit ihm. Die meisten Berliner Juden blieben in Berlin und hofften mit zugedrückten Augen. Die Christen gewöhnten sich an ihn.

Die Touristen fanden ihn interessant. Seine Gegner wurden erschlagen oder fielen von sich selber ab oder verstummten. Das Volk jubelte und schauderte. Die Millionen lebten, als hätte nur die Regierung gewechselt, und die neue Regierung, junge energische Männer, schuf eine Reihe interessanter Reformen. Die Arbeitslosigkeit nahm ab. Die Welt wandte ihr Interesse den Deutschen zu. Im Rundfunk brüllten die Reformer.

Eines Abends kam Franz von der Universität heim und fand die beiden Dienstmädchen in Tränen. Frau Rabe war verschwunden. Männer hatten sie abgeholt, Männer in Uniform. Erst hatten sie die ganze Wohnung durchsucht, hatten die Frau geschlagen, dann sie mit Gewalt in ein Auto gesetzt und waren mit ihr abgefahren.

»Um Gottes willen«, rief Franz, »was haben die Kerle gewollt? Was haben sie gesagt? Warum haben sie Frau Rabe geschlagen?«

»Sie sagten nichts. Sie brüllten. Sie schlugen.«

»Aber weshalb? Was sagte Frau Rabe?«

»Erst verlangte sie den Haftbefehl zu sehn. Da regnete es Prügel. Sie schrie: ›Ich bin unschuldig.‹ Da regnete es Prügel. Sie schrie um Hilfe. Da regnete es Prügel. Sie bat um Gnade. Da regnete es Prügel. Zwischendurch kam ein Anruf. Den nahm einer der Uniformen an und fragte nach Namen und Telefonnummer und rief ein Amt an und gab Namen und Nummer und sagte: ›Festnehmen.‹ Das gefiel der Frau Rabe nicht. Da regnete es Prügel.«

Franz stand da und zitterte an Händen und Beinen. Sein Blick fiel auf den Spiegel, und er erschrak vor dem Entsetzen in seinem Gesicht. Er sah die beiden Dienstmädchen an. Sie waren schon seit Jahren bei Frau Rabe angestellt. Sie hießen Marie und Luise. Sie waren zwischen dreißig und vierzig Jahre alt, weder hübsch noch häßlich, eine lächelte viel, eine war häufig mürrisch. Frau Rabe hatte sie gedrillt. Sie durften weder zur Tür noch zum Telefon. Sie durften nie von den Untermietern der Frau Rabe reden. Wenn es Gäste in der Wohnung Rabe gab, durften sie nicht servieren, Frau Rabe übernahm es. Zum Aufräumen kam eine Putzfrau.

»Neugierig bin ich selber«, erklärte Frau Rabe. »Ein Neugieriger im Haus ist genug. Neugier und Wißbegier, damit beginnt man Revolutionen, damit wühlt man das Volk auf.«

Das Volk, Marie und Luise, war es aufgewühlt? Marie, die Lustige, hatte geschwiegen. Luise, die Mürrische, hatte erzählt. Was dachten die Mädchen? Hatten sie Mitleid mit ihrer Gnädigen? Standen sie auf seiten des Staats und seiner schlagenden Organe? Waren sie Mitglieder der Partei? Franz hätte ebensowohl Felix, den Dackel, oder Fatum, den Angorakater, fragen können. Felix knurrte, Fatum schnurrte.

Franz fürchtete sich, weitere Fragen an sie zu richten. Er war entsetzt und litt unter der Vorstellung, daß man die geliebte Frau geschlagen habe, als schlüge man ihn. Er spürte die Prügel regnen.

Er mußte Ruth retten. Er hörte sie lachen. Du willst die Welt retten? Die Welt? Einen einzigen Menschen! Seine Freundin! Seine Frau! Seine Geliebte! Seine Ruth! Wie kann man die ganze Welt retten, wenn man nicht einmal einen einzigen Menschen retten kann?

Wo sollte er Ruth suchen? Bei der Kriminalpolizei? In einem SA-Keller? Bei der Gestapo? Was hatte sie getan? Was warf man ihr vor? Sie war keine Jüdin. Das wußte er. Sie hätte es ihm gesagt. Sie war kein Freimaurer, keine Kommunistin, keine Sozialdemokratin. Hatte sie überhaupt politische Anschauungen? Hatte sie etwas gegen den Halbidioten gesagt, den das deutsche Volk seinen Führer hieß und den die meisten Deutschen hundertmal am Tag beim Namen anriefen, wenn sie andre Deutsche grüßten: Heil Hitler!

Was dachte Ruth eigentlich? Wer war sie? Hatte sie Freunde, die Franz nicht kannte? War sie durch Eugen und Franz Schwarzbach kompromittiert? Den Eugen hatte Ruth ein paarmal auf der Straße getroffen, in SS-Uniform. Ruth hatte es Franz erzählt, und sie hatten nicht mehr davon gesprochen. Das war die berühmte Gleichschaltung. Wer nie eine Gesinnung gehabt hatte, dem fiel es leichter, sich gleichzuschalten. Er mußte sich nicht erst umschalten. Und Franz Schwarzbach war verschwunden. Die Leute kamen ins Flüstern, wenn man seinen Namen nannte. Es hieß, er sei bei Nacht und Nebel in die Tschechoslowakei. Wo nahmen nur all die Flüchtlinge den Nebel her? Andre sagten, Schwarzbach halte sich in Berlin verborgen, andre glaubten, er sei erschlagen worden. Andre wollten gehört haben, er sitze in einem Konzentrationslager, jemand wollte ihn blutüberströmt gesehen haben, bei einer Vernehmung im Polizeipräsidium. Der es berichtete, zuckte die Achseln, als sei es selbstverständlich, daß ein politischer Gegner blutüberströmt in ein Polizeiverhör gehe oder halb tot herauskomme. Wahrscheinlich wollte er nicht seine Kollegen angeben. Manchen war eben nicht zu helfen. Eigensinn führt zu nichts. Wo gehobelt wird, fallen Späne. Das hatte Göring selber gesagt.

Franz Mark hatte keine Furcht für sich. Obendrein hatte er seinen amerikanischen Paß. Er war kein Jude. Was konnte ihm geschehn? Nur wollte er Ruth retten. Er wollte nicht die nächsten vierundzwanzig Stunden oder drei Tage festgenommen sein, um dann mit Entschuldigungen entlassen zu werden, wenn Ruth bereits endgültig verschwunden war, wer weiß, in welchem Gefängnis.

In diesem Land gab es kein Recht mehr und allzu viele willige Richter, weder Rechtsschutz noch Rechtssicherheit.

Franz stand noch vor den beiden Mädchen. Da sagte Marie, die Lustige: »Wenn ich dem Herrn Doktor raten darf …«

Der Herr Doktor war Franz.

»Warum nicht?« fragte er.

»So würd' ich halt verschwinden.«

»Jawohl«, sagte Luise. »Bevor es Prügel regnet.«

Franz sah sie an. Wollten sie ihm helfen? Wollten sie ihn aus dem Weg haben?

Er dankte ihnen für den guten Rat, lächelte ihnen zu und ging in sein Zimmer. Es sah wüst aus. Sein Schreibtisch war aufgebrochen, ein Haufen beschriebenes Papier, Briefe und Aufzeichnungen lagen auf dem Teppich, Bücher auf dem Boden, der Schrank war von der Wand geschoben, die Tinte vergossen, Porzellan zertrümmert, seine Hemden und Socken lagen dazwischen, seine Koffer waren aufgebrochen.

Franz sah alles an. Was bedeutete diese Zerstörung? Mutwillen? Gefahr? Hatten die Kerle wirklich etwas bei ihm gesucht?

Er blickte auf, da standen in der offenen Tür die beiden Dienstmädchen, Luise und Marie. Auf ihren Gesichtern war nichts zu lesen. Nicht einmal Neugier, keine Spur von Teilnahme.

»Es ist gut«, sagte Franz. Da ging die Klingel, zwei Klingeln.

»Das Telefon«, sagte Luise. »Die Tür«, sagte Marie. »Das sind sie«, sagten beide wie aus einem Mund.

Es klingelte stärker.

Vielleicht ist es Ruth. Er lief zum Telefon. »Hallo«, rief er. Da knackte es im Telefon, und jemand hing ein. Die Türklingel läutete noch. Er ging öffnen.

Es war eine Frau in mittleren Jahren, in einem hübschen

Kleid, sie sprach ihn englisch an, in einem Schulenglisch. »Ich wohne im Haus«, sagte sie, »kennen Sie mich nicht? Kommen Sie ins Zimmer, allein.«

Er faßte sie am Arm, schob sie in sein Zimmer und schloß die Tür. Jetzt sah er, wie aufgeregt die Frau war.

»Sie sind bei uns«, sagte sie. »Sie vernehmen meinen Mann. Er ist Redakteur. Ich weiß nicht, wie Sie denken. Ich kam nur, um Sie zu warnen. Vielleicht gehn Sie fort. Durch den Hinterausgang. Das sind Mörder. Ich muß zurück. Hoffentlich nehmen sie meinen Mann nicht mit. Oder mich mit ihm. Laufen Sie.«

Sie öffnete seine Tür, lief zur Wohnungstür, an den beiden Dienstmädchen vorbei, die Seite an Seite dastanden, wie Kinder, die gleich Hand in Hand stehn würden. Die fremde Frau lief zur Wohnung hinaus, die Treppe hinauf, zu ihrer Wohnung.

»Ich komme wieder«, erklärte Franz, nahm Hut und Mantel und ging auf die Straße. Vor dem Haus standen zwei Kerle in Uniform, sie sahn ihn scharf an, ließen ihn aber gehn. Er bog um die Ecke, sah ein leeres Taxi und fuhr zur amerikanischen Botschaft.

»Die Dame ist Amerikanerin?« fragte der Beamte.

»Deutsche.«

»Die Hände weg! Um Gottes willen. Fahren Sie heim. Wo wohnen Sie in den Staaten? In New York? Nehmen Sie das nächste Schiff. Oder fahren Sie nach Paris. Sie leben billiger dort. Geben Sie uns auf jeden Fall Ihre Adresse und Telefonnummer. Ich rufe Sie morgen an. Haben Sie genug Geld? Schlafen Sie doch die nächsten Nächte im Hotel. Die Dame? *Hands off*!«

Franz kannte einen Anwalt. Er nahm ein Taxi und fuhr in sein Büro. Im Wartezimmer wartete Franz fünf Minuten. Er war der einzige. Dann kam der Anwalt, ein Dr. Richard

Hamburger, mit Glatze und rötlichem Schnurrbart und einer dicken Brille.

Der Anwalt führte ihn in sein Büro und fragte ihn nach seinen Studien. Franz ging nicht darauf ein. »Sie kennen Frau Rabe. Helfen Sie mir. Man muß sie retten.«

Er erzählte, was er wußte und gesehn hatte und zum Überfluß auch die Warnung der Nachbarin.

Der Anwalt hatte sich eine Zigarette angezündet, Franz eine Zigarette angeboten, seine Zigarette ausgelöscht, hatte aufs Telefon gedrückt, war zur Tür gegangen, mitten im Bericht von Franz, hatte die Tür geöffnet, hinausgeblickt, die Tür wieder geschlossen; er hatte Franz zugehört, sich wieder eine Zigarette angezündet, sie ausgedrückt, Franz seine Zigarettenschachtel hingehalten, sie wieder zurückgezogen, ehe Franz eine Zigarette nehmen oder danken konnte, und hatte den Rest der Erzählung mit steigender Ungeduld angehört, indem er mit den Fingern fortwährend auf die Tischplatte trommelte.

Franz brach den Bericht ab.

»Sie sind doch Amerikaner? Warum fahren Sie eigentlich nicht nach Haus? Studieren können Sie überall, auch in Oxford oder Cambridge oder in Wien, wenn es eine deutsche Universität sein muß.«

»Aber Frau Rabe? Man muß sie retten.«

»Greuelmärchen. Das sind lauter Greuelmärchen. Ich will das nicht mehr hören. Die Dame retten? Wenn Sie nicht Ausländer wären, würde ich mir solche Floskeln schön verbitten. Die Dame retten? Und da kommen Sie ausgerechnet zu mir?«

»Sie sind ein Anwalt?«

Der Anwalt schwitzte. Er zog ein seidenes Taschentuch aus der Rocktasche und wischte sein Gesicht, das sich ungesund gerötet hatte.

»Ich heiße Richard Hamburger. Fällt Ihnen da gar nichts auf?«

»Ich verstehe Sie nicht, Herr Doktor Hamburger.«

»Hamburger, ich bin nämlich Jude.«

»In New York gibt es viele jüdische Anwälte.«

»Machen Sie sich lustig über mich? In New York, sagen Sie. Wir sitzen aber in Berlin, neunzehnhundertundvierunddreißig, Mister. Wollen Sie vielleicht, ich als Jude soll zur Gestapo gehn, wegen einer Zimmerwirtin?«

»Entschuldigen Sie«, bat Franz und stand auf.

»Warten Sie, einen Augenblick«, sagte der Anwalt. »Ich habe da einen Schulfreund, Doktor Manfred Raupe, der ist schon lange bei der Partei, niedrige Nummer, läuft in Uniform, das ist Ihr Mann, grundanständig, sage ich Ihnen, ein feiner Mensch, der hat Einfluß, er kennt Goebbels persönlich. Also Meinekestraße sieben. Sagen Sie ihm einen Gruß von Richard Hamburger, aber nur unter vier Augen, sonst wirft er Sie gleich 'raus, das ist ein gerader Michel, ehrlich, treu, grundanständig. Wenn einer Ihrer Frau Rabe helfen kann, so der. Einen guten Rat. Erwähnen Sie das mit den Prügeln nicht. Sagen Sie auch um Gottes willen nichts von der Nachbarin. Das ist ja reine Denunziation. Und überhaupt mehr Ruhe! Und mehr Geduld! Und möglichst wenig Details. Und noch einen guten Rat. Reisen Sie bald ab! Oxford. Oder Grenoble. Und Zürich. Was haben Sie gegen Zürich? Eine gute Universität. Und meinetwegen Wien.«

Schon an der Tür, fragte Franz: »Und Sie, Herr Doktor Hamburger?«

»Erlauben Sie mal! Ich bin doch Deutscher. Kriegsteilnehmer. Leutnant der Reserve. EK eins. Meine Familie kommt aus Worms. Älteste jüdische Gemeinde. Meine Vorfahren wohnten schon zu den Zeiten der alten Römer da, lange vor den neuen Deutschen, das unter uns. Wie lange, meinen

Sie, dauert der Zauber? Zwei Jahre, allerhöchstens.« Dr. Hamburger flüsterte nur noch.

Franz nahm ein Taxi und fuhr zu Dr. Manfred Raupe. Der Mann trug wirklich die Parteiuniform.

Franz gab einen gekürzten, verschönten Bericht.

»Kommen Sie in vierundzwanzig Stunden wieder«, sagte Dr. Raupe. »Und grüßen Sie Hamburger, sollten Sie ihn wiedersehen. Er tut mir leid.«

Franz blickte auf. Er hatte bis dahin gar kein Vertrauen zu diesem Zivilisten, der als Verteidiger des Rechts die Uniform des Unrechts trug. Der Mann hatte ein scharfgeschnittenes Gesicht, Mund und Nase sahen wie krumme Messer aus, die schwarzen lockigen Haare schienen vor der Stirn zu fliehn. Im Profil von links sah der Anwalt aus, als schaudere ihm ein wenig vor sich selber und seiner Strenge. Im Profil von rechts schien er höhnisch seinen Gesprächspartner auszulachen, der auf den Anschein der Menschlichkeit im Antlitz des Anwalts hereingefallen war. Erst im Büro dieses Anwalts Raupe fiel es Franz auf, daß im Büro des jüdischen Anwalts ein Porträt von Bismarck an der Wand gehangen hatte, eine Kopie nach Lenbach, indes über dem Schreibtisch Raupes ein Porträt von Hitler hing, signiert von Hitler. – Franz begegnete dem Blick des Anwalts Raupe. Franz hielt nicht allzuviel von Physiognomik. Eine einzige Eigenschaft, etwa Eitelkeit oder Völlerei, verdeckt in einem Antlitz den ganzen übrigen Charakter. Und gewöhnlich liest man seine eigenen freundlichen Empfindungen oder die Antipathien in die Gesichter der andern hinein.

Ihm schien, als lese er eine ganze Speisekarte menschlicher Gefühle im zackigen Gesicht des professionellen Rechtsverteidigers, Mitleid, Spott, Verachtung, Überheblichkeit, Grausamkeit, Schläue, Sinnlichkeit, Eitelkeit, Genußsucht, Perfidie, sogar einen Schuß Menschenfreundlichkeit.

Franz sagte, indem er dem Anwalt eine Zigarette anbot und sich selber eine anzündete: »Ihr Kollege rühmte mir Ihre Herzensgüte. Er sagte wörtlich: Doktor Raupe ist ein grundanständiger, ein herzensguter Mensch.«

Der Anwalt nickte, ganz einverstanden und beiläufig, als hätte ihm Franz erklärt: Sie sind ein Anwalt, Herr Raupe. Dr. Raupe wiederholte laut und deutlich und auch seine Stimme klang jetzt messerscharf: »Er tut mir leid.«

»Aber er ist Kriegsteilnehmer«, versicherte Franz und drückte seine Zigarette im Aschenbecher aus. »EK eins, wissen Sie. Leutnant der Reserve. Und er ist so reserviert. Und wirklich ganz sympathisch.«

»Eben«, sagte der Anwalt. »Er tut mir leid.« Er erhob sich. Auch Franz stand auf, tödlich verlegen. Er wußte selbst nicht, warum er sich so für diesen Kollegen von Dr. Raupe erwärmt hatte, als sei jener Mensch in Gefahr und er müsse ihn verteidigen. Was ist los mit mir? Was ist mit diesem Volk los? Bin ich schon angesteckt?

An der Tür fragte er noch: »Und wenn ich selber zur Gestapo ginge? Oder zum Polizeipräsidium? Ich liebe Frau Rabe nämlich.«

»Aber Sie sind noch ganz jung«, erwiderte der Anwalt und grinste. »Da ist die Liebe eine Kinderkrankheit. Im übrigen halten Sie sich still, und seien Sie morgen um dieselbe Stunde hier.«

Franz versprach es. Vor der Tür des Anwalts traf er mehrere Bekannte, die zu Dr. Raupe wollten und Marks Gruß verlegen erwiderten, ja wie ihm vorkam, auch untereinander fremd taten.

Als er es sich überlegte, glaubte er sich zu erinnern, die Dame, die Gattin eines radikalen Schriftstellers, sei eine Jüdin oder mindestens die Gattin eines Juden. Der ältere Herr war ein jüdischer Industrieller, als Mäzen fortschrittlicher Künstler bekannt, oder verrufen, wie man nun schon sagen mußte. Der jüngere Mann war ein Abteilungsleiter am Berliner Rundfunk. Er trug das Hakenkreuz am Rock.

Aha, Raupe ist schon ein Spezialist. Diese neuen deutschen Politiker rufen ihre Ideale aus, um Geschäfte zu machen. Franz erinnerte sich noch nach Jahrzehnten genau an diese vierundzwanzig Stunden bis zu seinem zweiten Besuch bei Raupe.

Er rief ein dutzendmal in seiner Wohnung an, um Ruths Stimme zu vernehmen, sollte sie schon heimgekommen sein. Er hörte das Telefon läuten, aber niemand hob es ab. Ruth war also nicht zu Hause. Und die beiden Dienstmädchen, Marie und Luise? Hatte man sie verhaftet? Oder hielten sie sich an den Befehl der Frau Ruth Rabe, das Telefon nicht zu bedienen? Da die Polizei vielleicht das Telefon abhörte, war dieser passive Widerstand der Dienstmädchen ein Glück für alle, die anriefen, ein Glück auch für Franz Mark. Vielleicht aber saß die Gestapo wieder in der Wohnung?

Als Franz soweit war, lenkte er seine Schritte zur Wohnung. Er stand vielleicht fünf Minuten auf der andern Seite der Straße und sah zum Haus hinüber, das der Architekt Wilhelm Rabe gebaut hatte. Er sah nur gußeiserne Balkone, die falschen Renaissance-Vorstellungen des Architekten Rabe, und Geranien- und Fuchsienstöcke auf den Balkonen. Und die Wolken am Himmel über Berlin. Dann ermannte er sich und ging hinüber. Er hatte die Wohnungsschlüssel, er öffnete ganz sacht, die Wohnung schien ausgestorben. Er ging in sein Zimmer, alles lag unverändert, Briefe und Socken, der verrückte Schrank, das zertrümmerte Porzellan.

Er setzte sich mitten in die schreiende Unordnung und schwankte, ob er um Ruth weinen sollte, denn plötzlich schien ihm, sie sei verloren und er werde sie nie wiedersehen, oder ob er vor Zorn brüllen sollte, daß Menschen so ausgeliefert waren an Menschen, die bereit waren, Unmenschen zu sein. Der Kluge ist dem Dummkopf ausgeliefert, der Friedliche dem Mörder, der Ehrliche dem Verräter, der Anständige dem Lumpen. Unsere Tugenden machen uns verletzlich. Je feiner ein Mensch, um so leichter ist er zu verderben.

Ehe er sich entschließen konnte, ob er jammern oder brüllen sollte, kamen ihm die Tränen. Weinend ging er durch die ganze Wohnung, er schämte sich seiner Tränen nicht, er gewahrte sie gar nicht. Als er in die Küche kam, sah er die beiden Dienstmädchen. Sie hatten Kaffee gekocht, die ganze Küche duftete nach dem frischen Kaffee. Sie saßen nebeneinander am Küchentisch, tranken Kaffee mit Milch aus großen Tassen und aßen einen Topfkuchen. Felix, der Dackel, und Fatum, der Angorakater, schauten neidisch zu.

»Nichts Neues?« fragte Franz. Luise schüttelte den Kopf heftig verneinend, und Marie verschluckte sich fast an einem zu großen Bissen Topfkuchen. Sie hustete erst und sagte: »Weinen Sie nicht, Herr Doktor. Vielleicht kommt die gnädige Frau bald zurück?«

»Morgen vielleicht«, sagte Luise.

»Oder sie behalten sie nur ein Jahr«, sagte Marie.

»Ich weine nicht«, erklärte ein wenig erstaunt Franz, fuhr sich an die Augen, sah die Finger feucht von seinen Tränen, wiederholte ungläubig: »Ich weine nicht. Und ich komme wieder.«

Auf der Straße sah er vor Tränen kaum seinen Weg. Es war schon Abend, die Straßen waren voll von Arbeitern, die von der Arbeit kamen, mit ihren Eßtöpfchen, von Autos, die in unbegreiflicher Eile waren, von Hausfrauen, die fürs Abendessen eingekauft hatten, von Kindern, die spielten, von Liebespaaren, die einander Vorwürfe machten, und von Uniformen, die wie wandelnde Todesdrohungen aussahen.

Franz hatte Hunger und Durst, seine Glieder waren wie gebrochen. Seit langem hatte er sich nicht so hilflos gefühlt. Er blieb auf einer Brücke stehn und starrte in den Fluß, jemand stieß ihn, und er ging weiter. Er kam auf einen Platz mit Kastanienbäumen. Er blieb vor einem Baum stehn und beneidete ihn. Die Blätter waren so grün und bewegten sich so sanft im leichtesten Wind. Er faßte die Rinde an und fühlte es wie die Berührung eines Freundes. »Grüner Freund«, sagte er zur Roßkastanie. »Wenn ich morgen wiederkomme, stehst du da, und auch in zwanzig Jahren noch, wenn dich kein Blitz trifft und kein Stadtbauamt erschlägt. Grüner Freund, was flüsterst du? Tausendblätterige Geheimnisse für jedermann?«

Vergeblich besann sich Franz auf seine Freunde in Berlin. Er mißtraute allen. Er hatte Angst, daß sie sich vor ihm fürchten würden, die einen, weil sie Juden oder Sozialisten oder wahre Christen oder Antinazis waren, und die andern, weil sie Nazis waren und die Uniform trugen, ihr Leib und ihr Geist trugen Uniform. Sie taten alle, als ginge ihr Alltag weiter, als lebte man in Berlin und in Deutschland wie im Jahr zuvor. Man zwang aber plötzlich ein ganzes Volk, wie Affen und Schakale zu handeln, wie Bestien zu denken, vor Denunzianten zu zittern, jeder zweite war vielleicht ein Denunziant. Mit dem blutbesudelten Namen des dreckigsten Deutschen begrüßte sich das ganze Volk, jeder hob die Hand vor jedem, zum Schlag, zum Totschlag, zum Meineid?

Da kamen Männer in eine Wohnung und schlugen eine unschuldige Frau, im Namen des Staates. Keiner durfte sie zur Rechenschaft ziehen. Jeder Lümmel war der Richter. Jeder Mörder war dein Herr.

Franz Mark kam zum Kurfürstendamm. Die Bäume standen wie stets, grün und zuverlässig, die Autos sausten auf der Jagd nach dem Leben, auf der Flucht vor dem Tod. Die Leute saßen vor den Cafés wie seit Jahrzehnten, sie lachten und tranken, diskutierten und flirteten. Keiner fürchtete sich vor den Verfolgern, die mitten unter ihnen saßen. Keiner zitterte vor dem Krieg, der an der Wand lehnte. Saßen da auch Republikaner? Und Demokraten? Und Freunde von Christen? Und Freunde von Juden? Saßen da Christen? Mischten sich die Henker und Opfer? Alles schien so ruhig und sanft wie der Abendwind, alles so grün und heiter wie die Bäume am Kurfürstendamm, alles so süß und gleichgeschaltet.

Franz blickte zum Himmel auf. Hießen die Landsleute seiner Väter auch den Himmel einen deutschen Himmel? Und wenn es regnen würde, sollte da Blut regnen?

Eine Schar junger Deutscher marschierte in Viererreihen vorüber, sie trugen alle die Uniform ihres Führers und sangen das schalkhafte Lied: *»Wenn's Judenblut vom Messer spritzt, geht's noch einmal so gut.«*

Das war nur eine Devise der deutschen Regierung. Franz setzte sich an einen Tisch vor einem Café, er trank einen Obstsaft und aß ein Butterbrot. Neben ihm saßen zwei junge Französinnen. Sie bewunderten die jungen Deutschen und ihre Lieder, deren Text sie vielleicht nicht verstanden. Sie bewunderten die Bäume und den Himmel, die Lichtreklamen und die Wolken, den vollen Mond, der wie eine rote Wolke aufging. Sie schienen auch bereit, Franz Mark zu bewundern. Sie lächelten ihm zu, und Franz lächelte. Sie baten um eine Auskunft, Franz gab sie ihnen höflich lächelnd.

Er ging nach Hause. Vor dem Haus stand niemand. In der Wohnung war niemand. Die Verwüstung in allen Zimmern war unberührt. Franz saß und wartete. Er hatte in der Küche die Dienstmädchen nicht mehr gefunden. Waren sie schlafen gegangen?

Franz holte sich ein Dutzend Bücher. Er konnte nicht lesen. Er ging zum offenen Fenster und blickte hinaus. Die Sterne schienen vollzählig am Himmel. Der Mond war von einer Wolke bedeckt. Man sah seinen Schein wie verschüttete Milch. Hier und da kam ein Fußgänger. Seine Schritte hallten. Auf der andern Seite standen Bäume, ihr Laub schien silbern im Mondlicht. Diese Bäume sahn nicht mehr wie Freunde aus, sondern fremd und drohend.

Ein Auto kam in rascher Fahrt und hielt vor dem Haus. Eine Dame stieg aus, Franz rief: »Ruth!« Sie blickte flüchtig empor, es war eine fremde Frau. Sie verabschiedete sich von zwei Herren, die mit ihr ausgestiegen waren, verschwand im Haus, das Auto mit den beiden Herren fuhr weg.

Franz setzte sich wieder an den Tisch und wartete. Worauf? Dann begann er, Ordnung in seinem Zimmer zu machen. Er holte einen Besen und eine Schaufel und schaffte das zerbrochene Porzellan weg. Er füllte die halbentleerten Koffer wieder und stellte sie beiseite. Er schob den Schrank mit großer Mühe an die Wand, setzte die Schubladen ein, hob die Bücher und Papiere auf, ordnete sie oberflächlich ein und sah mit einem Mal, daß schon der Morgen dämmerte. Er zog sich aus, warf sich aufs Bett und schlief ein.

Er wachte von den Schreien eines Menschen in seinem Bett auf. Verstört suchte Franz den Ermordeten, der so geschrien hatte, bis er zu sich kam und wußte, daß er im Schlaf geschrien hatte. Er war im Traum im *Café Wien* an einer der Säulen des Kaffeehauses angepflockt gewesen, nackt, rundum saßen die Kaffeehausgäste, und keiner sah ihn an. Franz sagte zu einem neben ihm, der so nebelhaft war, daß er nicht einmal sah, ob es eine Frau oder ein Mann war: »Ich habe nichts getan.« Da hob der Schemen neben ihm die Hand und sagte: »Darf ich kassieren?« Nun erkannte ihn Franz. Es war der Zahlkellner Pippo vom *Café Wien*. Er lächelte und streckte die Hand aus und sagte: »Eine Portion nackt, mit Haut und Schlag, eine Mark sechzig, Bedienungszuschlag extra.« Da begann Franz, schon im Schlaf, zu schrein: »Meine Hosen! Ich habe alles Geld in den Hosen!«

Und wie er schrie, standen zwei SS-Leute aus dem Publikum auf, jeder schob noch einen Rest Kirschtorte mit Schlagsahne in den Mund; sie lösten ihre Gürtel mit Metallkoppeln und begannen, auf Franz einzuschlagen, schon blutete er, und da sah er mit Blicken, die von seinen Tränen und von seinem Blut getrübt waren, daß die SS-Männer in Uniform Ruth und Silvia waren, und sie schlugen ihn nun mit ihren langen, dicken geflochtenen Zöpfen, und er schrie: »Warum schlägst du mich, Silvia? Warum schlägst du mich, Ruth? Ich habe doch nichts für euch getan?«

»Du liebst uns nicht!« schrie Silvia. »Nicht genug!« schrie Ruth, und sie schlugen ihn mit Fäusten und Füßen, daß die Ohren ihm abfielen; und ein Stück der Nase und die Lippen, die Zähne, die Finger, die Zehen, Büschel Haare lagen ausgerauft am Boden, und dazwischen seine Lunge, seine Leber, seine Augen, sein Herz und etwas, das wie ein Frosch hüpfte. »Das ist meine Seele«, schrie Franz, »ihr tötet mich.«

»Solang du das noch hast«, schrien Ruth und Silvia und faßten ihn daran, »bist du unser Mann und lebst.«

Da schrie Franz so entsetzlich, daß er aufwachte, mit verweinten Augen. Er stand mühsam auf, nahm eine Dusche, klingelte. Sogleich klopften die beiden Dienstmädchen und brachten auf einem Tablett das Frühstück. Franz aß ein Butterbrötchen, trank schon im Stehn seinen Kaffee, rasierte sich, zog sich an, fragte die Mädchen, ob sie etwas von Frau Rabe gehört hätten, und er werde bald wiederkommen. Eines der Mädchen gab ihm einen Brief, er kam aus New York, von seinem Vater. Er wünschte ihm Glück zum Doktor der Philosophie.

Franz wußte nicht mehr, wie er die Stunden verbracht hatte, bis er fünf Minuten zu früh im Wartezimmer des Anwalts Dr. Raupe saß. Punkt vier Uhr wurde er von einem Büromädchen zu Dr. Raupe geführt.

»Setzen Sie sich, Herr Mark. Der Fall Rabe ist erledigt.«

Franz sprang auf. »Ruth ist frei?«

»Setzen Sie sich, Herr Mark.«

Der Anwalt wartete, bis Franz sich zögernd wieder auf seinen Stuhl setzte. Der Anwalt fuhr fort: »Ich sagte: erledigt. Frau Rabe ist tot.«

Franz stierte ihn an, als hätte er plötzlich alle Kenntnis der deutschen Sprache verloren. Auch dem Anwalt kam vielleicht dieser Gedanke; denn er wiederholte: »*She is dead, a heart attack, you understand*. Das Herz, oder so sagen sie.«

Der Anwalt stand auf. »Die Urne wird allfalsigen Verwandten auf Antrag ausgeliefert, gegen Erstattung der Kosten und Gebühren. Auch eventuell dem Bräutigam. Waren Sie nicht mit Frau Rabe verlobt, Herr Doktor?«

Er war zu einem Wandschrank gegangen, brachte eine Flasche Kognak und zwei Gläser, schenkte ein und hielt dem Franz eines der Gläser vor den Mund. Franz trank das Glas auf einen Zug leer. Der Anwalt reichte ihm eine Zigarette und Feuer.

»Kann ich sie sehn?« fragte Franz.

»Die Asche?«

»Ist sie schon eingeäschert?«

»Man versichert es.«

»Gab man Gründe?«

»Das Herz.«

»Für die Verhaftung?«

»Geheimsache. Unter der Hand deutete man Spionage an, und Greuelpropaganda, und Verbindung mit Staatsfeinden.«

»Zur Auswahl?« fragte Franz.

Dr. Raupe trank seinen Kognak in kleinen Schlucken und rauchte dazwischen.

»Ich wollte Ruth retten«, erklärte ihm plötzlich Franz.

Obwohl sein Wartezimmer voller Klienten war, schien der Anwalt für Mark Zeit und Geduld zu haben.

»Ich habe nicht viel erfahren, und das meiste darf ich nicht erzählen. Es ist immerhin möglich, daß sie aus Paris denunziert worden ist.«

»Denunziert?«

»Es ist eine vage Vermutung, ein Schluß von mir, der ebensowohl auch falsch sein kann.«

»Was bin ich Ihnen schuldig, Herr Doktor?«

»Mit der Urne oder ohne sie?« fragte der Anwalt.

»Welche Garantie habe ich, daß es Ruths Asche ist?«

»Das ist wahr. Meine Buchhalterin schreibt Ihnen die Quittung für mein Honorar. Ich wünsche Ihnen eine gute Reise!«

Franz war nach Hause gegangen, er hatte gepackt und geweint und war abgereist, ohne sich von den Dienstmädchen Luise und Marie zu verabschieden. Erst aus Paris teilte er ihnen in zwei Zeilen den Tod ihrer Dienstgeberin mit.

Am zweiten Tag traf er im *Café de l'Opéra* Pippo, der ihm seinen Café crème brachte. Franz hatte gar nicht den Kellner angesehn, der ihn bediente. Erst als er bezahlte, erkannte er Pippo an der Stimme, blickte auf und sagte: »Sie suche ich, Pippo. Ich sitze seit zwei Tagen in diesem Café. Frau Rabe erzählte mir, daß Sie hier arbeiten. Wo ist Silvia?«

»Ich weiß es nicht, Monsieur«, sagte der Kellner und strich das Trinkgeld ein. »*Merci*, Monsieur.«

»Ruth ist tot, ich meine, Frau Rabe. Ich muß Silvia sprechen.«

»Madame ist tot? Man hat es uns berichtet. Wir wollten

es nicht glauben. Ich kenne die Adresse von Mademoiselle Silvia nicht mehr. Im Büro von Herrn Willi Münzenberg kennt man die Adresse von Mademoiselle Silvia.«

Franz erinnerte sich vage an diesen Namen. Willi Münzenberg war ein kommunistischer Reichstagsabgeordneter in Berlin gewesen, ein Herausgeber kommunistischer Zeitungen und Bücher, einer der Leiter der Komintern.

Franz nahm die Adresse und ging ins Büro des Herrn Münzenberg. Man gab ihm einen Stuhl in einem Zimmer, wo drei hübsche junge Mädchen Briefe tippten und zwei Intellektuelle in mittleren Jahren offenbar Artikel schrieben, der eine mit Bleistift und riesigen Schriftzügen auf linierten losen Blättern, der andre auf einer Schreibmaschine mit zwei Fingern. Es herrschten Schweigen und tiefer Ernst. Das ist der Ernst einer revolutionären Partei, dachte Franz. Da rief man ihn zum Chef. Als er eintrat, kam ihm mit ausgestreckten Armen Franz Schwarzbach entgegen, küßte ihn nach französischer Art auf beide Wangen, ehe Franz es verhindern konnte, rief: »Willkommen in Paris!« und deutete auf einen Mann in mittleren Jahren, der hinter dem Schreibtisch saß und nun geschwind sich erhob und wie ein Arbeiter im Anzug eines teuren Maßschneiders aussah.

Schwarzbach sagte: »Lieber Willi. Das ist er, mein Freund aus Amerika, Herr Mark. Er heißt Franz wie ich, hat seinen Doktor phil. in Berlin gemacht und ist Silvias Freund. Sie kommen aus Berlin, lieber Franz? Seit wann sind Sie in Paris?«

»Seit zwei Tagen. Ich bin unterwegs nach New York. Ich muß Silvia sprechen.«

»Zwecks Ehe?« fragte Schwarzbach lachend.

»Man sagte mir, Herr Münzenberg habe ihre Adresse.«

»Silvia wohnt im *Hotel Lutetia*«, erklärte Schwarzbach.

»Da wohne ich seit Tagen«, sagte Mark.

»Und sahn sie nicht?«

»Entschuldigen Sie. Ich muß laufen.«

»Sollen wir nicht im Hotel erst anrufen, ob Silvia zu Haus ist? Ich hätte Sie soviel zu fragen. Aus Berlin, über die politische Situation in Deutschland. Sie sind ein kluger Mann. Sie haben sicher viel gesehn, viel gehört. Sie sind ohne Vorurteil.«

»Später«, sagte Franz, »morgen vielleicht. Entschuldigen Sie, bitte. Ich bin in Eile.«

Schwarzbach reichte ihm die Hand und klopfte ihm auf die Schulter. Dabei lächelte er ihm zu, als wollte er ihm sagen: Du eilst in ihr Bett?

Herr Münzenberg begleitete Mark bis zur Tür. »Kommen Sie wieder«, bat er. »Wir erwarten Ihren Bericht mit Interesse.«

Mark fühlte sich geschmeichelt, daß ein so großer Mann gerade von seinem Bericht etwas erwartete. Er wußte nicht, daß man im Exil nichts so gierig wissen wollte, wie gerade das, was jeder in der Heimat wußte, was sie dort sprachen und dachten, den grauen Alltag der Heimat. Mischten sich politische Interessen und sentimentale Regungen?

Obwohl er in Eile war, ging Franz Mark zu Fuß von den Grands Boulevards zur Madeleine und die Rue Royal hinunter zur Place de la Concorde und den Boulevard St. Germain entlang bis zur Metro Raspail, er sah die Flics und den Obelisken und die Champs Elysées, die Mädchen und die Seine, die Chambre des députés und die alten Adelspaläste, die weißen Wolken am Himmel und das satte Grün der Kastanien, und sein ganzes Leben.

Ich bin zweiundzwanzig Jahre alt und nirgends zu Hause. Amerika scheint so weit, wohin soll ich heimkehren? Ich habe zwei Geliebte, eine ist tot, und eine hat mich verraten. Warum eile ich zu Silvia? Was will ich? Um ein Haar wäre ich auch abgeholt worden, könnte jetzt von Verwandten gegen Entrichtung der betreffenden Gebühren empfangen werden, ein wenig Asche in einer Urne.

Im Hotel grüßte ihn der Portier freundlich. Silvia war im Hotel. Er telefonierte hinauf.

»Franz«, rief sie. »Komm gleich. Zimmer achthundertacht.«

Silvia öffnete ihm die Tür, ehe er anklopfen konnte. Sie zog ihn in ihr kleines Zimmer, in dem es nur einen Stuhl gab, vor einem kleinen Schreibtisch, wo sie offenbar geschrieben hatte. Das Bett war aufgedeckt. Im Waschbecken schwamm ein Dutzend Nelken. Auf dem Bett lag ihr Nachthemd. Die Tür zu einem winzigen Badezimmer stand auf, ebenso die Tür zu einem winzigen Balkon; er sah die Bäume auf dem Platz, er hörte das dumpfe Rollen der Autos und die Rufe der Zeitungsverkäufer und der Erdnußhändler, er hörte zuweilen eine Stimme und ein Lachen von der Straße, er sah im Spiegelschrank die grünen Zweige der Bäume und die weißen Wolken am Himmel und Silvia.

Sie hatte ihn bei der Tür an der Hand gefaßt und die Tür verschlossen und hatte ihn auf den Balkon geführt. »Du hast abgenommen«, sagte Silvia und führte ihn vor den Spiegelschrank, »deine Hosen sind nicht gebügelt, und du hast staubige Schuhe, und diese Krawatte!«

Er bekam kein Wort heraus, er brachte kein Lächeln zustande, sie hielt immer noch seine Hand. Er sah sie an, sie trug ein leichtes hellblaues Kleid, Sandalen, goldene Ohrringe und keine Strümpfe. Sie roch nach einem zu süßen Parfüm. Wie sie neben ihm vor dem Spiegelschrank stand, streckte sie den Busen vor und lächelte ein wenig, ihre Lippen zitterten wie zwischen Weinen und Lachen. Ihre Augen schimmerten feucht wie von Tränen. »Sag nichts«, bat sie, »ich weiß alles. Setz dich neben mich aufs Bett. Das stört mich nicht. Franz hat angerufen aus Münzenbergs Büro, ich meine Schwarzbach. Ich weiß alles. Es ist ein Unglück. Es ist herzzerreißend. Aber ich schwöre dir, es wird nicht umsonst sein.«

»Ruth ist tot«, sagte endlich Franz Mark und wollte seine Hand aus ihrer Hand ziehn, aber sie ließ sie nicht los, und er gab es auf. »Ruth ist in einer Urne.«

»Wir wissen alles«, sagte Silvia. »Und weine nicht, Franz. Sie ist nicht umsonst gestorben.«

»Was weißt du?«

»Ich gefalle dir nicht mehr?« fragte Silvia und versuchte zu lächeln, und ihre Lippen zitterten, und ihre Augen blickten ganz ernst, ein wenig leer.

Franz sah sie an, als spräche sie türkisch.

»Also liebst du mich nicht?« fragte sie und begann zu weinen, ohne es verbergen zu wollen, ohne seine Hand loszulassen. Er reichte ihr sein Taschentuch. Sie legte es aufs Bett, neben sich.

»Ich wußte es schon lange. Du liebst mich nicht mehr.«

»Ruth ist tot«, sagte er.

»Ich wollte, ich wäre tot«, sagte Silvia.

Das Telefon läutete. »Ich bin für niemand zu Hause«, sagte Silvia.

»Ich weiß nicht, wieviel du weißt«, sagte Silvia.

»Ich weiß nichts«, erwiderte Franz.

»Und urteilst schon? Und hast uns verurteilt?«

»Wovon sprichst du?«

»Ruth Rabe war in der Partei. Schau nicht so entsetzt. Du siehst aus, als glaubtest du nun, sie sei in Hitlers Partei gewesen. Sie gehörte zu uns.«

»Du bist eine Kommunistin?«

»Das fragst du noch? Ach, Franz, wie naiv du bist.«

»Und wer hat dich bekehrt?«

»Mich? Pippo.«

»Und Ruth?«

»Natürlich der Franz, ich meine Schwarzbach. Sie war seine Geliebte.«

»Das ist nicht wahr.«

»Das weißt du auch nicht? In was für einer Welt lebst du?«

»Ruth sagte, sie liebte nur mich.«

»Wahrscheinlich stimmte es auch. Ich wollte ja nur sagen, daß sie mit Franz Schwarzbach ins Bett ging.«

»Also liebte sie ihn?«

»Was hat das mit Liebe zu tun? Sie wurde ein Verbindungsmann in der Partei. Sie bekehrte auch ihre beiden Dienstmädchen, Luise und Marie. Aber auf Befehl der Partei trat Marie in die andre Partei ein, bei den Nationalsozialisten. Du verstehst.«

»O nein«, murmelte Franz. »Ich verstehe dich nicht.«

»Mich? Von mir ist nicht die Rede. Ruth Rabe war einer unserer besten Verbindungsleute. Sie erfuhr sehr viel und hat es an uns weitergegeben. Leider wurde ein Zwischenmann von den Nazis gefaßt und verriet eine Reihe von Verbindungsleuten. Die ganze Gruppe flog auf, mit Ausnahme von Ruth Rabe. Das fiel der Partei auf, ich meine, uns. Sie war sehr geschickt. Natürlich operierte sie unter falschem Namen. Aber spielte sie nicht nach zwei Seiten? Das ist immer die Gefahr. Du verstehst?«

»Ich?« fragte Franz.

»Wir hatten von ihr äußerst interessante Informationen erhalten, aus dem Propagandaministerium und aus dem Innenministerium. Weiß Gott, wie sie dazu gekommen war. Sie war ja attraktiv und brachte jedes Opfer. Wir diskutierten lange. Schließlich beschloß die Partei, ihre Informationen zu veröffentlichen. Natürlich brachte sie das vielleicht in Gefahr, wahrscheinlich sogar. Aber was bedeutet der einzelne in solch einem Weltkampf? Wir brachten zwei Artikel.«

»Und Ruth wurde verhaftet und erschlagen, vielleicht zu Tode gefoltert und verbrannt. Und was steht in den Artikeln? Was helfen sie euch? Was helfen sie der armen Ruth? Wo sind diese Artikel? Werdet ihr mit diesen und ähnlichen Artikeln das Regime stürzen?«

»Du sprichst wie ein Kind. Wir führen den großen Bürgerkrieg für die ganze Welt. Immer geht es um die Befreiung der Sklaven. Die Juden gründeten eine Religion, um sich vom Joch der Ägypter loszumachen. Oder sie befreiten sich erst und gründeten dann eine Religion und Nation. Das Christentum war die Religion der Sklaven, bis es das Imperium übernahm und zur Religion der Cäsaren wurde. Die große Französische Revolution, die Revolution und der Bürgerkrieg der Amerikaner, achtzehnhundertachtundvierzig, die Kommune, die Russische Revolution, lauter Sklavenkriege, lauter Freiheitsakte, lauter Fortschritte der Menschheit. Ich kenne deine Bedenken. Die Menschheit sollte ihre Fortschritte nicht mit dem Blut der Opfer bezahlen. Aber du berechnest nicht die Anzahl der Opfer, wenn keine Revolution kommt, wenn nichts geschieht, nichts sich ändert, wenn die Fron fortdauert, wenn man die Sklaven einzeln erschlägt, hier und dort, und kein Historiker zählt sie als Opfer. Wenn man die Armen verhungern läßt, an Seuchen und Hungersnöten verkommen läßt, wer zählt sie?

Die Französische Revolution hat ein paar tausend Opfer gekostet und Millionen potentieller Opfer das Leben gerettet. Man sollte den Gewinn gewisser sozialer Freiheiten nicht durch die totalitäre Sklaverei des Geistes, nicht durch die Omnipräsenz der Staatspolizei bezahlen. Wann gab es auf Erden geistige Freiheit? Wann hat man nicht Menschen wegen ihrer Ansichten geächtet und verbrannt? Wenigstens haben wir heute die Freiheit, unsere Tyrannen zu wählen. Wenigstens verspricht man uns auf dieser Seite nicht die Freiheit des Individuums, das sowieso ausstirbt, aber die Befreiung der Menschheit, in fünfzig, in hundert, in zweihundert Jahren. Welche Sentimentalität, in einem Jahrhundert, da die Menschheit in wenigen Jahrzehnten sich verdoppelt und um Milliarden wächst, um einen einzelnen Tränen zu vergießen, um ein Individuum zu jammern, das nach der Schablone gemacht war. Wenn du eine Stadt retten kannst, mit dem Opfer eines Menschen, so wirst du sein Leben sparen und hunderttausend verderben lassen?«

»Und habt ihr eine Stadt gerettet? Ihr habt Ruth geopfert. Warum? Für den Anschein eurer konspirativen Tätigkeit? Um nach Moskau zu melden, daß etwas geschehen ist? Um höheren Funktionären etwas Schriftliches vorzuweisen? Um das Blatt zu füllen? Um die Redaktion zu rechtfertigen? Oder gebt ihr vor, um die Menschheit zu retten?«

»Du bist ein Zyniker«, rief Silvia verzweifelt.

»Ich?«

»Du glaubst nicht an die Zukunft der Menschen. Wer bist du, daß du Rechenschaft von den Führern über fünfhundert Millionen Menschen fordern willst? Du bist zweiundzwanzig Jahre alt, was hast du bisher geleistet? Du hast ein ziemlich unnützes Fach studiert, du hast mich verführt und verachtest mich, weil ich dich liebhabe. Du hast unsere Freundin Ruth Rabe verführt, und ich wollte es dir verschweigen, aber da du dich zum Richter der halben Welt aufwirfst, darf ich dich nicht mehr schonen: Du bist schuld an ihrem Tod.«

Franz stand auf. Ich bin in eine Falle geraten, dachte er. Ich kann ihr nicht widerstehn. Ich sollte weggehn und sie nie wiedersehen.

Plötzlich hörte er wieder das Sausen der Autos auf der

Straße, er vernahm das flüsternde Wehen der Blätter im Wind, er spürte seine Schlagader und das Klopfen seines Blutes. Er sah Silvia an, sie hatte sich auf dem Bett ausgestreckt. Sie sah müde und traurig aus, aber nicht böse, nicht falsch. Sie gefiel ihm, und sie erschreckte ihn.

Wie soll die Menschheit mit sich zu Rande kommen, wenn schon zwei Menschen, die sich gefallen und sich liebhaben, es kaum miteinander aushalten. Der Mensch ist ein soziales Tier, hat Spinoza gesagt. Der Mensch erträgt nicht, allein zu sein, und nicht die Gesellschaft der andern.

Habe ich Ruth umgebracht?

Silvia stand auf und stellte sich vor Franz auf, ganz dicht vor ihm. »Du hast mir nicht mal einen Kuß gegeben.«

Er zögerte eine Sekunde und küßte sie. Zärtlich erwiderte sie den Kuß und führte ihn auf den kleinen Balkon. »Gefällt dir Paris? Wäre ich der König, so würde ich dir meine Stadt Paris schenken.«

»Silvia! Habe ich Ruth umgebracht?«

»Ich sagte nur, du bist schuld. Du hättest sie nicht verführen sollen. Sie liebte dich zu sehr. Die Partei hat ihr vorgeschlagen, für ein Jahr nach Paris, zur illegalen Arbeit, und dann zurück nach Deutschland zu gehn.«

»In den sichern Tod?«

»Vorderhand wäre sie in Paris und quicklebendig wie du und ich. Sie hat es abgelehnt, weil sie sich nicht von dir trennen konnte. Sogar Franz hat ihr zugeredet, ich meine Schwarzbach. Sie liebte dich mehr als uns, ich meine die Partei.«

»Also bin ich schuld? Und wie erfuhrt ihr ihren Tod?«

»Marie teilte der Partei ihre Verhaftung mit. Die Nachricht erreichte uns über Prag. Wir waren ziemlich sicher, daß sie die Verhaftung nicht überleben werde, vorausgesetzt, daß sie kein Doppelspiel getrieben und uns verraten hatte.«

»Also der Toten traut ihr?«

»Nicht immer. Wir trauen der Zukunft. Erzähl mir alles von Ruth. Wen traf sie? Was übermittelte sie? Ich habe dir schon zuviel gesagt. Du bist kein Mitglied. Du bist nicht unser Freund. Liebst du wenigstens mich?«

Sie sah ihn an, als wollte sie sogleich die Antwort haben, ein für allemal. Sie faßte seine Hände und drückte sie auf ihren Busen, sie umarmte ihn, sie begann, ihn zu küssen, seine Wangen, seine Hände, seine Lippen. Sie berührte ihn, streichelte ihn, zeigte ihm den Mond und die Sterne, die Bäume und den Wind, die Stadt Paris und den Himmel und führte ihn ins Zimmer und vor ihr Bett. Da begann sie, sich auszuziehn, und er zog sich aus. Sie sprachen nicht mehr. Sie löschte das Licht, aber ein Schein von außen erhellte das halbe Zimmer. Sie umarmten sich, lagen still, umarmten sich wieder und begannen zu sprechen, und ihr Gespräch schien den Liebesakt fortzusetzen, wie der Akt eine Fortsetzung ihrer Gespräche war.

»Ich glaube«, sagte sie und hielt seine Wange in ihrer Hand und seinen Fuß zwischen ihren Füßen, »wir sprechen immer zueinander, als lägen wir nackt beisammen.«

»Du glaubst, nackte Menschen lügen weniger oder mehr?«

»Ich habe dich nie belogen«, versicherte sie. Sie sagte es mit einer solch aufrichtigen Stimme, daß er sicher war, sie glaube sogar, was sie sage.

Er wußte nicht mehr, was er von ihr halten sollte, da er nicht mehr wußte, was er von sich selber hielt.

Er war zu ihr geeilt, um mit ihr über Ruth zu weinen. Er war fest entschlossen, nicht mehr mit ihr ins Bett zu gehn. Er hatte nicht einmal angenommen, daß es ihm oder ihr einfallen könnte, einander von neuem zu lieben.

Da er noch ganz jung war, glaubte er noch an eine gewisse Statik des Lebens, an eine gewisse Beständigkeit der Menschen und ihrer Verhältnisse. Natürlich wußte er, daß die Welt sich ständig bewegte, die Erde sich drehte, die Menschen sich wandelten und starben, aber er hatte die Beständigkeit bisher stärker erfahren als den Wechsel. Er fühlte das Leben intensiver als den Tod. Silvia war vor ihm geflohen, zum Kellner Pippo. Also hatte er angenommen, sie stehe immer noch vor Pippo und bete ihn an, sie liege immer noch in Pippos Armen und Bett. Er hatte im Grunde gar nicht geglaubt, daß Silvia und Pippo noch in Paris lebten; er hatte angenommen, sie wohnten in Palermo, im Familienschoß Pippos.

Er hatte Silvia gesucht, um in ihrem Anblick und Gespräch den Schatten Ruths zu finden, den Schatten seiner Liebe, den Schatten seines bisherigen Lebens. Statt dessen lag er in Silvias Schoß und hatte sie verloren. Sie war eine Kommunistin, sie war beteiligt am Untergang Ruths, und sie hielt ihn zum zweiten Male für einen Mörder.

Hatte sie wirklich geglaubt, er habe sich an der Ermordung dieses Nationalsozialisten auf dem Ball der »Roten Hilfe« beteiligt? Hielt sie ihn wirklich für schuldig am Tode Ruths? Und doch ging sie mit ihm ins Bett? Bedeutete solche Blutschuld nichts für sie? Sind alle Menschen potentielle Mörder? Sind wir alle schuldig an den Schmerzen der andern und an ihrem Untergang?

Ihm schauderte vor Silvia. Und stärker schauderte ihm vor sich selber.

Wußte er nicht, daß Silvia und ihre Parteifreunde einen Teil der Schuld am Tod von Ruth trugen und daß Silvia bereit war, natürlich im Interesse der Partei, die für sie die Menschheit war (aber was war die Menschheit?), beliebig viele Menschen zu opfern? Ganze Völker zu opfern, die halbe Menschheit? Und zunächst seine Freundin Ruth Rabe?

Silvia zog ihn an sich, und er tat, was sie von ihm erwartete, was ihn entzückte. Er küßte sie. Er liebte sie. Und sie ließ sich lieben.

Später schliefen sie ein. Er erwachte, und es war noch Nacht. Er war hungrig, sie hatten nicht zu Abend gegessen. Er hatte Durst. Leise stand er auf, um ein Glas Wasser zu trinken.

Sie wachte auf. »Geh nicht fort«, sagte sie.

»Ich bin nackt.«

»Ach«, sagte sie und machte Licht und lachte. »Ich habe geträumt. Im Traum warst du in New York, du standest allein zwischen den Schatten der Wolkenkratzer, du warst der einzige Mensch in New York, so einsam wie sonntags ein Spaziergänger in der Wall Street. Ich aber stand auf dem Champ de Mars zwischen Tausenden und Abertausenden, und sie drängten sich an mich, wie manchmal in der Stunde des Hochbetriebs gewisse Männer in der Untergrundbahn sich an Mädchen drängen, mir ging die Luft aus, ich wollte um Hilfe schrein und wußte deinen Namen nicht mehr. Ich mußte nur deinen Namen nennen, und du flögest zu mir, von Manhattan nach Paris, in einer Minute, aber ich hatte deinen Namen vergessen, vielmehr war ich voll von deinem Namen, ich fühlte ihn so köstlich in mir wie deinen Samen, aber bekam deinen Namen nicht auf die Zunge, auf die Lippen, ich konnte ihn nicht aussprechen und fühlte, ohne dich ersticke ich zwischen Myriaden. Plötzlich stand Ruth neben mir, und sie lastete auf mir wie ein Grabstein, und sie sagte voller Haß zu mir: ›Ich sage dir seinen Namen nicht, auch wenn du mir einen goldenen Pfennig in den Mund steckst, zur Überfahrt, nicht einmal für einen Pfennig‹, und da rief ich: ›Mark‹, und: ›Mark‹, und da fühlte ich mich schon frei, und du warst bei mir und nahmst meine Hand und sagtest: ›Du liebst mich und weißt nicht mehr, daß ich Franz heiße?‹

Und ich sagte: ›Geh nicht fort‹ und griff neben mich und fühlte, daß du nicht mehr da warst, und mich faßte eine schreckliche Angst. Und willst du nicht bei mir bleiben, in Paris, Franz, und willst du nicht versuchen, mich zu lieben? Später könnten wir nach New York ziehn und heiraten? Und was soll aus uns werden, Franz?«

»Ich?« fragte Franz und schenkte sich ein Glas Wasser ein, trank es aber nicht und brachte es ihr, und sie trank es aus und gab ihm das Glas zurück und fragte: »Und du?«

»Ich?«

»Trinkst du kein Wasser?«

»Ich?« fragte er. »Ich bin verzweifelt.«

»Was bist du?«

»Silvia! Ich fürchte mich vor den Menschen. Ich möchte ein guter Mensch sein und weiß nicht, wie ich es anfangen soll. Ich fürchte mich vor mir selber. Und ich fürchte mich vor dir.«

»Es ist erst zwei Uhr morgens«, sagte Silvia, »ziehn wir uns an. Ich habe Hunger. Ich habe Durst. Auch ich fürchte mich vor dir. Gehn wir zum Montparnasse in ein Café, laß uns essen und trinken und andre Menschen sehn, Menschen in Kleidern und Anzügen, gewöhnliche Menschen, die weder mir noch dir gleichsehn und die nichts aus ihrem Leben machen wollen, die überhaupt nichts wollen, nur essen, nur trinken und miteinander schlafen, meist eine Frau und ein Mann, sie will vielleicht Kinder haben, und er will Geld verdienen, sie will vielleicht schöne Kleider haben und einen Eisschrank, und er will ein Auto haben und die légion d'honneur, sie träumt vielleicht von einem Freund, der ihr Schmuck schenkt, und er will vielleicht ein Sommerhaus haben oder eine Kabine am Strand, sie will nicht alt werden, und er will nicht sterben, es muß doch auch solche Menschen geben, ohne Moral und ohne Charakter, ohne Laster und ohne Tugenden, Menschen, die viel lachen und wenig denken, Menschen, die nicht einmal im Traum Blut vergießen, Menschen, die keine Opfer sind und keinen andern opfern, lauter Leute, die weder böse sind noch gut werden wollen, ganz gewöhnliche Menschen, wie es sie zu Millionen geben muß.«

»Gehn wir«, sagte Franz. »Suchen wir sie!«

Als sie zusammen das Hotel verließen, lächelte ihnen der Nachtportier so freundlich zu, als hielte er sie für ein glückliches Liebespaar. Und sie sahen auch aus, als seien sie füreinander geschaffen.

Aber als sie eine Stunde später wieder ins Hotel kamen, nickten sie einander flüchtig zu. Jeder ging in sein Zimmer.

5

Am anderen Morgen fuhr Franz nach Le Havre, wo er ein Schiff nach New York nahm. Er sah Silvia erst nach zwölf Jahren wieder, 1946, am Meeresstrand, vor ihrem Haus in Freeport, Long Island.

Sie lag neben ihm im Sand, fast nackt.

Er war vierunddreißig Jahre alt. Er glaubte, er sei fertig. Er hatte den Krieg überlebt, und er wußte nicht mehr genau, was er sich vom Frieden versprochen hatte. Er war ein Professor für deutsche Sprache und Literatur, aber die Armee hatte ihn nach Japan geschickt. Er hatte soeben ein Buch publiziert, über den Neuen Humanismus, er hatte es in vier Monaten geschrieben. Die Kollegen und die Fachpresse rühmten es einhellig. Er erklärte seinen Kollegen lachend, solch allgemeines Lob sei ein sicheres Zeichen eines mittelmäßigen Buches, und er freute sich doch.

Da lag er am Meer, neben Silvia, und war beklommen. Gefiel sie ihm wieder? Und würde sie gleich fragen: Liebst du mich noch? Und waren wir vor zwölf Jahren noch halbe Kinder? Und sind wir es heute noch? Ich bin ein anderer Mensch als damals. Bin ich es nicht?

Was ist aus ihr geworden, um Gottes willen? Wer ist diese fremde Frau? Nach zwölf Jahren der Trennung kennt man sich nicht mehr.

Silvia lag auf dem Bauch. Die Sonne würde gleich untergehn, aber es kühlte nicht ab. Auf Silvias langen Beinen flirrte ein blonder Flaum. Sie lag mit geschlossenen Augen da. Sie sah zärtlich aus, und erfreulich, und so hübsch.

Zwei Hunde kamen kläffend und jagten einander. Man hörte den Lärm von Kindern und Flugzeugen. Eine kleine Wolke stand hoch über ihnen, unbeweglich, wie zuweilen die Zeit stillzustehn scheint. Die Wellen stießen härter an den Strand.

Silvia setzte sich auf und lächelte ihm zu. Nun sah sie fast wie zwanzig aus. Es war so ein gutes, junges Lächeln. »Warum hast du nicht geheiratet?« fragte sie.

Er lachte gerade heraus. Welche Antwort erwartete sie? Daß er kein Homosexueller geworden war? Und wollte sie ihm darauf antworten: Das spürt eine nackte Frau? Oder wünschte sie, daß er ihr sagte, weil ich dich nicht bekommen habe? Wollte sie seine Liebesgeschichten hören, und alle mit einem unglücklichen Ausgang, mit einem Haken?

Wie er fast nackt auf dem Sand lag, am Meer, und auf die untergehende Sonne blickte, merkte er, daß er gar keine Geschichte hatte. Seine Vergangenheit war eine Fiktion, ein Vorurteil, das er mit den Kleidern abgestreift hatte. Diese zwölf Jahre, nach denen Silvia ihn fragte, die lagen drüben im Gastzimmer, zwischen seinen Socken, neben Hemd und Hose. Und was war in diesen zwölf Jahren der Erzählung wert? Das allgemeine Schicksal, alles was in den Zeitungen gestanden hatte, der Bürgerkrieg in Spanien, die Okkupation von Österreich und der Tschechoslowakei, der Bürgerkrieg in China, Franco und Mussolini, Stalin und Hitler, Roosevelt und Churchill, Dünkirchen und Pearl Harbour, die Krise und die Konjunktur, der Krieg und der Frieden, die *fellow travellers* und der Ku-Klux Klan?

Oder seine Laufbahn? Die Bücher, die er gelesen hatte, die Aufsätze der Kollegen und die eigenen Aufsätze, die Leere vor dem weißen Papier und die Fülle der Gedanken, die einem so drängend schien und von denen eine Fußnote blieb, die Leere, bevor man ein Buch geschrieben hatte, die Leere, nachdem man ein Buch geschrieben hatte, das Entsetzen, mit dem man erkannte, jeder Dritte hätte das gleiche geschrieben, jeder Hundertste hätte es besser gemacht, die verletzte Eitelkeit, wenn einer einen treffenden Einwand machte, der Triumph, wenn man den Einwand widerlegte. Die Eifersucht der älteren Professoren, die Überheblichkeit der jüngeren, die Duelle zwischen wissenschaftlichen Gegnern um Scheinobjekte, der Brotneid, der Stellungskrieg, die Cliquen, die politischen Parteien, die Beziehungen, all das, was zum Leben eines jeden paßte, die hundertfache Schablone der Gesellschaftsriten, die Wichtigkeit der Kirchenzugehörigkeit, von Phi Beta Kappa und der Klubs, der Logen, der Country Clubs, des Autoluxus, der Bankkonten, die ganze gesichtslose Eitelkeit, die zu Millionen paßte und wodurch Millionen vor anderen Millionen sich auszeichnen wollten.

Was von seinem ganzen Leben gehörte wirklich ihm? Die Sexualaffären, die genau nach der Schablone verliefen, verlaufen mußten, nach der vorgeschriebenen Normalität und Abnormität? Seine beiden Verlobungen in New York, aus denen keine Ehen wurden? Seine Spaziergänge am Hudson oder in der Madison Avenue? Sein Entzücken, dazusein. Die angenehme Empfindung, wenn er aufwachte, der Genuß, mit dem er aß, das Vergnügen, wenn er sich nach dem Rasieren die Krawatte band und im Spiegel sein eigenes Lächeln sah. Die Freude, als er erfuhr, Roosevelt sei gewählt, das Entsetzen, als er die Katastrophe von Hiroshima im Detail im *New Yorker* las. Die Gewohnheit, zwei Stück Zucker in den Kaffee zu tun. Die erste Zigarette am Sonntag. Der erste Schluck Whisky am Abend. Das Entzücken, wenn er Shakespeare las, und Heine und Montaigne? Das gemischte

Vergnügen der Erinnerungen, jener die ungerufen kamen und der gerufenen?

»Warum hast du nicht geheiratet?« fragte Silvia. »Hast du eine feste Freundin? Bist du glücklich?«

Ehe er antworten konnte, kam Herr Middleway mit dem jungen Paar und verkündete: »In einer halben Stunde essen wir!«

Franz gab Silvia die Hand und half ihr aufstehn. Sie begrüßte das Paar und ging mit beiden voraus.

»Wie schön leuchtet der Himmel!« rief Franz.

»Yeah? Let's have a drink«, antwortete Middleway. »Die Poesie habe ich im Büro. Ich drucke hundert Bücher im Jahr. Von Naturbeschreibungen rate ich aus Prinzip ab.«

Nach der Mahlzeit ging das uneingeladene Wochenendpaar schlafen. Sie hatten gegessen und getrunken und nur ja ja gesagt, und nein nein! Dann hörte man für fünf Minuten Rundfunk und begann zu trinken.

Middleway verkündete, die Deutschen hätten ihrer Literatur cin Ende gemacht. Es sei schade und Francis solle zur amerikanischen Literaturgeschichte übergehn. Es lohne sich.

Bald entschuldigte er sich, er müsse noch ein Manuskript lesen. Kaum war Franz auf sein Zimmer gegangen, kaum hatte er sich ausgezogen, kaum sich ins Bett gelegt mit einem Buch, da klopfte es. Franz war sicher, es sei Silvia, und sprang aus dem Bett, um die Tür zu öffnen. Vor ihm stand Herr Middleway. Ohne sich lange zu entschuldigen, zog Middleway einen Stuhl vors Bett, setzte sich; er trug einen sandfarbenen Pyjama und unterm Arm ein Manuskript und begann ohne Einleitung, indes Franz sich wieder ins Bett legte: »*My dear Francis*, Silvia hat mir eben erzählt, daß Sie ihr Liebhaber in Berlin waren, neben einem gewissen Pippo, einem Kaffeehauskellner aus

Palermo. Silvia schwört, sie würde noch heute mich verlassen, und wenn es notwendig sei, auch unsere beiden Kinder, Ruth und Imogen, es sind zwei Mädchen, erwähnten wir es nicht, wenn Sie bereit wären, Silvia zu heiraten. Silvia sagt, Sie seien ein exzellenter Autor. Silvia hat eine Schwäche für Autoren. Sie publizieren Bücher? Wir sollten einmal über Ihre nächsten Buchpläne konferieren, natürlich im Büro.

Kurz, ich bin hier, um Ihnen den Besuch meiner Frau anzukündigen. Silvia sagt, wenn Sie ihr nur mit dem kleinen Finger winken, geht sie ins Bett mit Ihnen. Ich bin, sagt sie, diesem Menschen hörig. Und er ist der nobelste Mensch, dem ich je begegnet bin. Er ist ein Moralist. Nun, ein moderner Verleger erlebt schwerlich Überraschungen, nicht nur auf dem Feld der Literatur. Bevor aber meine Frau hier eintritt oder auftritt und Ihr kleiner Finger (Sie haben hübsche Hände, Francis) in unser Schicksal eingreift, so oder so, hätte ich gerne ein halbes Stündchen mit Ihnen geplaudert. Silvia, die eine Schwäche für mich hat, willigte gleich ein, als ich ihr diese kleine Unterredung zwischen uns vorschlug. ›Middleway‹, sagte sie zu mir, ›du bist ein Gentleman.‹ Das bin ich in der Tat.«

»Ich zweifle nicht daran«, erklärte Francis und machte, im Bett sitzend, eine höfliche Verbeugung.

»Wollen Sie etwas trinken?« fragte Middleway. »Hier in diesem kleinen Eisschrank finden Sie belegte Brote, Fruchtsäfte, Whisky, Soda.«

»Danke«, sagte Franz.

»Ich nehme mir einen Orangensaft, wenn Sie gestatten«, erklärte Middleway. »War dieser Pippo sehr hübsch? Es gibt unter den einfachen Italienern …«

»Er war häßlich.«

»Er hatte sicher andere Vorzüge?«

»Ich erinnere mich nicht. Er konnte tanzen, glaube ich. Auch war er Kommunist.«

»Silvia verabscheut Kommunisten«, erklärte Middleway. »Ein Verleger sollte natürlich liberal sein. Ich mische mich aus Prinzip nicht in die Gesinnungen unserer Autoren. Ein Autor muß eine Gesinnung haben. In meinem Verlag dulde ich keine Autoren ohne Gesinnung. Natürlich spreche ich nicht von Nobelpreisträgern und Bestsellern, sie sind *hors de concours*. Viele meiner Autoren wechseln ihre Gesinnungen von Jahr zu Jahr oder von Wahlperiode zu Wahlperiode. Das schafft die passenden Kapitel für die Biographie. Es gibt auch die schwierigen Fälle des Autors mit widersprechenden Gesinnungen zur selben Zeit, und des Autors mit einer Gesinnung für die Öffentlichkeit und einer zweiten fürs Heim. Aber das sind Grenzfälle. Ich hoffe, Sie haben eine Gesinnung, mein lieber Francis? Silvia sagt, ohne in die Details zu gehen, Sie hätten die nobelste Gesinnung der Welt. Ich sage stets, das künstlerische Detail macht den Wert eines Buches, Einzelzüge geben das Bild eines Menschen. Wahrscheinlich habe ich unrecht. Ich habe in meinem Beruf gelernt, daß das meiste falsch ist, was man über Bücher und Menschen sagen kann. Mit einem Wort, unzulänglich? Sind wir das nicht alle?«

Middleway blickte Franz beschwörend an, als erwarte er von ihm den Schlüssel zum Verständnis der Menschheit, zumindest der Literatur. Oder holte er nur so weit aus, weil er entschlossen war, vor dem Bett von Franz auszuharren wie ein Cherub mit dem flammenden Schwert? Oder wollte er Franz mit List einschläfern? Er hatte ja noch das Manuskript mitgebracht, das er vielleicht lesen wollte, indes er den Schlaf von Franz bewachte?

Franz wußte keineswegs genau, was *er* wünschen sollte und ob er den Rest der Nacht lieber mit dem plaudernden

Gatten oder mit der Gattin verbringen sollte, die vielleicht eine unwillkürliche Bewegung eines kleinen Fingers von Franz wollüstig mißdeuten mochte. Oder sollte er den frivolen Wunsch äußern, die Nacht allein im ungestörten Schlaf zu verbringen?

Schon schämte er sich vor Herrn Middleway, noch bevor er ihm ein Unrecht getan hatte. Schließlich konnte Franz sich nicht seine Beziehungen zu Silvia vor zwölf Jahren vorwerfen, als keiner von ihnen die Existenz eines Joseph H. Middleway geahnt hatte. Franz schämte sich also für sein kommendes Verhalten, ehe er noch wußte, was er bald tun würde.

»Ich hätte Ihre Einladung nicht annehmen sollen«, sagte er. »Freilich wußte ich nicht, daß Silvia Ihre Frau ist.«

»Im Gegenteil«, erwiderte Middleway. »Es ist ein Glück, daß Sie da sind. Man kommt sich auf dem Lande viel näher. Zwischen Himmel und Meer lernt man sich kennen. Silvia ist ein merkwürdiger Mensch, sehr verschlossen, ja geheimnisvoll. Ich verliebte mich in Silvia auf einer Cocktailparty zu Ehren eines neuen Autors. Das Buch fiel durch, und ich habe den Menschen nie wiedergesehn. Er brachte aber zu dieser Party Silvia mit. Sie war nicht seine Freundin. Sicherlich nicht vor unserer Ehe. Was während unserer Ehe geschehn ist, weiß ich nicht, wenn ich auch zuweilen diese oder jene Beobachtung machte. Ich selber bin Silvia länger als ein Jahr treu geblieben. Sie wissen, wie das ist in der Ehe?«

Er sah Franz voller Vertrauen an. Schließlich mußte auch ein Junggeselle wissen, wie es in der Ehe war.

»Ich weiß nicht«, sagte Middleway, »was unsereins mehr verführt, unsere unordentlichen Triebe oder die Literatur, die läppischen Bräuche unserer Gesellschaft oder die sogenannte Natur. Im Grunde haben wir alle nicht genug Zeit, um herauszufinden, was wir wirklich wollen und wer wir sind. Ich sage meinen Autoren immer, ich meine den klügsten unter ihnen: Sie müssen über den Sinn des Lebens schreiben. Da schaun mich meine Autoren gequält an. Der eine sagt, das ist kein Geschäft. Der andre sagt, man muß ein kompletter Dummkopf sein, um daraus einen Bestseller zu machen. Der dritte sagt, die ganze moderne Literatur handelt nur davon. ›Was‹, sage ich, ›eure Verzweiflungsautoren?‹ – ›Ja‹, sagt mein Autor, ›Verzweiflung ist der Sinn des Lebens.‹ Aber das glaube ich einfach nicht. Und Sie, Francis? Schließlich sind Sie ein Literaturhistoriker. Da die Literatur das ganze Leben enthält, soweit man es aufschreiben kann, und die Literaturgeschichte die ganze Literatur umfaßt, sollte es für Sie kein Problem der Menschenwelt geben, das Ihnen fremd wäre. Francis, ich habe ein unbegrenztes Vertrauen zu Ihnen. Je mehr wir miteinander sprechen, in diesem Zimmer, um so klarer wird mir Ihr Bild. Alles was Sie mir von sich erzählt haben, enthüllt Sie in der Tat als einen edlen Menschen. Sehen Sie, mein lieber Freund. Ich darf Sie so heißen, da wir ja seit alters her physisch so eng vermischt sind und Sie vielleicht in der nächsten Stunde meine Frau kosten und eventuell genießen werden.«

Da Franz eine abwehrende Geste machte oder es wenigstens Herrn Joseph H. Middleway so vorkam, flüsterte er mit einem Mal in einem scharfen und überdeutlichen Bühnenflüstern: »Ich bitte, keinerlei Rücksicht auf mich zu nehmen. Ich war eben im Begriff, Ihnen zu erklären, daß ich Zeit meines Lebens keinerlei Rücksicht auf Freunde, Eltern, Mitbürger, auf Religion, Gesetze und gute Sitten genommen habe, wenn ich nur ziemlich sicher war, daß ich es treiben könne ohne die Gefahr, erwischt oder bestraft zu werden. Ich heiße das moralische Zechprellerei, und sie ist in der ganzen Welt üblich. Ich kann mir nicht darüber klarwerden, ob diese moralische Zechprellerei, dieser Entschluß, das Gemeine nur zu unterlassen, wenn man dafür zahlen muß, gar es überzahlen müßte, die Menschen verdirbt oder sie rettet. Ich bin dreißig Jahre alt, und ich weiß immer noch nicht, ob ich nicht verrückt bin. Oder bin ich normal und heißt das, die Menschheit sei verrückt und der Wahnsinn sei normal? Sie sind doch ein gescheiter Mensch, Francis, und haben alle guten Bücher gelesen oder die Hälfte wenigstens, haben Sie je einen Menschen begriffen? Ich weiß schon, was Sie sagen wollen. Die guten Autoren geben seit dreitausend Jahren dieselbe Antwort. Die Situation des Menschen ist absurd. Um sein Unglück deutlicher zu machen, schuf er sich absurde Götter und Religionen, absurde physikalische und moralische Systeme. Was soll die ganze Anstrengung? Wenn man einmal erkannt hat, wie unausweichlich der Tod ist, wie schematisch platt und unauflöslich absurd das einzelne Menschenleben und die Geschichte der Menschheit sind, wie kann man sich über Trieb und Furcht, über Totem und Tabu, über Moral und Genuß, Sex und Mord, Kunst und Wissenschaft, Idealismus und Egoismus erheben?

Da haben wir zwischen uns eine Frau, die aus irgendwelchen wenig rätselhaften Ursachen entweder an einer gewissen sexuellen Unordnung leidet oder vielleicht gegen gewisse gesellschaftliche Konventionen gewisse sexuelle Ansprüche erheben kann und die uns nun damit zusammenführt oder auseinandertreibt. Vielleicht sind es aber auch seelische Bedürfnisse meiner Frau.

Daneben gehn wir morgen oder demnächst alle drei zur Wahl, etwa des neuen Präsidenten von Amerika. Und in neunundneunzig von hundert Fällen nehmen wir die kleine Sexualverwirrung unserer Frau, unseres Geliebten wichtiger als den nächsten Präsidenten, obgleich er vielleicht den Atomkrieg verschuldet oder verhütet oder die Konjunktur oder Krise macht, das Glück oder den Wohlstand, die Katastrophen oder den Untergang vieler Völker oder Kontinente. So disparat ist jeder Augenblick jedes Menschen und der Welt, jeder Tag, jeder Lebenslauf, jede Völkergeschichte. Gott ist absurd, und darum soll ich an ihn glauben?

Vielleicht schreiben Sie ein Buch darüber? Wir könnten mit einer broschierten Ausgabe beginnen. Die Wahrheit muß billig sein, wenn man sie verkaufen will. Die ganze moderne Menschheit ist nur eine Volksausgabe, broschiert und voller Druckfehler. Der Autor sitzt im Irrenhaus, ist blind, taubstumm, fühllos und monoman.

Ich höre die Schritte meiner Frau. Sie scheint sich angezogen zu haben. Das sind ihre Stöckelschuhe. Hoffentlich unterhält Silvia Sie besser, als ich es getan habe. Leugnen Sie nicht. Sie haben zweimal gegähnt. Vielleicht setzen wir unsere Unterhaltung nach dem Frühstück fort. Gehn Sie zur Kirche am Sonntagmorgen? Silvia tut es, ich gehe nie. Wir könnten auch Schach spielen oder segeln. Ich habe selten ein so aufschlußrciches Gespräch geführt. Was immer Sie mir gesagt haben, wird mir unvergeßlich bleiben.«

Middleway stand auf, hielt sein Manuskript vor seine Nase, als röche er daran, und schüttelte sein Haupt. »Ich fürchte, wir werden das Manuskript ablehnen. Ich habe es nicht gelesen, aber es macht mir keinen guten Eindruck.

Schlafen Sie ruhig aus, Francis. Wir haben morgen den ganzen Sonntag für uns. Wir haben christliche Sonntage, kein Pläsier, keine Arbeit, nur Gebete und Gäste, Selbsterbauung und Selbstkasteiung, ich meine geistiger Natur, und vor allem keine Manuskripte, keinen Rundfunk, keine Musik, kein Kino, keinen Alkohol! Ich hoffe, Sie hören es gern. Gute Nacht, Francis.«

»Gute Nacht«, erwiderte Franz.

Fünf Minuten nachdem Herr Middleway das Zimmer

verlassen hatte, kam Silvia, ohne anzuklopfen. Sie schloß die Tür, zog ihren Schlafrock und ihre Schuhe aus und blieb nackt vor ihm stehen: »Gefalle ich dir?«

»Silvia ...!«

»Ja oder nein?«

»Sehr, aber ...«

Sie ließ ihn nicht ausreden. Schon lag sie in seinem Bett und er in ihrem Schoß. Schon stöhnten sie und liebten sich und vergingen und begannen. Schon waren sie mitten im endlosen Kuß, in der wiederholten Umarmung, im kontinuierlichen Gespräch, die gleichen Worte wie vor zwölf und dreizehn Jahren, die ewigen Fragen, die zärtlichen Pausen, die armen Antworten.

»Liebst du mich noch?«

»Ich liebe dich wieder.«

»Wie damals?«

»Stärker.«

»Willst du mich heiraten?«

»Du hast einen Mann.«

»Ich könnte ihn töten.«

Franz war zu Tode erschrocken.

Sie setzte sich auf und starrte ihn an. »Jetzt fürchtest du dich vor mir? Aber wir gehören uns, wir und die Toten. Lauter Opfer und Mörder zugleich. Das sind wir. Seit du von mir fortgegangen bist, damals im *Hotel Lutetia* in Paris, habe ich jeden Tag und jede Nacht mit dir gelebt, zwölf Jahre lang, mit dir und den Toten.«

»Die Toten?«

»Ruth Rabe ... Und Pippo ...«

»Pippo ist tot?«

»Hast du nicht vom Attentat auf ihn gelesen? Es stand in allen Zeitungen.«

»Ein Attentat auf Pippo?«

»Der arme Pippo! Neunzehnhundertundfünfunddreißig kam er nach New York, auf demselben Schiff wie ich. Nur fuhr ich dritter Klasse und er erster Klasse, freilich als Kellner. Der arme Pippo!«

»Warst du auch in New York seine Geliebte?«

»Nach der ersten Zeit in Paris nie wieder. Ich sah ihn von Zeit zu Zeit. Er landete in New York, bekam Urlaub und blieb illegal. Er wurde Kellner in einem Hotel in der Fifth Avenue. Er beschaffte sich Gott weiß was für Papiere. Er kam zur Gewerkschaft der Hotelangestellten. Ich glaube, da sitzen viele Sizilianer. In wenigen Jahren wurde er ein Gewerkschaftsführer, mit hohem Gehalt, mit Autos, mit Leibgarde, was weiß ich. Er sagte mir: ›Ich bin der Pippo, derselbe wie in Berlin und Palermo.‹ Aber er hat sich von Grund auf verändert. Er war reich geworden in sieben Jahren. Er hat geheiratet, eine Woche nach Pearl Harbour. Er hat zwei Kinder, zwei Mädchen. Sie heißen Ruth und Imogen, wie meine Kinder. Im zweiten Jahr in New York war er Portier in einem Hotel downtown, das Jahr darauf Hoteldirektor. Schon hatte er zwei kleine Fabriken. Das Jahr darauf hatte er schon einen Rolls Royce und ein Landhaus in Freeport und war Mitglied im Country Club. Middleway kannte ihn, aber Pippo kam nicht in unser Haus, er sprach nie von mir. Ich traf ihn in New York. Er wurde in New York ein Gentleman. Er erzählte mir nichts von seinen Geschäften. ›Meine Geheimnisse‹, sagte er, ›sind Dynamit. Wer sie erfährt, kann daran sterben.‹ Seiner Familie in Palermo schickte er ständig Geld, erst kleine, später große Summen; sie hatten ein eigenes Haus, am Strand bei Palermo; sie hatten einen Fiat. Im Krieg schickte er ihnen Geld über die Schweiz, er habe mächtige Freunde. Er schien überall mächtige Freunde zu haben.

›Die Mafia?‹ fragte ich ihn.

›Was ist das?‹ sagte er.

›Die Kommunisten?‹ fragte ich.

›Kenne ich nicht mehr‹, sagte er. Aber das war nicht wahr. Ich weiß nicht, wie er sein Geld machte, und wahrscheinlich ging es nicht immer fein zu. Aber welches Vermögen ward schon fein gemacht? Er sagte immer, ich habe ihn groß gemacht, ohne mich wäre er ein Kellner in Berlin oder Paris geblieben. Erinnerst du dich überhaupt noch an ihn? Ich meine, wie er aussah?«

»Der Mörder Pippo? Im Gefängnis sah ich ihn immer vor mir. Seinetwegen, sagte ich mir tausendmal, hat mich Silvia ins Gefängnis geschickt.«

»Das ist nicht wahr.«

»Ich zitiere nur, was ich damals in der Berliner Untersuchungshaft gedacht habe.«

»Weißt du, was Pippo gesagt hat, in New York? ›Der heilige Franziskus und der unheilige, die haben mich hergebracht, deine beiden Freunde, Franz I und II, Schwarzbach und Mark.‹«

»Der heilige Franz?«

»Es tut mir leid, der Unheilige bist du, er hieß den Franz Schwarzbach einen Heiligen, weil er bei der Partei war. Franz hat etwas von einem Heiligen. Du weißt, daß er Botschafter der Tschechoslowakei in Washington ist? Hast du ihn wiedergesehn? Er hat sich gar nicht verändert. Immer noch der vergnügte kleine Junge, immer noch schaut er lachend über den Brillenrand hinaus, immer hat er alle Taschen voll von Parteibroschüren und bringt den Damen Mitgliedskarten statt Blumensträuße. Er ist verheiratet, hat aber keine Kinder. ›Mein Kind ist die Partei‹, sagt er, manchmal aber auch, ›die Partei ist meine Mutter‹, es ist etwas ödipisch Vertracktes dabei. Immer erkundigt er sich nach dir. Er weiß von dir, aber ihr habt euch nie wiedergesehn?«

»Nein«, sagte Franz. »Und warum hieß mich Pippo den Unheiligen?«

»Es tut mir leid«, sagte Silvia und küßte ihn zärtlich auf die Wange, wie ein zu Unrecht zurückgesetztes Kind. »Ich glaube, Pippo nahm an, daß du ihn verachtest. ›Was hat er gegen mich?‹ fragte er. ›Was wirft er mir vor? Meine Armut? Meine Herkunft? Meinen Beruf? Ich bin besser als er, und ich werde es beweisen.‹ Pippo war nie ein schlechter Mensch. Natürlich bist du besser, Franz. Und dich habe ich auch immer geliebt, keinen andern, sogar in der Umarmung von Pippo oder von Franz, ich meine Schwarzbach, oder von Middleway fühlte ich immer dich, liebte ich immer nur dich, meinen Franz, ich meine Franz Mark.

Pippo war kein schlechter Mensch. Er war kein Gangster, auch kein Gangster im Rahmen der Gesetze, wie es viele gibt. Er handelte immer aus edlen Motiven.«

»Ein edler Mörder also?« fragte Franz spöttisch.

»Du bist eifersüchtig. Pippo war kein Mörder. Er hat mich geliebt. Und er war ein Freund. Er hat mir immer Geld angeboten, erst kleine, dann große Summen. Ich habe nie einen Pfennig von ihm genommen, außer in den wenigen Wochen, wo wir zusammen lebten und nicht glücklich waren. Er bot mir Geld an, vom ersten Tag in New York. Damals hätte ich es brauchen können, aber ich war zu stolz. Aus Ehrgeiz arbeitete ich in einem Verlag. Da hat man es mit interessanten Menschen zu tun und mit allen großen Menschheitsfragen. Nur waren die Gehälter niedriger als anderswo, lag es an den großen Menschheitsfragen? Später heiratete ich Middleway und brauchte kein Geld mehr.

›Im Gegenteil‹, erklärte mir Pippo, ›die reichen Leute brauchen mehr Geld als die Armen, und sie lieben es mehr. Nimm nur. Du wirst schon eine Verwendung finden.‹ Aber ich nahm es nicht.«

Franz unterdrückte ein Lächeln. Es sah aus, als bedaure Silvia ihre Charakterstärke und träume all dem ausgeschlagenen Gelde nach.

»Pippo hieß dich unheilig, weil du die ganze Welt mit zwei Händen retten willst. Er meinte, mit deinen eigenen zwei Händen. ›Man muß sich selber aufgeben‹, sagte er, ›ehe man etwas für andere tun kann. Man muß seinen Stolz, seine Überzeugungen und Interessen aufgeben. Man muß nur ein Glied in einer Kette sein wollen, ein Tropfen im Eimer, ein Rädchen in der Maschine, ein Mitglied in der Partei, ein Mitglied in der Gewerkschaft.‹

›Du bist der Boß‹, erwiderte ich ihm.

›Ich bin nur ein Weizenkorn im Silo‹, sagte Pippo, ›ein Tropfen im Meer.‹«

»Und das Attentat?« fragte Franz.

»Das war vor einem Jahr, etwa vor einem Jahr. Aber schwör mir, daß du zu niemand davon sprichst.«

»Ich schwöre«, versprach Franz. »Aber ist da kein Geräusch vor der Tür?«

Silvia setzte sich auf und legte ihre Hand auf den Mund von Franz und einen Finger der andern Hand auf ihre Lippen. Barfuß und lautlos schlich sie zur Tür und riß sie auf. Aber da war nichts, nur die dunkle Nacht und ein leiser Luftzug. Silvia schloß die Tür und kam zurück ins Bett. Sie küßte Franz und setzte sich neben ihn, als könne sie den Rest der Geschichte nicht im Liegen erzählen.

»Du hast recht«, sagte sie. »Hast du es beobachtet? Middleway ist allzu neugierig, bis zur Schamlosigkeit. Was hat er davon, wenn er alles weiß. Ich habe es ihn oft gefragt, und er antwortet nur lächelnd: ›Man weiß nie alles.‹

Unseligerweise erzählte ich ihm heute auch, daß ich einen Kellner namens Pippo in Berlin geliebt habe. Das brachte ihn schier mehr aus der Fassung als mein Geständnis, daß ich dich heiraten will. Ich sagte es ihm. Ich will dich heiraten.«

»Middleway erzählte es mir.«

»Und hat er dich nach Pippo gefragt?«

»Ja, ob er hübsch war.«

»Erzähl ihm nichts davon. Pippo heißt jetzt John F. Turrisi. Niemand nennt ihn mehr Pippo, auch seine Frau und Freunde nicht. Nur ich heiße ihn Pippo. Und seine Leute in Palermo vielleicht noch. Middleway kannte Turrisi, aber er weiß nicht, daß Turrisi mein Pippo war. Er weiß nicht einmal, daß ich den Turrisi kenne. Er wollte ihn mir immer vorstellen. Turrisi hat einmal meinem Mann das Leben gerettet. Ich habe diese Geschichte mehrfach von beiden gehört. Jeder von beiden erzählt seine Geschichte immer gleich. Aber die Geschichte des einen differiert ein wenig von der Geschichte des andern, und das ist die Pointe.

Es ist eine ganz banale Affäre, man liest solche Sachen alle Tage in den New Yorker Zeitungen. Middleway war in Riverdale bei einem seiner wichtigsten Autoren, es war spät geworden, er hatte ein wenig getrunken und darum Bedenken, mit seinem Wagen heimzufahren. Diese Vorsicht kam ihm teuer zu stehn.

Es war eine sternhelle Nacht im Mai, es duftete süß und schwer, und er beschloß zur Untergrundbahn zu gehn und von dort mit dem nächsten Zug heimzufahren. Er war in bester Laune, sein Autor hatte ihm den neuen Roman überreicht, dieser seltsame Autor schrieb noch mit der Hand. Middleway sollte das Original am andern Tag im Büro abtippen lassen. Amerika wartete auf das neue Buch, Middleway war eines neuen Erfolges sicher.

Fröhlich schwang er seine Mappe mit dem kostbaren und einmaligen Manuskript, als hinter einem Baum zwei maskierte Männer hervortraten, ihm den Weg verstellten und ihn freundlich aufforderten, seine Hände zum Himmel zu erheben. Middleway gehorchte und ließ die Aktenmappe zu seinen Füßen fallen. Im Nu nahmen ihm die beiden Burschen die goldene Krawattennadel, die Brieftasche, die Armbanduhr und einen Brillantring vom Finger. Erst als sich der eine Straßenräuber nach der Aktentasche bückte, warf sich der arme Middleway verzweifelt und besinnungslos auf die Aktentasche und stieß mit seinem Schädel hart an des Räubers Schädel oder Schulter und schrie, obgleich ihm der Schädel brummte: ›Nicht das Manuskript!‹

Indes er mit dem einen Straßenräuber sich im Staub wälzte, zückte der zweite Straßenräuber sein Messer und wartete nur den Augenblick ab, bis sein Kamerad sich aus Middleways Umschlingung befreit hatte, da trat ein Mann ruhigen Schritts herzu und reichte dem stehenden Straßenräuber seine Brieftasche und sagte kaltblütig: ›Nimm das, Freundchen! Da sind dreitausend Dollar, und laß dem Kerl sein Manuskript! Das ist ein Autor. So einer hält beschriebenes Papier für Gold. Euch ist es nichts wert.‹

Schon hatte der Straßenräuber am Boden aus Middleways Umarmung sich frei gemacht. Schon blutete Middleway aus Mund und Nase. Schon hatte der stehende Straßenräuber dem zweiten Passanten die Brieftasche entrissen, nun leuchtete er ihm mit einer Taschenlampe ins Gesicht. ›Dich kennt man‹, sagte er. ›Du bist der Unionboß, der Turrisi.‹

›Ich bin's‹, sagte Pippo. ›Und du?‹

›Ich war mal Kellner!‹

›Was? Und hast keinen bessern Posten? Komm in mein Büro!‹

›Halt's Maul, du Clown!‹ sagte der Kerl, zog aus Turrisis Brieftasche ein Bündel Banknoten, warf ihm die entleerte Brieftasche vor die Füße und gab ihm unversehens einen Tritt, daß er auf Middleway fiel.

Schon waren die Kerle hinterm Gebüsch verschwunden. Man hörte den Schrei einer Eule, war es der Ruf der Räuber oder wirklich ein Nachtvogel?

Pippo half Middleway auf und gab dem stöhnenden Mann sein Taschentuch für die blutige Nase, dann hob er seine Brieftasche und Middleways Aktentasche auf und zog in jäher Eile Middleway am Arm zehn oder zwanzig Schritte zurück, wo Pippos Wagen stand. Er hatte sein Auto für eine Minute verlassen, um einem Harndrang nachzugeben. So war er zum Zeugen des Überfalls geworden. Er ließ Middleway einsteigen, stieg selber ein und schloß seine Hose. Er wollte Middleway zu einem Spital fahren, statt dessen machten sie vor einem Drugstore halt und tranken jeder einen Whisky straight. Vor der Bar nannten sie einander ihre Vornamen und wechselten ihre Adressen. Beide kannten einander dem Namen nach, der Verleger und der Gewerkschaftsführer. Sie verabredeten ein Mittagessen in der City. Middleway behauptet, der eine Straßenräuber habe geschrien: ›Nimm die Aktenmappe!‹ Aber der andere Straßenräuber habe gerufen: ›Laß den Fetzen! Es ist Turrisis Freund!‹

Pippo dagegen erklärt das für romantischen Unsinn, sagt aber, im Drugstore hätte Middleway plötzlich aufgeschrien: ›Mein Manuskript! Ich muß zurück! Nach Riverdale! Das Manuskript! Es ist eine Million Dollar wert. Eine Million oder mehr!‹

Pippo beruhigte ihn. ›Ihre Mappe ist in meinem Auto. Ich hob sie auf.‹

Schon war Middleway draußen und riß an der verschlossenen Tür von Pippos Auto. Pippo schloß den Wagen auf, Middleway riß die Mappe heraus, öffnete sie, holte das Manuskript heraus, legte es wieder hinein und drückte die Mappe ans Herz, als wäre sie ein gerettetes Kind. Dabei war

ein Mensch zum Autor geschaffen sei. Du hast Talent, versichert mir Middleway.

Vor dem Bild im Museum of Modern Art glaubte ich, daß ich alles Talent der Welt hätte und, wenn ich nur wollte, ein großer Maler wäre oder ein Dichter. Ich setzte mich, voll von dem Bild, als trüge ich eine Welt in mir, in dem Hof des Museums an einen der Tische zwischen den alten Bäumen und modernen Plastiken und trank einen Orangensaft und einen Kaffee und aß Apfelkuchen mit Vanilleeis.

Zwei elegante jüngere Herren am Nebentisch, die französisch redeten, sprachen mich an. Ich antwortete französisch, sie machten mir Komplimente über meine Aussprache, über mein Aussehn, meine Kleider, ich sähe wie eine Pariserin aus. Sie sprachen von Pascin, vor dessen Gemälde sie mich schon gesehn hatten.

Der eine war ein Maler, der andre ein Museumsdirektor. Sie hatten den Sitzkrieg und den Blitzkrieg in Frankreich mitgemacht. Einer war von den Deutschen gefangengenommen worden und geflohn. Es war der Maler. Er ging nach Avignon, wo der Museumsdirektor ein Häuschen, eine Frau, ein Kind, einen Hund und zwei Kanarienvögel hatte. Der Maler blieb einen Tag im Haus seines Freundes und verliebte sich in die Frau des Freundes, machte ihr, was die Polizei einen unsittlichen Antrag heißt, wurde freundlich abgewiesen, griff trotzdem zu und wurde handgreiflich zurückgestoßen.

Nur bat ihn die Frau zwischen Lachen und Tränen, er möchte ihrem Mann nichts erzählen, weder von seinem allzu freundlichen Versuch noch von ihrer vielleicht allzu schroffen Abwehr. Ihr Mann sei ihr untreu und darum oder trotzdem sehr eifersüchtig auf sie. Wenn er von dieser Bagatelle erfahre, werde er es vielleicht dem Maler nicht übelnehmen, aber ihr, und zwar daß sie die Zumutungen abgelehnt habe, denn das täte sie nur, um ihren Mann moralisch ins Unrecht zu setzen. Obendrein werde er sie wochenlang, wenn der Maler schon längst abgereist sei, mit der dummen Kinderei aufziehen, bis er auf einmal entdecken werde, daß sie vielleicht mit diesem Maler ihn betrogen habe.

›Und wollen Sie vielleicht?‹ fragte der Maler.

Da wurde sie ernst. Er gefalle ihr nicht, Monsieur verzeihe die Aufrichtigkeit, aber er zwinge sie dazu. Die ganzen Bettsachen gefielen ihr nicht, wenn sie nicht legitim seien. Ihr mache nur die eheliche Liebe Vergnügen.

›Sie haben ein Kind?‹ fragte der Maler.

›Ich liebe meinen Mann. Und es macht mich eitel, daß es ihm so übermäßig mit mir zu gefallen scheint. Und das Kind liebe ich. Sieht nicht der Junge ganz wie sein Vater aus?‹

Der Maler war gekränkt und setzte die halbe Nacht seinem Freund zu, mit ihm nach England zu fliehn, ehe die Deutschen beide ins Gefangenenlager schickten. Er überredete seinen Freund, mit ihm noch in derselben Nacht zu fliehn, ohne sich von seiner Frau zu verabschieden, die ihn vielleicht zurückhalten würde. Der Maler diktierte seinem Freund den Abschiedsbrief an die Frau.

Von Andorra gingen sie über die spanische Grenze, schlugen sich nach Portugal durch, bekamen in Lissabon mexikanische Visen und waren gleich nach dem Krieg in die USA eingewandert, wo sie mit Hilfe einer reichen Witwe eine Kunsthandlung in der Third Avenue aufgemacht hatten.

Der Kunsthistoriker erzählte mir diese Geschichte viel ausführlicher. In Mexiko hatte ihm sein Freund, der Maler, von dem vergeblichen Angriff auf die Frau erzählt. Die Frau hatte sich übrigens scheiden lassen und einen Fabrikanten geheiratet, von dem sie auch schon ein Kind hatte, einen Sohn. Der ehemalige Museumsdirektor war mit dem

Fabrikanten befreundet gewesen, auch der hatte einmal einen Überfall auf die Frau seines Freundes gemacht, war abgeschlagen und dem Gatten denunziert worden.

›Und glauben Sie jetzt‹, fragte ich den Museumsdirektor, ›daß der neue Gatte Ihrer Frau damals mit ihr geschlafen hat?‹

›Ich weiß es nicht‹, sagte er.

›Und Ihr Freund, der Maler?‹

›Ich weiß es nicht‹, sagte der Museumsdirektor.

›Und Sie wissen es auch nicht?‹ fragte ich den Maler.

Wir lachten alle. Die beiden Franzosen saßen längst an meinem Tisch. Schon schlugen sie mir vor, ich solle ihr Teilhaber werden, sie kannten natürlich Middleway, wer in New York kennt ihn nicht. Ich könnte mich beteiligen, sagten sie. Aber wenn mein Mann sie nicht solid genug fände, sollte ich die Leiterin ihrer Galerie sein. Sie sähen, daß ich für die Kunst geschaffen sei. Ich sei die hübscheste Frau, die sie bisher in New York gesehn, und die intelligenteste, die sie bisher gehört hätten. Wenn mir die Arbeit gefiele und wenn mir die beiden Teilhaber gefielen, so würden sie mir garantieren, daß wir in wenigen Tagen glücklich, in wenigen Jahren reich wären.

Sie luden mich zum Lunch ein und brachten mich in ihre Galerie, die schick war. Es hingen auch ein paar Bilder an der Wand, ein Rouault, ein Matisse, ein Seurat und zwei Dufy, von denen ich mir gut vorstellen konnte, daß ich mich eines Tages in dieses Bild und an einem andern Tag in ein anderes und so weiter verlieben könnte. Die beiden Franzosen, Marsan und Dubresse, gaben mir lachend zu verstehen, das heißt in vollem Ernst, daß sie seit Avignon stets dieselbe Frau bewundert und geliebt hätten, das sei vielleicht die Grundlage ihrer Freundschaft, daß sie beide Typen wären, die auf den ersten Blick liebten, daß sie sich nicht vorstellen könnten, wie man einer Frau wie mir untreu werden könnte, daß sie beide jung, gesund und stets zur Liebe bereit seien, daß sie aber seit Jahren es sich genau eingeteilt hatten, Montag, Mittwoch und Freitag gehörten Edmond, das war Marsan der Maler, Dienstag und Donnerstag seien die Festtage von Jules Dubresse. Das Wochenende, Samstag und Sonntag, gehörte dem Gatten. Sie hätten bisher nur verheiratete Frauen mit einem geregelten Eheleben geliebt. Und ob Mr. Middleway etwa zu irregulären Ausschweifungen neigte, die New Yorker Geschäftsleute seien im allgemeinen nicht sehr schwierig.

Ich hörte zu lachen auf, gab vor, ich hielte alles für einen Witz, der nun sein Ende finden müsse, und ging. Um dir die Wahrheit zu sagen, hatte mich der Vorschlag aufgeregt und gekränkt. Ich glaube, sie meinten alles ernst, die Anträge fürs Geschäft und fürs Pläsier.

Ich ging zu Pippo. Hätte ich es nie getan! Freilich habe ich damals vielleicht diesem geübten Lebensretter das Leben gerettet.

Pippo hatte zwei Wohnungen in New York, neben seinem Sommerhaus in Freeport, die eine für seine Familie, die andere für sich. Er sagte, es sei ein Tick. Er habe so viele Jahre in Palermo im Schoß der Familie geschlafen, daß er von nichts begehrlicher geträumt habe, als endlich ein Bett zu haben, in dem nur er schlafen dürfe, ein Zimmer, in dem er keinen fremden Atem höre, eine ganze Wohnung, wo keiner spreche, huste, schreie, stöhne, spucke, die Liebe mache, klage, weine, lache, nur er. Seine Frau mit den zwei Mädchen wohnte in Riverdale.

Seine Junggesellenwohnung hatte er im *Savoy Plaza Hotel*, im elften Stock, drei Zimmer, Bad, Küche und Terrasse. Ich weiß nicht, ob er dort seine Freundinnen empfing. Ich glaube nicht, daß er seine Geschäfte dort abwickelte. Er hatte Telefon, und es läutete nie, obgleich ich oft stundenlang bei ihm saß. Nie meldete das Hotel einen Besucher. Aber vielleicht sagte er auch Telefon und Besucher ab, während ich im Aufzug hinauffuhr. Es gab einen Aufzug im Hotel, der einen geradenwegs in sein Apartment führte.

An jenem Freitag war ich sehr gut gelaunt, das strahlend milde Wetter, das blaue Licht, die Atmosphäre von New York, große Städte berauschen, meine Ekstase vor dem Gemälde von Pascin, die beiden drolligen Franzosen, sogar die Aussicht, später mit Middleway zu essen und ins Theater zu gehn, alles erheiterte mich.

Und warum es dir nicht gestehn, auch wenn ich keine sexuellen Beziehungen mehr mit Pippo hatte, regte er mich auf, der Mann und sein Aufstieg, seine krausen Ideen, die ebenso brüsk wie gerecht waren, sein verzweifelter Idealismus, sein Hunger nach Liebe, nach Anerkennung, diese zur Menschenfreundschaft veredelte Gefallsucht, diese Bereitschaft, sein Leben aufs Spiel zu setzen, im Kampf gegen Feinde, die nicht seine Feinde sind, sondern Feinde der Menschheit, du hättest ihn sehen sollen, wie drollig er aussah, herausgeputzt und in der ganzen amerikanischen Tracht und Verkleidung der alte Sizilianer, so schlau, so gewalttätig, so gut.«

»So lieb«, murmelte Franz.

»Lieb war er nie. Aber ein Gentleman, ein als Gewerkschaftshäuptling verkleideter Erzengel. Das ist mein Glück. Alle Männer, die ich liebte, waren gute Menschen, nobel, wie einer unter hunderttausend, du und Franz Schwarzbach und Pippo und auch Middleway. Joseph Middleway hat schreckliche Fehler, ich könnte ihn manchmal erwürgen, wenn ich einen erwürgen könnte. Er ist so ein zusammengesetzter Mensch, als hätte man ihn aus hundert Flicken, aus hundert Abfällen zusammengeschneidert, jeder Flikken ist der Fetzen einer Tugend, aber das Ganze wirkt abscheulicher als Satan selber. Er hat lauter edle Motive, aber sie arbeiten gegeneinander, und das Resultat wird böse. Er hat hundert blitzgescheite Ideen, aber er vermischt sie wie *salade niçoise*, wie eine Bouillabaisse, wie einen Labskaus, und das ganze intellektuelle Durcheinander in seinem Hirn, in seinem Gespräch, in seinen Handlungen schmeckt abscheulich. Er ist wie eine Marionettenfigur: Jeder sieht die Drähte, an denen man ihn ziehen kann, jeder zieht an ihm, und da zappelt er schon, nach links, nach rechts, da wird er ganz lang und dürr, ein Don Quichote, da wird er rund und heiter, ein Sancho Pansa, da weint er über den Untergang eines Haushunds, dort lacht er über die Ausrottung eines ganzen Volks. Was andern witzig scheint, dagegen läßt er Pamphlete schreiben. Am Morgen lacht er, am Abend weint er über dasselbe, und er sagt, bei jeder Gelegenheit, bei Beträgen über zehntausend Dollar hörten die Ideale auf und fange der Spaß an. Und doch ist dieser feuchte Fisch, diese im Kamin geräucherte Seele, dieser Weekendzyniker und Büroidealist noch besser als die meisten Menschen zwischen San Franzisko und Hawaii. Eine Zeitlang dachte ich, Pippo sei der nobelste aller Männer gewesen, die mich je umarmt haben.

An jenem heitern Freitag, der mir wie ein Glückstag erschienen war, mußte Pippo ein schwarzes Vorgefühl gehabt haben. Er lag auf dem Diwan, in einem rohseidenen cremefarbenen Pyjama, eigentlich trug er nur die Pyjamahosen, es war ein heißer Nachmittag, die Fenster standen offen und die Türen zur Terrasse. Er hielt ein Buch in der Hand, in dem er gelesen hatte, er hatte sich angewöhnt, Bücher zu lesen, und es gefiel ihm; er las aber nur englische Bücher; ich glaube, er hat nie ein italienisches Buch gelesen, vielleicht tue ich ihm auch unrecht. Ich saß hinter ihm, an seinem Schreibtisch, da ich mit Middleway telefoniert hatte, mir war eingefallen, daß wir einige seiner Autoren zum Wochenende hatten und daß uns der Wein und der Whisky ausgegangen waren. Middleway hält sich für einen Wein- und Whiskykenner.

Pippo hatte mir erzählt, daß er einen unserer Autoren kenne, er wohne in einem der Hotels von Pippo, es war ein Trinker, ein Homosexueller, und er trat immer mit einer Schar Knaben auf, Buben zwischen siebzehn und siebenundzwanzig. ›Wenn ihm der Kellner das Frühstück servierte, zwei weiche Eier im Glas und Aufschnitt, Orangensaft und Kaffee und einen doppelten Kognak, weinte der arme Autor vor Gram über die Welt und insbesondere über den Krieg, daß es ihn schüttelte. Er legte den Arm um den Kellner; es war ein ganz hübscher Negerjunge; er ist in meiner Gewerkschaft; ich bestehe darauf, daß in unsere Gewerkschaft auch Schwarze aufgenommen werden, das macht böses Blut, und ich habe überhaupt Feinde, auch solche, die mich heute oder morgen umlegen, wenn sie es ohne allzu großes Aufsehen können; dieser arme Autor legte den Arm um den Nacken oder die Hüfte des jungen Kellners und weinte über all die hübschen Jungen, die in Asien und Europa zugrunde gingen, alle ungenossen. Lauter junge Burschen sterben, und wäre es noch für die Demokratie. Aber sie sterben, um uns vor der Diktatur und die Diktatur gegen uns zu retten, für und gegen Hitler und Mussolini und Stalin, lauter Wonnebuben, und fallen und werden zu Staub, totgefoltertes blühendes Fleisch. Und hat er nicht recht, dieser Autor? Ist es nicht schade um die Muttersöhnchen?‹

Pippo lächelte mir zu, in einem großen Wandspiegel, in dem wir uns beide ins Gesicht sahen, und er gewahrte im Spiegel den Himmel über New York mit den Flugzeugen und den Wolken und auch seine Terrasse.

Plötzlich sah ich sein Lächeln erstarren, zur wutverzerrten Grimasse. Dabei rührte er sich nicht. Ich erschrak und zitterte, zum erstenmal im Leben fürchtete ich mich vor ihm. War er auf mich so böse? Hatte ich etwas verkehrt gemacht? Ihn durch ein Wort verletzt? Denn er war empfindlich wie ein Mädchen, oder wie ein ehrgeiziger Armer, der nicht vergessen kann, wie oft man ihn getreten hat.

Dann sah ich im Spiegel die Schatten von Männern, die an der Wand der Terrasse stehn mußten, sie hatten Revolver in der Hand, ich glaubte die Schatten von Revolvern zu sehn. Da erblickte ich, wie Pippo mir mit den Augen ein Zeichen gab, sah seinen Finger deuten, er hatte die Hand nicht vom Diwan erhoben, nur sein Zeigefinger deutete. Da stand ich auf und nahm automatisch meine Handtasche und ging langsam ins nächste Zimmer und fürchtete bei jedem Schritt, die Kugeln zu spüren, diesen Schlag, wenn man erschossen wird, ist es ein starker Schmerz? Ich erreichte das nächste Zimmer, in das man von der Terrasse nicht mehr hineinsehen konnte, ich drückte auf den Knopf des Schnellifts, da kam er schon, ich öffnete ihn, rief: ›Pippo!‹ Schon schob Pippo mich in den Lift, schon sausten wir hinab, ich in Kleid und Hut und mit meinem Perlkollier um den Hals, es war ein tief ausgeschnittenes Kleid, Rohseide, cremefarben, und Pippo barfuß, mit zerrauftem Haar und nur einer Pyjamahose. Und die Hotelhalle um diese Zeit voller Leute, vielleicht Bekannte, wer kennt uns nicht in New York, vielleicht fünfhundert Leute, vielleicht tausend, alle, die jeder kennt in New York, die Premierenbesucher, die Cocktailtiger, die Fifth Avenue Crowd.

›Du bist ein Genie‹, sagte Pippo während der Sekunden im Lift. ›Du hast mir das Leben gerettet. Wenn wir ankommen, bleibe im Lift, hier, lege den Finger auf den zehnten Stock, da ist das Restaurant, steig gleich aus und nimm die Feuertreppe und geh zu Fuß hinunter; ich weiß nicht, wo du ankommst, aber es ist sicherer. Drück dich flach an die Wand, und sobald ich draußen bin, drück auf den Knopf zum Restaurant.‹

Aber kaum waren wir unten angekommen, spürten wir, daß der Lift von oben verlangt wurde, aber Pippo hatte auf den Notknopf gedrückt, die Lifttür öffnete sich, ich drückte auf den Halteknopf, Pippo stieg aus, ich folgte ihm gegen seine Weisung, aber ich hatte Angst, von den zwei Schattengangstern auf der Terrasse im elften Stock heraufgeholt und erschossen zu werden, lieber wollte ich mit Pippo sterben als allein, und in der Hotelhalle waren viele Leute, es schien sicherer. Ich stieg aus und ging quer zur Bar, indes Pippo zum Portier lief. Mit der rechten Hand hielt er seine Pyjamahose, als hätte er Angst, sie zu verlieren, mit der Linken winkte er dem Portier, und er schrie etwas, ich verstand es nicht, ich glaube, es war Sizilianisch.

Die Leute, die in der Halle saßen, standen auf, ein Kellner ließ sein Servierbrett mit bunten alkoholgefüllten Gläsern fallen, Frauen kreischten, und da fiel Pippo um, gerade vor der Portiersloge, hatte ich Schüsse gehört, ich wußte es nicht. Ich wollte zu ihm rennen, aber ein Portier hielt mich fest, ein riesiger Neger, er sagte: ›*Madam you stay where you are*. Sie bleiben, wo Sie stehen.‹ Er hatte recht. Aber ich habe es mir nie vergeben.

Vielleicht hatte niemand gesehen, daß ich mit dem nackten Mann aus dem Lift gestiegen war, und wer es gesehen hatte, mußte mich nicht mit ihm in Verbindung bringen. Wer fährt nicht in einem Hotellift hinauf und hinunter?

Warum war Pippo nicht mit mir in den zehnten Stock gefahren, ins Restaurant? Fürchtete er, dort gleichfalls seine Mörder zu finden? Hoffte er auf die Menge in der Halle, die ein besserer Schutz war? Oder wollte er um jeden Preis mich retten und gab sich preis, um mich zu retten?

Also war ich schuld an seinem Tod? Er opferte sein Leben für mich, und ich ließ ihn im Stich aus Angst vor dem Skandal? Da kamen schon die Polizisten. Und die Hoteldetektive! Und die Pressefotografen und die Kriminalreporter, die Klatschtanten des öffentlichen Unglücks und der privaten Schande, die Wachhunde des Todes. Morgen früh war mein Bild in allen Zeitungen Amerikas, Silvia die Gangsterbraut. Der Ehebruch im *Hotel Savoy Plaza*. Die Gattin des bekannten Verlegers in den Armen des erschossenen Gewerkschaftsführers. Vielleicht auch, Silvia verrät Pippo an seine Feinde.

Was fiel einem Reporter nicht ein? Und mein Mann? Meine Kinder? Unsere Freunde? Und was hilft es Pippo? Bin ich ein Arzt? Bin ich seine Frau? Liebt er mich denn? Ich bin seine Gewohnheit. Das bin ich. Die Zeugin seines Aufstiegs. Das bin ich. Ein Beweis seiner Triumphe. Mehr nicht.

Und seine Frau? Gleich wird man sie benachrichtigen. Sie hat einen Sportzweisitzer. Vielleicht ist sie schon unterwegs von Riverdale. Vielleicht liebt sie ihren Mann. Sie heißt Laura. Sie ist eine sehr hübsche Person. Man wird auch Laura fotografieren, ihre Tränen in Großaufnahme, wenn sie Tränen vergießt. Sie kann es vielleicht. Und meine Tränen?

Warum weine ich nicht um meinen Geliebten? Bin ich wirklich eine Mörderin? Wer bin ich? Je älter man wird, um so weniger kennt man sich. Da ist die Polizei. Sie lassen keinen heraus. Sie sperren ab. Da ist ein Telefonautomat. ›Herrn Middleway, bitte. Hallo, Joseph, ich bin in der Bar vom *Savoy Plaza*. Holst du mich ab? Gut. Der Wagen? Er steht in der Nähe. Nimm ein Taxi, Lieber.‹

Das war natürlich eine gute Idee. Ich setzte mich an die Bar und ließ mir einen Whisky Soda geben. Ich hatte ihn nötig. Die Polizei ging von einem zum andern und ließ sich die Ausweise zeigen. Ich hatte meinen Führerschein bei mir. ›Hotelgast?‹ – ›Nein.‹ – ›Warum sind Sie hier?‹ – ›Ich bin mit meinem Mann verabredet, dem bekannten Verleger Joseph H. Middleway. Er muß in fünf Minuten hier sein.‹

Während ich antwortete, fiel mir plötzlich ein, ich müßte der Polizei mitteilen, daß zwei der Mörder von Pippo auf der Terrasse seiner Wohnung stünden, zwei Schatten mit Revolvern, deutlich im Spiegel zu sehn. Ich sagte nichts. Was für einen Sinn hatte es, zwei Gangster mehr oder weniger zu fassen. Auch waren sie längst untergetaucht.

Und Pippo war sicher tot. Faßte man diese Gangster oder erschoß man sie, erfolgten darauf neue Morde, neue Leichen.

Als dreißig Minuten später Middleway ins Hotel kam, hatte man schon den Pippo fortgeschafft, das Blut aufgewischt, die Polizei zurückgezogen. Middleway trank einen Tomatensaft und merkte nichts. Er war erfüllt von einer neuen Autorin, die er soeben erworben hatte, eine Siebzigjährige, die ihren ersten Roman geschrieben hatte, natürlich einen ausgelassenen Liebesroman.

Erst am andern Tag las er in den Zeitungen, daß man im *Savoy Plaza* auf den Gewerkschaftsführer John F. Turrisi geschossen und sieben Verdächtige verhaftet habe.

Middleway war betroffen. ›Um ein Haar wären wir mitten hineingeraten‹, sagte er mir am andern Abend. ›Es geht mir nahe. Dieser Turrisi ist ein Prolet, aber interessant, aber nobel. Du hättest ihn längst kennenlernen sollen. Du magst diese radikalen Typen nicht, und er sieht vulgär aus, aber ich fürchte, du könntest dich sogar in ihn verlieben. Er hat mehr Mut als ein Regiment von Helden; er hat vor keinem Menschen Respekt, nur vor seinen Eltern, glaube ich, aber ich würde sagen, er fürchtet Gott und seine Gebote, und er erzählte mir auch, daß er regelmäßig zur Kommunion und Beichte geht, er ist einer der gefürchteten Männer in der amerikanischen Gewerkschaftsbewegung, und es gibt keinen Kellner in Amerika, der nicht für ihn durchs Feuer gehen würde. Er sieht wie ein Kellner aus, den man zum Professor ernannt hat. Man merkt beim zehnten Wort, kein Mensch in USA versteht so viel vom Hotelgewerbe wie er. Man kommt zu ihm und ist überzeugt, er sei einer von diesen Gewerkschaftsgangstern, und nach zwei Stunden mit ihm gibt man ihm in allem recht und bewundert ihn obendrein und möchte am liebsten in seine Gewerkschaft eintreten oder mindestens ›Boß‹ zu ihm sagen, und wäre ich vorige Woche der Präsident der Vereinigten Staaten von Amerika geworden, so hätte ich Giuseppe Turrisi zum Arbeitsminister gemacht.‹

So sprach Middleway, natürlich hatte er unrecht, Pippo sah nie vulgär aus. Wir hören ihn immer in lauter fremden Sprachen, Deutsch, Französisch, Englisch, vielmehr Amerikanisch, das heißt, er benutzt nur Amerikanismen, nur den gestanzten Slang, die fixen Redensarten, und doch handhabt er diesen Abfall der Sprache, daß du glaubst, du hörtest zum ersten Male die Wahrheit, und zum ersten Male die Stimme eines guten Menschen.«

»Du liebst diesen Pippo?« fragte Franz und lächelte.

»Man muß ihn lieben«, rief Silvia und schlang die Arme um Franz und küßte ihn und liebte ihn und ließ sich lieben.

Eben waren sie eingeschlafen, einer in des andern Armen, oder es schien ihnen so, daß sie eben erst eingeschlafen waren, im gegenseitigen fortwährenden Entzücken, als Franz auffuhr, da er geträumt hatte, ein Hammer schlage gegen sein Herz, aber nun hörte er im Wachen, daß jemand an die Tür pochte und Silvias Namen rief. Es war schon hell am Himmel und durchs offene Fenster blies ein Wind, feucht wie von den Salzspritzern des Meers. Vor der Tür rief jemand: »Silvia!« Es war Middleways Stimme. Nun rief Franz den Namen Silvias und drückte ihre Hand. Sie schlug die Augen auf und sah ihn verwirrt an, begann, entzückt zu lächeln, und murmelte: »Mein Franz!« und strebte mit den Lippen ihm zu, da klopfte es wieder an die Tür, Silvia machte eine halb zornige, halb komische Miene und flüsterte: »Die ewige Neugier von Middleway. Er ist – indiskret.«

Sie sprang auf, tat ihren Morgenrock um und öffnete die Tür, indes Franz die Bettdecke an sich zog.

Vor der Tür stand Middleway, rasiert, angezogen. Das runde Gesicht lag in komischen Falten, er hielt eine erloschene Zigarette in der Hand.

»Entschuldige, Silvia, und auch Sie, lieber Francis, entschuldigen Sie! Doktor Summonset ist schon im Haus, und Frau Turrisi ist am Telefon, sie müsse dich sogleich sprechen, es gehe ums Leben; ich brachte nicht heraus, ob um ihr oder dein Leben. Aber da sie am Telefon schluchzt und betet, nehme ich an, es geht um ihr Leben, denn warum sollte sie gegen sechs Uhr morgens um dein Leben telefonisch weinen und zittern? Wäre sie noch ein Autor, denen ist alles zuzutrauen. Ich wollte, sie wäre ein Autor. Sie heißt Laura und ist bildhübsch, und ich würde sogleich einen Kontrakt mit ihr abschließen, der sie für die nächsten fünf Jahre an unsern Verlag bindet, du fragst, wofür den Vertrag? Eine Weltgeschichte! Oder einen Beatnikroman. Oder die Autobiographie der Gattin eines Gewerkschaftsführer, oder Sonette von Laura. Mir wäre alles recht.«

»Der Arzt im Haus«, sagte Silvia und wollte Middleway wegschieben, der aber die Tür ausfüllte und sie nicht durchließ. »Was fehlt den Kindern?«

»Nichts. Ich befahl ihnen zu schlafen. Sie wollten dich sehn, aber ich sagte, du seist bei unserm Wochenend-Paar, den Füllers, und sie dürften dich nicht stören. Es sind brave Mädchen. Sie gaben mir einen Kuß, gingen zu Bett und schlafen, wie ich mich selbst überzeugt habe, mit geballten Fäusten lächelnd. Vielleicht träumen sie schon von ihrer Schokolade zum Frühstück.«

»Und Doktor Summonset? Und was soll ich bei Füllers, mitten in der Nacht? Und hast du Herzbeschwerden?«

»Ich bin ganz gesund. Doc Summonset sagt, er garantiere, daß Herr Füller wieder aufkomme, das sei einerseits natürlich höchst erfreulich und man müsse dem lieben Gott dafür danken, andererseits werde er wahrscheinlich einen Prozeß bekommen, wegen Totschlags mindestens, und das sei ein Unglück für ihn und peinlich für uns, wegen der öffentlichen Verhöre. Natürlich habe ich keinem Menschen etwas von dir erzählt. Und Summonset war zu sehr beschäftigt, um zu merken, daß du nicht aufgetaucht bist. Ich sagte ihm, du seiest bei den Kindern, um ihnen jeden Schock zu ersparen. Das sei sehr vernünftig, meinte Doktor Summonset.«

»Hat Füller seine Frau umgebracht?« fragte Silvia. »Du sprichst wie im Fieber.«

»Es geht durcheinander im Haus. Füllers nahmen beide zusammen vierzig Schlafpillen. Nun war ja Frau Füller immer ein wenig verfressen. Sie scheint den größeren Haufen verschluckt zu haben. Oder er war ein Kavalier? Aber auch ihm scheint es übel bekommen zu sein. Er rülpste, stöhnte, erbrach. Vom Lärm wachte unsere kleine Ruth auf. Sie ist drei Jahre alt, aber schon eine Persönlichkeit. Sie klopfte an meinem Schlafzimmer. Ich las glücklicherweise noch das verdammte Manuskript, ich lehne es natürlich ab, brachte das Kind wieder zu Bett, ging zu Füllers ins Zimmer, er lag röchelnd am Fußboden in seinem Unrat, sie blau im Gesicht und schwach röchelnd auf dem Bett. Ich stürzte also zum Telefon und rief Doktor Summonset an. Gott sei Dank war er zu Haus und im Bett und versprach, gleich zu kommen. Im Pyjama und Regenmantel kam er mit seinem Arzneikasten und bestellte gleich das Sanitätsauto, es muß jeden Augenblick kommen und die Füllers ins Hospital schaffen. Er muß auch die Polizei benachrichtigen, natürlich.«

»Und Füllers kamen in unser Haus fürs Wochenende, um sich umzubringen?«

»Das ist nicht sicher«, erläuterte Middleway. »Es ist auch möglich, daß Füllers den sinistern Entschluß heute nacht faßten. Übrigens war unser Abendessen sehr schwer. Wer weiß, was den letzten Anstoß gibt, wenn Menschen beschließen, vor der Zeit ein Ende zu machen. Natürlich ist der Selbstmordversuch meist eine Gewohnheit. Das Spiel mit dem Abgrund, der Fenstersturz, der Revolver im Nachttisch, die Schlafmittelexzesse, der Sprung von der Brücke, all das wird gewohnheitsbildend, bis es einmal aus Versehen glückt. Ich hoffe, daß wir noch Gelegenheit haben werden, beide Füllers darüber zu verhören, ob sie mit tödlichen Absichten zu uns kamen, also in der weisen Voraussicht, daß wir keine Anstrengung scheuen würden, sie ins Leben zurückzurufen, oder ob vielleicht unser Gespräch nach dem Abendessen sie angeregt hat. Gespräche auf vollen Magen sind oft von einer verführerischen Schwermut.

Übrigens wartet Frau Turrisi vielleicht noch am Telefon? Da klingelt es an der Haustür. Das ist die Polizei? Oder der Krankenwagen? Oder Frau Turrisi? Ich sprach mit ihr am Apparat in meinem Schlafzimmer. Vielleicht ziehst du dich an? Nach dem Gespräch? Und Sie, Francis?«

Franz, allein geblieben, ging ins Badezimmer, duschte, rasierte sich, zog sich an, alles in zehn Minuten, und stand am offenen Fenster und blickte zum blauen Himmel und aufs Meer. Der Wind hatte nachgelassen. Vögel zwitscherten nahe dem Haus. Eine weiße Katze schritt träge durchs taufeuchte Gras, lautlos und in die Sonne blinzelnd. Unter einem Baum stand sie reglos, wie in musikalischem Entzücken, bewegt vom Gesang der Vögel, das Musterbild sonntäglichen Friedens und wahrer christlicher Gesinnung.

Franz wollte eben aufatmen und nachdenken, in der wilden Verwirrung der Gefühle und seiner für ein Wochenende allzu reichen Erfahrungen. Er wäre am liebsten vom Balkon in den Garten gesprungen und, vorausgesetzt, daß er sich dabei keinen Fuß verstauchte und daß es nicht wie ein neuer Selbstmordversuch aussah, ans Meer gerannt, um am Strand zwischen Himmel und Wasser ins reine zu kommen mit sich und Silvia und dem toten Pippo und dem allzu lebendigen oder pseudolebendigen Middleway.

Franz fand sich in jeder Pore und in allen Gliedern erfüllt von Silvia und glücklich, wie noch mitten im Genuß. Er fühlte sich frisch und jung wie seit einem Jahrzehnt nicht mehr, und zugleich beklommen und unruhig. Er wäre gern sofort nach New York zurückgekehrt, um nie mehr Silvia zu sehn – oder um sie zu heiraten.

Jedenfalls wollte er nie mehr Middleway sehn, und fast war er froh, daß Pippo Turrisi tot war, diese moralische Märchenfigur von Gnaden Silvias, und freilich auch von Middleways Gnaden.

Er war erschüttert von der Verzweiflung dieses jungen Paars Füller, das er fast übersehen hatte. Welche Qualen müssen Menschen erleiden, welche Wonnen der Erlösung müssen sie erwarten, um ihre Tage gewaltsam abzukürzen? Wie viele Ressentiments hatte er gestern abend gegen sie gehabt, wie hochfahrend oder zerstreut war er ihnen entgegengetreten! Hätte er nur einen psychologisch genauen Blick getan, hätte er mehr menschliche Teilnahme gezeigt, vielleicht hätte er sie durchschaut, mit ihnen mehr gesprochen, sie abgelenkt, sie getröstet, sie gegen ihren Willen erheitert. Wieviel können Menschen füreinander tun. Wie leicht ist es, einen Menschen zu entzücken, fast so leicht, wie ihn zu demütigen oder zu zertreten!

Er hatte noch im Badezimmer das bekannte schrille Tuten des Sanitätsautos vernommen. Er vermutete, man habe inzwischen das unselige Paar Füller schon fortgeschafft, ins Spital, samt dem Doc Summonset.

Franz überlegte gerade, ob er nicht doch fortschleichen sollte, aus dem Haus und in den Ort, wo er sicher ein Transportmittel nach New York finden würde, er hätte sich gern davongemacht, ehe die Polizei eintraf und ihn wie alle verhörte, aber freilich war es unschicklich und führte nur zu jedem Verdacht und neuen Komplikationen.

Weder durfte er vor der Polizei noch vor Silvia noch vor der peinlichen Begegnung mit Middleway fliehen.

Natürlich mußte er der Polizei verschweigen, daß er die Nacht mit Silvia verbracht hatte. Er hatte keine Ahnung, wo die Dienerschaft des Hauses schlief, wieviel sie gehört und gemerkt hatte. Er wußte nicht einmal, ob die Middleways getrennte Schlafzimmer hatten. Sollte er klingeln? Um sein Frühstück bitten?

Eben stand er bei der Klingel, als es an seine Tür klopfte und Silvia hereingestürzt kam, ihn bei der Hand faßte und ihm zuflüsterte: »Verlaß mich um keinen Preis! Und tu was ich sage, unbedingt und ohne Widerspruch! Und komm.«

Schon zog sie ihn an der Hand ins Frühstückszimmer, wo

ein langer Tisch gedeckt war und ein Dienerpaar, Mann und Frau, eben Kaffee und Tee und Schokolade einschenkte. Oben am Tisch saßen vier kleine Mädchen, am untern Ende saß Middleway, und neben ihm saßen eine Dame und ein Herr, Franz sah nur ihre Rücken.

»Hier ist Professor Mark«, erklärte Silvia und ließ endlich seine Hand los.

Einen Augenblick dachte Franz, zerstreut und schlechten Gewissens, da sitzen ja die beiden Füllers. Und haben sie zwei Kinder bekommen?

Da stand das neue Paar auf. Eine auffallend hübsche junge Frau drückte ihm die Hand, so fest, fast zärtlich, als wäre er ein alter Freund der Familie. Doch hatte sie Tränen in den Augen, und sie schien, wie ihm vorkam, auf seine Hand sich zu stützen, um nicht umzufallen. Endlich ließ sie seine Hand los. Der Mann, der ihm schon seit einer halben Minute die Hand entgegengestreckt hatte, faßte seine Hand nun. Da sah ihn Franz erst an und erkannte ihn. Er wollte zurücktreten, eine Art Entsetzen packte ihn. Er rief: »Pippo! Und Sie sind nicht tot! Also leben Sie noch, Pippo?«

Pippo lächelte, wie er immer gelächelt hatte, und er sah aus, wie er immer ausgesehen hatte, dieselbe lange Nase, die roten Lippen und Ohren, der nackte, freche Blick der leichtentzündlichen Augen, vielleicht hatte er weniger Haare, Falten auf der Stirn, Säcke unter den Augen, und keinesfalls mehr die geheuchelte Devotion.

»Ich freue mich, Sie wiederzusehen, Herr Mark. Laura, das ist ein alter Freund aus meinen Berliner Tagen, Herr Franz Mark. Er ist auch ein Freund des tschechischen Botschafters in Washington, Doktor Franz Schwarzbach. Professor Mark ist von der Columbia Universität.«

»Das ist also dein Pippo?« fragte Middleway seine Frau.

»Du hast mir nie gesagt, daß Herr Turrisi ein alter Freund von dir ist, Silvia.«

»Wir haben uns nie wiedergesehen, seit Berlin«, erwiderte kühl Silvia. »Und den Namen Turrisi habe ich vielleicht nie gekannt. Für mich war Pippo immer nur Pippo.«

»Ich hoffe, Silvia, Sie haben nie Grund, diese Auffassung zu ändern«, erklärte Pippo und küßte Silvias Hand.

Sie lächelte, im selben Augenblick fast, Pippo und Franz Mark und ihrem Mann zu, schenkte danach ein Lächeln der Frau Turrisi und den vier Kindern, die im gleichen Alter waren, je zwei und drei Jahre, und herausgebracht hatten, daß zwei von ihnen Ruth und zwei Imogen hießen, und sich vor Staunen darüber nicht fassen konnten und sich betrachteten, als sei jede Ruth das Spiegelbild der andern und die neue Imogen auch die andre. In einem fort riefen sie einander Ruth und Imogen, mit ihren hellen, silbernen Stimmchen, und verschütteten ihre Schokolade und verstreuten den halben Sonntagskuchen auf den Teppich und hatten überall Eierflecken und Sahneflecken und schwebten dicht zwischen Gelächter und Tränen.

Herr und Frau Middleway, Herr und Frau Turrisi und Professor Mark hatten sich zum Frühstückstisch gesetzt, ans andere Ende, und begannen zu essen und zu trinken.

»Ich bin gerührt«, erklärte Middleway, »daß es ein alter Freund von Silvia war, der mir das Leben gerettet hat. Die meisten Menschen betrachten zwar ihr Leben für eine Bagatelle, wenn es darum geht, daß sie einen Preis für ihr gerettetes Leben bestimmen sollen. Der Lebensretter hat vielleicht sein eigenes Leben aufs Spiel gesetzt, um dein Leben zu retten, und du bist ein Millionär, und der Retter ist ein armer Mann, so gibst du ihm fünfzig oder fünfhundert Dollar, aber niemals dein halbes oder ganzes Vermögen, deine halbe oder ganze Frau, dein Kind, wenn du zwei Kinder hast, keiner opfert seine Karriere oder nur einen Teil davon, um so dem Lebensretter einen Dienst zu erweisen. Nun habe ich vielleicht eine Gelegenheit, Ihnen einen Gegendienst im Wert von sagen wir fünf Dollar zu leisten, mein lieber John. Oder darf ich Pippo sagen? Aber Silvia ist anderer Ansicht. Sie hat einen andern Plan und wird Ihnen jetzt alles erklären, lieber Francis, denn Silvias Plan baut auf Sie.«

Indes Middleway sprach, wandte er kein Auge von Pippos Frau, der schönen Laura; er bediente sie mit der Beflissenheit eines Leibdieners; er hing an ihrem Antlitz mit unverhohlenem Entzücken; es sah aus, als wolle er mit seinen eigenen zehn Fingern ihr jeden Bissen in den Mund schieben, ihr die Tasse Kaffee an die Lippen führen; er hatte seinen Stuhl so nahe an ihren gerückt, daß sein Bein an ihren Schenkel gepreßt war. Wenn er ihr etwas reichte, streiften seine Finger ihre Hände, ihre Schulter, ihre Arme; er blickte ihr in die Augen, als hätte er endlich sein Glück dort gefunden.

Laura konnte nicht umhin, es zu gewahren, schien aber nicht imstande, sich zu wehren, sie saß wie gebannt, sie zitterte und versuchte, unter Tränen zu lächeln und lächelnd zu kauen, und verschluckte den Kaffee mit den Tränen.

Silvia lächelte ihren drei Männern und Laura zu und erklärte: »Professor Mark hat angenommen, Mister Turrisi sei tot, ein Opfer dieses Attentats vor einem Jahr.«

»Beinahe bin ich gestorben«, sagte Pippo und lächelte auch dabei. »Besser fast ein Opfer als ganz. Man kann nie wissen. Aber ich ziehe es vor, noch eine Weile zu leben. Erst die Geschäfte, das war immer mein Grundsatz. Ausruhn kann man ewig.«

»Kurz«, sagte Silvia, »gewisse Freunde riefen heute morgen um sechs aus New York bei Herrn John Turrisi an und warnten ihn; es sei möglich, daß in der nächsten Stunde ein

Überfall gegen ihn geplant sei, von derselben feindlichen Gruppe, die ihn vor einem Jahr fast umgebracht hatte.«

»Der arme Joseph lag drei Monate im Krankenhaus«, erklärte Laura und begann, stärker zu zittern.

Middleway erhaschte ihre Hand und streichelte sie. »Nur Mut, liebe Laura. Wir lassen Ihren Pippo nicht im Stich.« Darauf reichte er ihr die Orangenkonfitüre, und als sie auf das Eingemachte sah, als sei es persisch und sie sollte es lesen, nahm er einen Toast und strich Butter und Marmelade darauf und reichte es ihr zum Mund. »Sie müssen essen, Liebste, und Kraft haben.«

»Kurz«, sagte Silvia, »Pippo nimmt die Warnung ernst. Darum rief Laura mich an und fragte, ob sie mit den Kindern zu uns dürfe. Pippo wollte zuerst nur Frau und Kinder schützen. Das ist immer sein erster Gedanke, andre schützen. Ich beschwor ihn am Telefon mitzukommen. Es leuchtete ihm ein, sie sprangen ins Auto und fuhren her. Dann wollte Herr Turrisi in seinem eigenen Auto nach New York fahren. Er sagt, er muß nach New York, es geht um Leben und Sterben. ›Pippo‹, sagte ich ihm, ›um keinen Preis dürfen Sie in Ihrem Auto fahren. Ihre Feinde kennen Ihr Auto und fahren Sie zu Tod, jagen und töten Sie.‹«

»Gut«, sagte Pippo, »so leihen Sie mir Ihr Auto, Herr Middleway. Ihr Auto ist ja versichert.«

»Sicher«, sagte Middleway. »Welchen Wagen wollen Sie?«

»Ihren schnellsten Wagen«, sagte Pippo.

»Das ist Silvias Wagen«, sagte Middleway. »Ein Sportwagen.«

»Danke«, sagte Pippo. »Ich lasse den Wagen durch einen Chauffeur heute zurückbringen.«

»Nein«, sagte Silvia zu Pippo. »Sie dürfen nicht allein fahren. Und Sie dürfen nicht chauffieren. Ich fahre Sie nach

New York. Wenn Ihre Feinde entgegenkommen und sehn Sie am Steuer und erkennen Sie, so töten sie Sie. Ich chauffiere und Sie liegen hinten im Fond zugedeckt.«

»Das ist klug«, sagte Middleway, »und ich sitze neben dir und wache über euch.«

»Um keinen Preis«, sagte sie. »Wenn, Gott behüte, etwas geschähe, sind wir beide tot und unsere Kinder Waisen. Ich fahre, und du beschütze die vier Kinder und Laura. Obendrein mußt du bleiben, weil die Polizei kommt, wegen dieser unseligen Füllers. Auch Doktor Summonset wird mit dir sprechen wollen. Er sagte, er werde anrufen. Du mußt bleiben.«

»Ich lass' dich nicht allein fahren«, erklärte Middleway. »Aber vielleicht wird Professor Mark euch begleiten?«

»Das trifft sich gut«, erklärte nun Franz und hatte Lust zu lachen und bezwang sich. Er hatte einen Blick mit Middleway getauscht, der sich vom Anblick Lauras losgemacht hatte, der eine Blick hatte genügt. Offen sprachen die Augen Middleways. Frech sprach sein Lächeln. Sogar die Hände machten eine deutliche Geste. Es kam dem guten Franz Mark vor, als wolle ihm Middleway bedeuten, da seien drei beisammen, Pippo, Franz und Silvia, und käme es zur Tragödie, blieben Middleway und Laura allein. So sehr haßt uns alle drei dieser Mann, oder so sehr begehrt er diese neue Frau?

Und ich? Was habe ich getan? Wie wage ich es, diesem Mann vors Gesicht zu treten, den ich in seinem eigenen Haus beleidigt habe? Ich bin verloren. Ich habe ihn geschändet. Ich habe mich geschändet. Und Silvia geschändet.

»Kein Wort weiter«, erklärte Franz. »Ich chauffiere. Ich bin ein guter Fahrer. Silvia sitzt neben mir und hält, wenn sie will, ihren Arm auf meiner Schulter. So spielen wir das ideale Liebespaar am Sonntag. Und Pippo liegt hinten im Fond, zugedeckt und ein wenig unbequem auch. Wir sollten gehn, ehe uns vielleicht das Auto von Pippo verrät.«

»Das steht in der Garage«, versicherte Middleway und hielt wie selbstvergessen beide Hände Lauras in seiner Rechten und reichte ihr mit der Linken die Scheibe einer Aprikose zum Mund.

Laura sah ihn an und blickte ihren Mann an und kämpfte zwischen Lächeln und Tränen und nahm gehorsam die Scheibe der Aprikose in den Mund und verschluckte sie und machte ihre Hände frei und sagte: »Liebster Joseph! Du kannst mich hier nicht allein lassen.«

»So heißt Pippo Joseph, wie ich?« fragte Middleway und faßte wieder eine der Hände Lauras. »Liebes Kind«, sagte er, »wir haben ja unsere vier Kinder hier und unser Dienerpaar, und Doktor Summonset und die Polizei kommen bald. Weder bleiben wir allein noch werden Sie sich langweilen. Im Hause eines Verlegers sind höchstens die Bücher langweilig.«

Laura hatte ihre Hand wieder befreit. Sie war um den Tisch gelaufen, und indes das eine kleine Mädchen Mama rief und das andere weinte, worauf die restlichen beiden kleinen Mädchen laut lachten, umfaßte Laura ihren Mann bei den Schultern, er stand auf, sein Stuhl fiel um. »Ein schlechtes Zeichen«, murmelte Pippo, schon hatte ihn Laura im Arm und schrie mit Tränen auf den Wangen: »Ich habe Angst, Joseph. Ich fürchte mich. Werde ich dich wiedersehn? Verlaß mich nicht!«

Middleway war näher getreten, er blickte auf das umschlungene Paar wie auf ein Schauspiel oder als prüfe er den Entwurf zu einem Buchumschlag.

Franz ging zu Silvia, die bei den Kindern Lauras stand, um sie zu trösten, und flüsterte ihr zu: »Gib acht, Silvia. Du verlierst deinen Mann. Laß mich mit Pippo allein fahren. Laß Middleway nicht mit dieser Laura allein. Obendrein ist die Fahrt mit Pippo lebensgefährlich. Oder willst du nicht mehr zurückkommen?«

»Soll ich Pippo zum zweiten Male verraten?«

»Also liebst du nur ihn?«

»Man muß ihn lieben!« sagte Silvia. »Er ist zu mir gekommen, heute morgen. Obgleich ich ihn vor einem Jahr verraten habe, kam er zu mir. Er hofft, ich werde ihm helfen; ich werde ihn retten, und wenn es mich mein Leben kostet, ich tue es. Wen habe ich auf der Welt? Dich habe ich geliebt, mehr als alles auf Erden. Soll ich mein Leben damit verbringen zuzusehn, wie du dich nicht entscheiden kannst? Ich kenne dich gut. Du bist in der Tat ein nobler Mensch. Wahrscheinlich ist dein einziger großer Fehler, daß du dich nicht hingeben kannst, mir nicht und keiner Leidenschaft, weder der Liebe noch dem Haß, weder großen Ausschweifungen noch großen Tugenden. Immer willst du dich aufsparen, aber wofür? Du willst jungfräulich durchs Leben gehn. Jungfrauen trocknen aus. Wir sind alle dafür gemacht, um benutzt zu werden. Wer sich nicht nehmen läßt, bleibt in der Ecke stehn wie ein Besen. Du hast mich in Berlin verschmäht, du hast mich in Paris verschmäht, du hast mich heute nacht in Freeport verschmäht.

Du bist zu jedem Opfer bereit; dein Leben riskierst du für einen Pippo, den du verachtest; dein Gewissen riskierst du für eine Nacht mit mir, mit der du nicht ein Jahr leben willst; du hängst nicht am Geld, du hängst nicht an Idealen, nicht einmal an deinem Land, nicht einmal an deinem Beruf.

Was liebst du? Eine gewisse Vorstellung von dir selber. Du willst dir selber genugtun. Ich verstehe das. Und da du noble Vorstellungen hast, sind deine Tendenzen nobel. Aber ist es nicht besser, du machst wenigstens einen Menschen außer dir glücklich?

Ich weiß es. Ich habe herumgehört. Deine Studenten schwärmen von dir. Du gibst ihnen nicht nur die Empfindung, daß kein sinnlicher Genuß einer geistigen Erfahrung gleichkommt; du eröffnest ihnen nicht nur die unendliche und zauberische Spiegelung aller poetischen Welten, sondern du gibst ihnen auch vor allem das Gefühl, daß es lohne, ein guter Mensch zu sein, daß es auf jeden Fall ein Verdienst und eine Auszeichnung sei, ein Mensch zu sein und ein Leben zu führen, das die Farbe und den Geschmack der Vernunft hat.

Erkennst du es? Was ich dir da sage, sind Zitate aus deinen Vorträgen. Ach, Franz, darum liebe ich dich. Und was wäre aus mir geworden, wenn du sogleich den Mut und den Verstand gehabt hättest, mich zu lieben. Wieviel haben wir versäumt! Was hätte ich aus dir machen können! Wahrhaftig einen großen Mann. Sieh nur, was ich aus einem Pippo gemacht habe! Aber du hast vielleicht gar nicht ein großer Mann werden wollen! Und auch Pippo hat sich mir entzogen!

Da ist mir nur dieser Middleway in Händen geblieben, aber an ihm ist alle Liebesmüh verloren. Er ist eine Qualle. Sieh ihn nur an. Er ist formlos. Er ist nicht der Stoff, aus dem man große Männer macht. Und er weiß, daß ich ihn verachte. Darum hat er mich heute nacht an dich ausgeliefert. Ohne seinen Wunsch, ja sein Geheiß, wäre ich heute nacht nicht zu dir gekommen, nicht in seinem Haus wenigstens. Aber er wollte nur dich und mich demütigen.

Er sagte es mir voraus: ›Ihr beide steht auf Piedestalen, und ich werde euch herabstürzen.‹ Hat er uns herabgestürzt? Ich glaube es nicht. Aber er hat uns geschieden. Oh, er ist schlau. Er redet lauter Banalitäten. Aber er ist klüger als sein Gespräch. Er ist die Verstellung selber, der Komödiant an sich. Er sieht aus wie ein Poet. Er ist es wahrlich nicht. Er sieht aus wie ein Mensch. Er ist es nicht. Er ist nicht böse, kein Satan. Er ist das Nichts, unfaßlich, glitschig, der Urschleim vor der Schöpfung.«

»Sie scheinen sich geeinigt zu haben«, sagte Franz.

»Hast du mir vielleicht gar nicht zugehört? Auch ich habe sie beobachtet. Sie sprachen nur hin und her, von nichts und über nichts, aber sie haben einander ausgehandelt; sie haben sich verkauft und ihre Weiber ausgetauscht, den Preis bestimmt und die Modalitäten, sie haben Verträge abgemacht und waren schon vorher entschlossen, sie zu brechen. Schau nur, wie sie alle drei blicken. Middleway trauert mir nach und kann es kaum erwarten, bis wir gehn und er Laura in sein Schlafzimmer verschleppt, um ihr die Kleider vom Leib zu ziehn und sie zu vergewaltigen. Und Laura verwechselt Entsetzen mit Ekstase oder mischt beides, um sich besser zu empfinden. Und Pippo, schau nur! Da lächelt er schon wieder, wie damals auf dem ›Roten Ball‹ in Berlin, bevor er den Nazi niederstach. Da nickt er mir großmütig zu, mit dem Lächeln des Gönners, ein Mäzen aus der Gosse, aus der ich ihn herausgeholt habe, da lächelt er mir zu. Sein erstes Wort, wenn wir endlich allein sein werden: ›Siehst du, mein Kätzchen, welche Opfer ich für dich bringe?‹ Franz, hast du schon gepackt? Soll ich dir helfen?«

Silvia ging zu Pippo, Middleway und Laura. »Ich helfe Francis packen. Hole den Wagen, Middleway! Lege eine Wolldecke auf den Boden und eine Wolldecke über Pippo. Und wirf ein paar Bücher darauf. Es müssen nicht gerade Bücher aus deinem Verlag sein. Wir sind in fünf Minuten unten.«

Silvia und Francis warfen seine paar Sachen in sein Wochenendköfferchen. Dann umfaßte sie ihn wortlos und küßte ihn und weinte plötzlich, das Schluchzen schüttelte sie.

»Zum dritten Male verlier' ich dich, mein Franz, mein einziger Geliebter, mein Abgott. Gefalle ich dir? Komm«, sagte sie, trocknete ihre Tränen, puderte sich und zog ihn ins Kinderzimmer, wo Laura zwischen den vier Kindern saß. Silvia küßte ihre eigenen Mädchen Ruth und Imogen, und auch die falsche Ruth und die falsche Imogen, es waren ja Pippos Töchter. Zum Schluß küßte sie noch Laura auf beide Wangen. Laura flüsterte: »Ich fürchte mich.«

Silvia erwiderte: »Geben Sie nur gut acht auf alle Kinder, auch auf Middleway.«

Laura sagte: »Ich fürchte mich aber«, und setzte sich hin, um bequemer zu weinen. Zwei Mädchen weinten mit ihr, zwei lachten über sie.

Silvia lief mit Franz, der sein Köfferchen schwang, und da saß Middleway am Steuer ihres Sportwagens und fragte zärtlich, in der Tat, er sah zärtlich aus: »Soll ich nicht lieber mit dem Professor fahren? Ich chauffiere und bringe den Wagen zurück. Zum Tee bin ich wieder da. So Gott will.«

»Das ist mein Schicksal!« rief Silvia. »Ich sitze am Steuer.« Schweigend stieg Middleway aus. Er reichte dem Professor Mark die Hand, und Mark nahm sie.

»Glück auf!« sagte Middleway. »Und rufen Sie mich gleich an, wenn Sie alle gesund in New York gelandet sind! Und fahr nicht zu schnell, Silvia, denke ans Höchsttempo!«

Schon saß Silvia im Wagen und Franz neben ihr; Silvia gab Gas, Middleway winkte und entschwand.

Silvia fuhr durch den Ort in rasender Fahrt, Autos, Kirchgänger und Hunde wichen erschrocken und empört aus, Kinder jubelten oder rannten um ihr Leben. Erst auf der Landstraße mäßigte Silvia ihr mörderisches Tempo.

»Ich fürchtete diese Fahrt durch den Ort am meisten. Wo lauern Pippos Feinde, am Eingang, am Ausgang? Vor der Einfahrt nach New York? Welche Straße nehme ich? So rate mir, Franz! Ich fürchte mich, lieber Franz. Ich gebe uns fünfzig Prozent, daß wir davonkommen. Aber wenn ich jetzt stürbe, ich bedauerte es nur deinetwegen, nur Pippos wegen. Fürchtest du dich, Franz?«

»Wohin willst du Pippo bringen? Hat Pippo eine sichere Unterkunft? Wäre es nicht besser, wir gingen nicht nach New York, er bliebe nicht in New York, er verschwände für eine Weile?«

»Pippo ist leichtsinnig. Er ist tollkühn. Er fürchtet sich nie. In seine zwei Wohnungen in New York kann er nicht gehn. Das weiß er. Weder nach Riverdale noch ins *Savoy Plaza*. Morgen will er in sein Büro gehn.«

»Das will er«, scholl es dumpf vom Fond des Wagens.

»Um Gottes willen, Pippo, verhalte dich still. Du hast mich erschreckt. Du darfst mich nicht ablenken. Siehst du etwas, Franz? Da, den blauen Chevrolet? Oder den Pontiac? Sie hetzen uns? Sie sind hinter uns her? Ich darf nicht schneller fahren. Dort ist ein Polizeiauto? Soll ich sie anhalten? Und wenn sie im Polizeiauto säßen?«

»Bringen wir Pippo zuerst zu mir«, rief Franz, »ich wohne 32 East 75th Street. Kommt zu mir. Da sucht ihn keiner. Es ist ein Brownstonehouse, kein Fahrstuhl, kein Portier; ich habe keinen Umgang mit Nachbarn, keine Dienstboten; die Frau, die aufräumt und für mich kocht, kommt sonntags nicht. Wenn wir dort Pippo sicher haben, kann Pippo seine Freunde anrufen, sein Büro, falls jemand dort ist, und morgen, wenn alle Straßen voller Menschen sind, unbeobachtet in sein Büro schlüpfen, wenn er dort sicher ist.«

»Und hast du keine Angst? Der rote Wagen? Der vierte hinter uns? Sind sie das?«

»Es gibt immer die Wunder, die einen retten«, rief Franz.

Pippo rief unter seiner Decke: »Fahre zu Mark! Es ist das Klügste. Auch ich habe Angst und bete zu Gott, daß alles gut ausgehe und ihr beide davonkommt.«

»Pippo und ich sind schon mal zu dir geflüchtet, Franz«, sagte Silvia, »damals in Berlin. Ich hätte nicht gewagt, dich daran zu erinnern. Aber ich fühle, daß du daran denkst. Warum es dir verschweigen? Hast du es schon erraten? Es war mein Einfall, Pippo in deiner Wohnung zu verstecken. Erst wollte ich dich um deine Wohnungsschlüssel bitten. Pippo sagte, das sei zu gefährlich, wer wüßte, wie wir hineinkämen, vielleicht hättest du eine Freundin, die Schlüssel zu deiner Wohnung hätte, oder Nachbarn riefen die Polizei. Ich wollte dich draußen lassen, dich nicht in Gefahr bringen. Mein Weg zu dir, damals mit Pippo, nach dem ›Roten Ball‹ in Berlin, der hat dich zuviel gekostet. Doch hat es mich auf den Gedanken gebracht, wieder zu dir zu fliehen. Ich habe ein schlechtes Gewissen. Gleich werden sie auf uns schießen, der fährt vor, der will uns blockieren! Nein! Den Pippo habe ich damals gerettet, du mußtest es bezahlen. Ich muß den Pippo wieder retten, er ist ja zu mir gekommen. Aber ich will nicht, daß du wieder dafür zahlen mußt, mit Schmerzen, gar deinem Blut, mit dem Leben. Ich will es nicht. Sag ein Wort, ich halte an, wir sind schon in New York, ich lasse dich aussteigen, vorne ist eine Untergrundstation, eine Omnibushaltestelle. Steige aus, ich bitte dich, sei mir nicht böse!«

Sie waren schon in Manhattan, Silvia bog in eine Seitenstraße ein, hielt an. Franz legte den Arm um ihren Nacken, gab ihr einen Kuß.

»Ich habe ganz vergessen, eines dieser Sonntagsmorgen-Liebespaare mit dir zu spielen. Am Morgen sind sie zärtlich und frisch wie Gänseblümchen, so verliebt, am Abend zerknautscht und zerstritten. Komm, Silvia! Komm in meine Wohnung. Geschwind. Wir sind mitten in der Gefahr! Gib Gas! Diesmal wird mich die Polizei nicht abholen.«

»Und wenn sie uns auflauern?«

»Vor meinem Haus? Wir haben eine Einfahrt und die Hintertreppe vom Garten her. Wird es dir bei mir gefallen? Lauter Literatur! Und die halbe Kunsthandlung meines Vaters in meiner Wohnung!«

»Pippo? Was rätst du? Ich habe plötzlich eine Vorahnung, etwas wird nicht gut gehn? Pippo? Bist du noch da?«

»Ich denke nach«, klang es dumpf vom Fond.

»Soll ich zu Franz fahren?«

»Fahr zu!« sagten Pippo und Franz wie mit einer Stimme.

Schon waren sie in der Madison Avenue, schon in der fünfundsiebzigsten Straße Nr. 32, das Tor stand auf, Silvia fuhr ein, schon liefen Franz und Pippo zur Hintertreppe. Sie schloß den Wagen und lief hinter ihnen drein. Schon waren alle drei auf der Treppe, im dritten Stock. Franz öffnete die Hintertür, ließ sie an der Tür stehn; rasch durchmaß er die Wohnung, lief zur Tür.

»Kommt! Kommt! Alle Fenster sind geschlossen. Es gibt weder Balkon noch Terrasse. Wir lassen die Jalousien herunter. Gegenüber ist eine südamerikanische Gesandtschaft. Hoffe, daß Sie hier vierundzwanzig Stunden so sicher verbringen wie in Abrahams Schoß, lieber Pippo. Betrachten Sie sich ganz zu Hause. Auf dem Schreibtisch steht das Telefon. Dort ist das Radio. Hier sind Schnäpse, Wermut, Wein. Im Eisschrank in der Küche ist Mineralwasser und Milch, Sahne, Früchte, ein gekochter Schinken, ich habe eine Menge Konserven, Brot, Butter, Marmelade, Tee, Kaffee, Obstsäfte. Für einen Junggesellen bin ich glänzend ausgestattet. Ich rate Pippo, die nächsten vierundzwanzig Stunden nicht auszugehn. Ich kann kochen, Pippo kann servieren. Ich habe ein Gastzimmer. Wollen wir Middleway anrufen? Fährst du zurück, Silvia?«

»Ich nehme deine Gastfreundschaft für die nächsten vierundzwanzig Stunden an. Ich schlafe auf dem Diwan, wenn du gestattest. Hast du genug Bettwäsche? Soll ich Middleway anrufen, Pippo? Ist es nicht gefährlich? Auf keinen Fall sage ich Middleway, wo wir sind, und nicht, daß Mark noch mit uns ist. Deine Feinde, Pippo, könnten unser Haus in Freeport überfallen und besetzen, könnten Middleway entführen und zwingen, ihnen alles zu sagen.«

Silvia wählte am Telefon ihre Nummer. »Middleway! Es ist alles in Ordnung. Das Auto in der Garage. Wir haben den Professor abgesetzt, natürlich! Ich hatte ein schlechtes Gewissen, seinetwegen. Nein! Wir sprachen kein Wort von dir. Ich war nicht mit dem Professor allein. Meinem Freund geht es gut. Keinen Namen bitte. Ich weiß nicht. Vielleicht schlafe ich bei Joan oder bei der Kusine Lillian. Wir sind, wo wir sind. Weiß nicht. Wie geht's den Kindern? Wollt ihr schwimmen? Lieg nicht zu lang in der Sonne, Joseph, es bekommt dir nicht. Grüße jedermann.«

Silvia wandte sich ihren Herren zu. »Middleway schickt seine besten Wünsche. Im Haus ist alles in Ordnung. Deine Wohnung ist ein Museum, Francis. Da hängt ein Chagall. Das ist ein Sisley. Und ein Kirchner. Das müssen deutsche Expressionisten sein, ist das Kokoschka, und George Grosz?«

»Das meiste stammt von meinem Vater. Er war zuletzt Kunsthändler, der Schreibtisch ist deutsche Renaissance, das sind griechische Vasen, zwei wertvolle Stücke. Die letzte Frau meines Vaters war eine Mulattin. Die Nazis haben sie umgebracht, und meinen Vater, neunzehnhundertundneununddreißig, wegen Rassenschande. Sie war die dritte Frau meines Vaters.«

»Und du?« fragte Silvia. »Konntest du nicht helfen? War es bei den Deutschen verboten, daß ein Weißer mit einer Mulattin schlief? War dein Vater denn ein Deutscher?« – Silvia war in dem großen Zimmer auf und ab gegangen, sie hatte jedes antike Möbelstück, jedes Bild an der Wand, die Vasen, den antiken Schmuck in den Vitrinen und die Luxusausgaben geprüft, als sollte sie das Ganze kaufen, in einem Schwung, oder als sei sie hier, um für Pippo den genauen Schätzwert herauszufinden, und sie tat es geschwind und genau.

Plötzlich lief sie zum Fenster und lugte durch die Jalousien. »Da steht ein Auto, drei Männer. Siehst du, sie steigen aus. Sie kommen! Nein, sie gehen ins Nebenhaus!«

»Ich kenne sie vom Sehen«, sagte Mark. »Es sind Nachbarn.«

»Ja?« fragte Silvia. »Und was beweist es?«

Pippo saß auf einem Stuhl im Winkel, als wolle er sich vor jedem drohenden Überfall schützen. Er hielt beide Hände in den Taschen, und Franz hatte Lust, ihn zu fragen, ob er zwei Revolver bei sich trage und auf die erste Person, die eintrete, schießen wolle.

Pippo lächelte wieder wie gewöhnlich, und plötzlich kam er dem Professor Mark unheimlich vor, unheimlich wie Silvia.

Franz sah sich um, in diesem ganzen antiken Trödel, den ihm sein Vater hinterlassen hatte. Da stand er zwischen Bildern, die er sich nicht ausgesucht hatte, in einem unheimlichen Raum, in dieser unheimlichen Stadt New York, wo das Recht großartiger war als in den meisten Städten der Welt, und das Unrecht gewaltiger, wo die Demokratie herrschte, und dazwischen organisierte Korruption, und organisierte

Verbrecher wie wohlhabende Bürger aussahen, wo zehn Millionen Menschen zwischen Steingebirgen lebten, zwischen Katarakten von Passionen, zwischen Meer und Flüssen, wo Flotten gleich Nußschalen schwammen.

Mit einem Mal kam sich Franz Mark selber unheimlich vor und als hätte er sich verlaufen und sei verwirrt und lebe unter einem falschen Namen, mit einem falschen Gesicht, unter falschen Prätentionen ein falsches Leben.

Was habe ich gemacht? Um Gottes willen! Wer bin ich? Wohin geriet ich? Mit was für Menschen lebe ich? Wen gebe ich vor zu lieben? Ich bin vierunddreißig Jahre alt. Noch ist es nicht zu spät. Noch kann ich ein neues Leben anfangen. Noch kann ich herausbekommen, wer ich bin und wozu ich auf diese Welt gekommen bin und was für einen Sinn es hat, mit Menschen zu leben, und was man aus der neuen Epoche machen könnte, die eben in aller Welt begonnen hat.

Ich könnte mich vielfach entscheiden. Ich könnte in die Politik gehn. Ich könnte ein neues Studium beginnen, ein Physiker, ein Psychologe werden. Ich könnte beschließen, ein guter und nützlicher Mensch zu werden. Ich könnte heiraten und eine Familie gründen, zwei Kinder haben oder zwölf, darüber müßte ich mit meiner Frau reden. Ich könnte Schillers Biographie schreiben, oder die Lenins. Ich könnte in den Urwald gehn oder auf eine Koralleninsel. Ich könnte Kunsthändler werden wie mein Vater. Oder ein Märtyrer werden wie er. Ich könnte jetzt auch meine Wohnung für vierundzwanzig Stunden verlassen. Und das will ich tun. Schließlich bin ich kein Leibwächter für Pippo und kein Haremswächter für Silvia. Da sitzt er, der noble Pippo. Natürlich könnte seine ganze Erzählung von der nächtlichen Warnung, vom drohenden Überfall, von dem Gang seiner Feinde, die reine Erfindung sein. Zu welchem Zweck? Was weiß ich? Wer wäre ich, um die Berechnungen eines Kellners aus Palermo zu entziffern? Freilich sitzt er da, wie zum Überfall bereit, als wollte er einem Dutzend Gangster begegnen.

Übrigens, was weiß ich, vielleicht ist er der Gangster, und seine Gegner tragen lauter soziale Ideale im Herzen. Im allgemeinen sind die Armen einigen Idealen und einer begrenzten Menschenliebe zugänglicher als die Reichen. Der amerikanische Arbeiter hat mehr Selbstbewußtsein und ökonomischen Verstand bewiesen als sein Bruder in Europa und Asien. Dafür ist gerade der amerikanische Arbeiter erbarmungslos gegen die Arbeiter, die ärmer sind als er, gegen die Ausländer, gegen die Arbeitslosen außerhalb der Union. Gerade die Gewerkschaften stimmten gegen die freie Einwanderung. Vielleicht sollte ich mich mit Pippo zusammentun und ein Gewerkschaftsführer werden und die große Arbeiterpartei Amerikas schaffen. Aber kein amerikanischer Arbeiter will ein Arbeiter bleiben. Jeder träumt davon, ein Boß zu werden wie Pippo, oder ein Kapitalist wie Ford und Rockefeller.

»Silvia«, sagte Franz, »du gehst umher, als plantest du, meine Wohnung zu kaufen? Gefällt sie dir?«

»Nein«, antwortete Silvia. »Es ist zuwenig von dir darin.«

»Im nächsten Zimmer steht meine Bibliothek, und im übernächsten Zimmer. Da findest du mich.«

»Und was geschah mit deinem Vater?« fragte Silvia.

»Er hatte viele Berufe und drei Frauen, und allen war er treu, so lange er bei ihnen blieb, denn er hatte viele Tugenden. Er hatte auch viele Überzeugungen, und allen war er treu. Er war ein großer Märchenerzähler. Seine ganze Welt sah wie ein Märchen aus, alles begann immer wunderschön und endete zum Gruseln. Er hat das Gruseln nie gelernt oder höchstens, als es für ihn zu spät war. Er hatte ein Dutzend Berufe, und keiner paßte zu ihm, und drei Frauen, und jede saß ihm angegossen wie ein Handschuh. Seine erste Frau war meine Mutter. Er hatte sieben Kinder, ich bin der älteste Sohn. Er wäre heute einundsechzig Jahre alt. Er war in Frankfurt am Main geboren. Er kam neunzehnhundertsechs nach New York und heiratete das erste amerikanische Mädchen, das ja sagte; sie wurde meine Mutter, das Jahr darauf. Ich kam neunzehnhundertzwölf zur Welt, in Brooklyn, wo Juden und Italiener wohnen. Neunzehnhundertfünfzehn ließ mein Vater sich scheiden und heiratete eine reiche Jüdin aus Brooklyn. Ihr machte er sechs Kinder. Als meine Mutter starb, neunzehnhundertsechsundzwanzig, bei einem Autounfall, mit einem Herrn, den ich nicht kannte, da war ich vierzehn Jahre alt, und mein Vater nahm mich in seiner Wohnung auf.

Wenn ich sechs Kinder ernähren kann, sagte er, so wird auch ein siebtes nicht verhungern. Uns ernährte meine Stiefmutter, sie hieß Diana und hatte am Queens College Kunstgeschichte studiert; sie stieß meinen armen Vater, der gerade wieder in einem seiner Berufe gescheitert war, in den Kunsthandel. Kaum war er zwei Jahre darin, dank Dianas Kenntnissen und Dianas Geld, ließ er sich von ihr und ihren sechs Kindern scheiden, wegen dieser zwanzigjährigen Mulattin, die seine Frau wurde. Er hatte sie bei einem Ball in Harlem kennengelernt und ihr am ersten Abend die Ehe angeboten.

›Ich bin noch verheiratet‹, sagte er ihr (sie hieß Betsy), ›aber das tut nichts. Ich habe mich schon einmal scheiden lassen, von Fanny‹ (das war meine Mutter), ›sie ist tot. Und meine jetzige Frau heißt Diana. Sie ist die beste Frau der Welt, generös und gescheit, und die treueste Mutter der Kinder. Ich lasse mich von ihr scheiden, das ist sicher. Sie sagt nicht nein. Denn sie ist stolz.

Ich heirate dich. Wir können schon vorher zusammenziehn, ich richte dir eine Wohnung ein. Natürlich brauche ich einen neuen Beruf. Mein Kunsthandel gehört Diana, ihre Kenntnisse, ihr Geld; sie beschaffte die Waren und die Käufer. Dabei sechs Kinder, an Leib und Seele gesund und alle brillant, und auch noch ihren Stiefsohn und den Haushalt und das Geschäft, sie ist einfach großartig, in jeder Hinsicht, nur eine Geliebte, das ist sie nicht mehr, vielleicht war sie nie eine, und ich habe es nur nicht gemerkt, weil sie so eifrig war.

Aber der Mensch braucht mehr als sieben Kinder und einen Kunsthandel und eine kluge Frau, die Kunstgeschichte am Queens College studiert hat und ihren Doktor über Daumier und das Sittengesetz gemacht hat und eine ideale Mutter und Hausfrau ist, mit Korsett und Brille und rotgefärbtem Haar und der Mitgliedschaft in einem Vierteldutzend Frauenklubs und in der Bne Brith, was ein jüdischer Verein ist; an hohen Feiertagen ging sie morgens mit sechs ihrer sieben Kinder in die Synagoge, denn ihre sechs Kinder waren alle jüdisch, vier Mädchen und zwei Jungen, diese beschnitten, wie es sich gehört, und manchmal ging ich am Morgen zur Synagoge mit, wenn das Wetter mild war, und stand vor der Tür auf der Straße oder gegenüber vor einer Stehbar und trank ein englisches Bier und wartete, bis meine Familie ihre Geschäfte mit Gott abgemacht hatte, und dann gingen wir zu Fuß nach Haus; unsere Wohnung war nahe der Synagoge.

Am Sonntagmorgen begleiteten zuweilen meine Frau und alle sieben Kinder, auch der älteste, der Franz, mich zur Kirche, und wenn ich und der Franz, der ja ein Christ ist, in die Kirche gingen und uns mit Gott besprachen, wartete meine Judenfamilie, wenn das Wetter mild war, vor der Kirche, bis Franz und ich geläutert und geputzt aus der Kirche kamen. Religiöse Konflikte hatte ich nie in der Familie, Gott sei Dank. Ich sage immer: Die Natur ist tolerant; warum soll es nicht der Mensch sein? Aber der Mensch, sage ich, braucht eine Geliebte, mehr als alles auf der Welt. Kurz, einen Bettschatz.‹

Ich kenne den Text der Werbung meines Vaters«, erklärte Franz Mark, »denn als mein Vater die fast weiße Betsy heiratete und ihr eine Wohnung einrichtete, holte er mich und behielt mich in seiner neuen Wohnung, bei seiner neuen Frau, die im Alter eher zu mir gepaßt hätte als zu ihm; ich war damals sechzehn, Betsy zwanzig, mein Vater dreiundvierzig. Er hatte seine Kunsthandlung seiner zweiten Frau, Diana, überlassen und reiste damals für eine Nähmaschinenfabrik. Er war ein rühriger Mann, und er blieb oft zwei oder drei Wochen in der Provinz, so daß ich allein mit meiner jungen Stiefmutter lebte.

Sie war eine natürliche, charmante Person, unwissend, voller abergläubischer Vorurteile und von einer unerwarteten feinen und tiefen Empfindung. Mich behandelte sie abwechselnd wie einen jüngeren Bruder oder ihr eigenes kleines Kind. Die Arme hatte keine Kinder. Nachdem sie dreimal eine Fehlgeburt gehabt hatte, widerriet der Arzt ihr eine Schwangerschaft. Sie bewunderte mich, weil ich so viele Bücher hatte und alle las, weil ich soviel wußte, weil ich so gescheit war. Sie hatte einen komischen Respekt vor geistigen Gaben und Gütern. Bücher hielt sie ans Ohr wie Muscheln, sie hörte den Ozean alles Wissens rauschen.

Dagegen hielt sie nichts von meiner physischen Erziehung. Wenn ich badete, kam sie ungeniert herein und wusch mir die Ohren und den Hals. Sie verlangte, daß ich mehr Sport treibe. Am liebsten hätte sie gesehn, daß ich ein Handwerk erlernte. Ich sollte basteln und alles im Haus reparieren, alle Pflanzen und Bäume beim Namen kennen und selber meine Socken waschen. Jeden Abend kam sie in mein Zimmer, wenn ich schon im Bett lag, und umhalste mich und gab mir zwei, drei schnelle Gutenachtküsse auf den Mund, feurige unschuldige Küsse, und ich sollte rasch ihr erzählen, was ich am Tage gelernt hatte, und sie lauschte gebannt, obgleich sie nichts davon begriff. Am Morgen küßte sie mich nur auf die Wange, und wenn Vater nicht da war, stand ich schon eine Stunde früher auf, und wir saßen am Frühstückstisch, und sie gab mir alle Leckereien, die sie sonst dem Vater, aber nicht mir zum Frühstück gab, und erzählte mir eine Stunde lang ihr Leben und ihre Ansichten, ihre Erfahrungen mit Männern und mit der Welt und jedes Wort, das mein Vater ihr je gesagt hatte, bei Tag und bei Nacht, am Tisch und im Bett. Jedes seiner Worte war in ihr Gedächtnis wie in Erz gegraben. Die arme Betsy vergötterte meinen Vater, sie betete ihn an, und ich verliebte mich in Betsy und redete mir damals ein, sie merke nichts davon; heute glaube ich aber, sie haben es beide gesehn und gewußt und haben mich vielleicht heimlich ausgelacht; ich weiß es nicht.

Mir scheint, es waren glückliche Jahre für uns drei. Jeden Freitagabend ging übrigens mein Vater, wenn er in der Stadt war, zum Essen zu seiner zweiten Frau, Diana. Sie hatte nicht wieder geheiratet, obgleich sie und die sechs Kinder und ihre Kunsthandlung blühten. Mich nahm er nie mit, und freilich auch Betsy nicht. Wir beide aßen zusammen, und Betsy kochte für mich alle Leckerbissen, die mein Vater nicht mochte, und wir lachten, und manchmal tranken wir Wein, und Betsy, die ein Talent für die Komödie hatte und mit Stimme, Tonfall und Gebärden recht gut manche Leute nachahmen konnte, machte ihre Lehrer in Harlem nach, oder die Metzger, Bäcker, Milchhändler und Gemüsemänner, bei denen sie einkaufte, oder meinen Vater, und das war ihre Glanzleistung, ihn kopierte sie in der Tat meisterlich, und wir saßen beisammen und lachten Tränen, bis der Vater kam und ein großes Stück Torte für uns alle mitbrachte, welche Diana für uns mitgegeben hatte und die wir gleich fröhlich verspeisten mit einem Kaffee, den Betsy unter großem Gelächter und Gesang, mit Händeklappen und klapperndem Geschirr für uns kochte.

Ein paar Jahre später ging ich zum Studium nach Paris und Berlin, weil mein Vater sagte: ›Wir sind Deutsche gewesen, und die Deutschen sind ein herrliches Volk, du sollst ihre Sprache und Sitten lernen; vielleicht heiratest du ein deutsches Mädchen, abgesehen von deiner Mutter und Diana und Betsy scheinen mir die deutschen Mädchen die schönsten und besten auf der Welt; das wirst du ja selber sehn, und ich traue deinem Urteil, Franz.‹

›Das tun wir‹, bekräftigte Betsy.

Also studierte ich in Berlin deutsche Sprache und Literatur und verliebte mich in eine deutsche Witwe und in ein amerikanisches Mädchen und ging nach Paris und New York und lehrte in Wellesley und an der Universität von Chicago und wurde neunzehnhundertneununddreißig Assistant Professor an der Columbia Universität in New York. Meine Stiefmutter Betsy war immer fröhlich wie ein Singvogel im Wald und bildhübsch; inzwischen hatte sie viel gelernt von meinem Vater, auch den Kunsthandel, den er wieder begonnen hatte; inmitten der Weltkrise hatte es mein Vater wieder zu Geld gebracht, ich vergaß schon, in welchem seiner Berufe, und damit hatte er einen Kunsthandel begründet. Wenn ich mich nicht täusche, hat ihm dabei seine zweite Frau geholfen, Diana, sie war eine gute und eminent tüchtige Dame, und ihre sechs Kinder leben alle noch und sind eminent tüchtig, in sechs oder sieben Berufen; ich sehe sie zuweilen, auch meine Stiefmutter Diana, alle Kinder haben schon Kinder, und ich bin der Onkel Franz.

Mein Vater fuhr mit seiner Frau Betsy nach Deutschland. Die neue Regierung der Deutschen wollte der Welt beweisen, wie weit es ein tüchtiges Volk bringen konnte, wenn seine Regierung alle Gesittung und Gesetze mit Füßen trat und einen Haufen intellektuellen Unrats, die Narreteien einer Epoche, die Vorurteile aller Halbidioten einer Nation, den ganzen Pöbelwahn des Jahrhunderts zusammenkehren und daraus ein Parteiprogramm und die Reichsverfassung machen würde. Sie haben es herrlich weit gebracht. Da liegt das schöne Deutschland in Ruinen, gevierteilt, physisch, geistig, moralisch. Was wird aus Deutschland werden? Niemand weiß es. Vorläufig sitzen Amerikaner und Russen und Engländer und Franzosen da. Wir werden die Deutschen nicht besser machen, wenn sie selber sich nicht bessern wollen. Ich weiß nicht einmal, ob es viele böse Menschen gibt. Sicherlich gibt es keine bösen Völker. Aber welch ein Unglück, wenn der Unrat eines Volkes es regiert!

Das Rezept zu ihrem Sturz war einfach. Aus Recht machten sie Unrecht. Zur Verfassung wurden die Mordanweisungen ihres Führers, einer Figur nur aus Dreck, ganz ohne Feuer. Da beschloß ein Volk mitten in der Weltwirtschaftskrise, mit sieben Millionen Arbeitslosen, den verlorenen Ersten Weltkrieg in einem zweiten Weltkrieg zu gewinnen. Ein Volk am Kreuzweg aller Völkermischung erließ das Gesetz zwecks Reinhaltung des germanischen Blutes. Die Blüte der Jugend machten sie zur Schutzstaffel des Führers, zur SS, und erzogen sie systematisch zu Mördern. In einhundertsechsundachtzig Konzentrationslagern über halb Europa ermordeten sie sechs Millionen Juden, viele Millionen Polen und Russen und Hunderttausende aus andern Völkern Europas, Zehntausende Zigeuner und eine Million

Deutsche; dort erfanden sie neue Methoden der Folter, neue Methoden der Massenschlachtung unschuldiger Menschen, die komplette Demütigung und die komplette Auslöschung der Person. Sie schwärmten von den alten Germanen und kannten sie nicht. In ihrer eigenen Muttersprache verloren wie in einem Irrgarten, fielen diese schreibenden Analphabeten auch noch in die Wissenschaften, in die Religionen, in die Künste, in Philosophie, Geschichte und Literatur ein und verdreckten alles. Die Narren eines Volkes schrieben den Weisen dieses Volkes vor, was sie sagen, lehren und handeln sollten.

Die Erfolglosen und die Talentlosen errichteten im Bund mit Mördern die Kulturkammern, Schrifttumsgesetze, Pressegesetze und Kunstdiktatur. Die moderne Kunst wurde geächtet und fiel im Preis. Expressionisten, Futuristen, Kubisten wurden verfolgt, als wären sie Juden.

Mein Vater liebte die Werke dieser deutschen Künstler. Seit sie geächtet wurden, liebte er sie doppelt. ›Ich kaufe ihre Bilder‹, erklärte er seiner zweiten Frau Diana und seiner dritten Frau Betsy. Er fuhr neunzehnhundertachtunddreißig und neunzehnhundertneununddreißig mit Betsy nach Deutschland. Er kaufte Kirchner und Nolde, Kokoschka und Grosz, Lehmbruck und Barlach, Kandinsky und Franz Marc, Paul Klee und Max Beckmann, auch Sievogt und Liebermann und Chagall und Pascin.

›Nach dem Sturz der Nazis‹, erklärte mein Vater, ›werden diese Maler wieder steigen. Ich werde reich sein und mich am Untergang der Barbaren freuen.‹ Mein armer Vater kam nicht dazu. Mitleid führte ihn in den Untergang. Auf seinen Einkaufsreisen im ›Dritten Reich‹ traf er in Berlin und München, in Hamburg und Frankfurt, in Leipzig und Breslau viele Juden, die ihre Kunstschätze verkaufen mußten und keine Käufer fanden, oder von einzelnen Christen wie vom

Staat geprellt wurden. Sie wollten fliehen und fanden alle Länder verschlossen. Wenn sie ein Visum bekamen, nahm ihnen die deutsche Regierung ihr Vermögen ab. Wollten sie ihre Häuser, Fabriken, Geschäfte, Möbel, Bibliotheken, Kunstschätze verkaufen, boten ihnen christliche Lumpen Lumpengelder an, ein Haus im Wert von einer Million erwarben sie für fünfzigtausend Mark, für ein Bild im Wert von zehntausend Mark gaben sie dreihundert Mark.

›Ein ganzes Volk‹, schrieb mir mein Vater aus Deutschland, ›hat sich zusammengetan, um ein Prozent von ihnen auszurauben; unter dem Vorwand, es seien nur Juden, nimmt man ihnen ihr Hab und Gut, ihre Berufe und ihr Einkommen, ihre Rechte und ihre Verdienste, ihren guten Namen und den Glanz ihrer Leistungen. Man hungert sie aus und ächtet sie, man treibt sie in den Selbstmord und den Untergang, und in aller Öffentlichkeit und im Namen des deutschen Volks und seiner Regierung. Da stiehlt man Milliarden, und nur wenige protestieren, in Deutschland und im Ausland. Ich habe beschlossen, auf meine Weise den deutschen Juden zu helfen. Betsy ist Feuer und Flamme dafür. Betsy sagte: Bist du nicht ein Vater von sechs Judenkindern? War nicht eine Jüdin deine Frau? Ich antwortete: Recht hast du.

Schon wissen viele Juden, daß ich bereit bin zu helfen. Ich kaufe ihnen ihre Bilder und Plastiken und Kunstsammlungen zu internationalen Preisen ab. Aus Prinzip zahle ich einem Juden für ein Gemälde zehn Prozent mehr als einem Christen. Ich zeige ihnen jeden Schleichweg, den ich kenne, um ihr Geld oder ihre Sammlungen illegal aus dem Land zu schaffen. Wer die Gesetze der Mörder achtet, unterstützt den Mord. Der liebe Gott gebietet, solche Blutgesetze zu brechen. Ich habe viele Freunde in Deutschland, und viele verfolgte Juden und Christen kommen zu mir, und ich verschaffe ihnen echte Visen, gefälschte Papiere, entdecke Schmuggelwege, daß sie schwarz über die grüne Grenze kommen. Ich nehme ihre Bilder und zahle in New York oder helfe ihnen, Geld ins Ausland zu schmuggeln. Und ich schwöre dir, daß ich kein Geld dafür nehme. Soll ich am Unglück verdienen? Am Schweiß und Blut der Opfer mich bereichern? Und Betsy sagt: Hilf allen! Gott will es. Und ich selber glaube: Gott will es!‹

Am fünften Juli neunzehnhundertneununddreißig erhielt ich aus München ein Telegramm: Vater gefährlich erkrankt kommet sofort *Hotel Regina*.

Ich rief aus New York an. Das Hotel sagte, Herr Mark sei verreist, ohne eine Adresse zu hinterlassen. Frau Mark sei unbekannt. Ich bestellte ein Zimmer und nahm das schnellste Schiff. Als ich in München im *Hotel Regina* nach Herrn Mark fragte, hieß es erst, er sei unbekannt, dann, er sei verreist, Adresse unbekannt. Als ich sagte, ich sei der Sohn, zwinkerte mir eines der Mädchen zu, welches das Telefon bediente. Ich setzte mich in die Halle, mit düsteren Ahnungen, da rief ein Hotelpage meinen Namen und führte mich zu einer Telefonzelle. Es war Betsy. Die Telefonistin, im Einverständnis mit ihr, hatte ihr meine Ankunft im Hotel gemeldet. Betsy wohnte in einer kleinen Pension *Rheingold* in Schwabing. Sie schluchzte am Telefon.

Ich nahm ein Taxi. Sie stand vor dem Haus und führte mich in ihr Zimmer im ersten Stock. Es war ein großes, helles Zimmer mit einem Doppelbett und den Porträts deutscher Generäle und Admirale aus dem Ersten Weltkrieg an der Wand, Ludendorff neben Tirpitz, Hindenburg neben Kluck. Sie sahen alle vier wie gewissenlose Schlagetote aus, und waren sie es nicht?

An der einen Wand lehnten sechs oder sieben Gemälde, verhüllt und verschnürt.

Im Zimmer hatte Betsy erst alle Türen und Fenster geprüft, ob sie verschlossen seien, um das Telefon eine Decke gehüllt, als wolle sie ein Verbrechen zudecken, dann küßte sie mich zwei- oder dreimal schnell auf den Mund, wie einst, da ich ihr kleiner Sohn war, und faßte meine Hände und küßte sie und sagte: ›Ich danke dir, daß du gekommen bist. Ich danke dem lieben Gott, daß du da bist. Keinesfalls werde ich weinen. Oskar ist in Dachau. (Oskar hieß mein Vater.) Er liegt im Konzentrationslager, sie haben ihn krumm geschlagen. Vor zehn Tagen haben sie ihn verschleppt. Sei mir nicht böse. Aber sitzen kann ich nicht. Seit zehn Tagen kann ich nicht sitzen, nicht stillstehn. Nur schlafen, nur herumrennen, von Pontius zu Pilatus, aber weinen werde ich nicht.

Sie kamen um sechs Uhr früh ins Hotel, der Nachtportier brachte sie, vier Mann in SS-Uniform. Oskar war im Nachthemd, sie klopften als schlügen sie mit Steinen an die Tür.

What's the matter? sagte Oskar, halb im Schlaf und barfuß. Da trat ihm einer der Stiefel mit aller Gewalt auf den Fuß, und dein Vater war stets empfindlich. Er schrie. Ein zweiter Stiefel gab ihm einen Tritt, daß er vors Bett flog. Er schwieg.

Du weißt, ich habe Deutsch gelernt, von Oskar. Wir sind Amerikaner, schrie ich. Die sahn mich nicht an. Alle vier standen mit dem Rücken zur Tür, einer hatte einen Revolver in der Hand. Einer ging zum Fenster und stieß es auf. Es war schon hell und regnete in Strömen. Zwei stellten Oskar auf die Füße und fingen an, ihn abwechselnd zu ohrfeigen, daß er hin und her schwankte, aber er schwieg.

Rassenschande? Du Judenschwein!

Wir sind Amerikaner! schrie ich, Oskar ist lutherisch.

Auch getauft? Und beschnitten? schrien die zwei wie

im Chor und schlugen deinen Vater nieder. Der schwankte nur, wie betrunken, das Blut rann ihm aus den Augen, aus den Ohren, aus der Nase und dem Mund. Plötzlich öffnete er den Mund und spuckte zwei Zähne aus.

Da hörten die zwei Stiefel zu schlagen auf, und dein Vater rutschte langsam zusammen, auf den Boden. Er wimmerte nur, aber es klang mir in den Ohren, als schrien hundert zu Tod Verwundete auf einmal.

Nun stellten sich die drei Stiefel um mich auf, einer zur Rechten, einer zur Linken, einer zu Füßen. Der Vierte aber, groß und fett und blond, mit einem Gesicht wie von einem Fleischer zurechtgehackt, hatte sich auf einen Stuhl neben das Bett gesetzt, neben meinem Kopfkissen, und holte aus seiner Rocktasche zwei Bücher heraus, schlug eines auf und begann zu lesen. Ich sah aber, daß es Verse waren. Und da faßte ich eine Hoffnung und sagte mir, das sind Verrückte, die meinen gar nicht den Oskar, die sind nur irgendwo eingebrochen, die kommen vielleicht aus einem SS-Irrenhaus, es muß doch auch Irrenhäuser für die SS geben, und wie kommt es überhaupt, daß man nicht die ganze SS ins Irrenhaus sperrt, samt der deutschen Regierung?

Lesen Sie Gedichte? frage ich, so sanft ich kann, diesen verrückten SS-Mann.

Poetry, sagt er auf englisch. Verse von Ihrem Landsmann Ezra Pound. Kennen Sie ihn?

Bin ihm nie begegnet, sage ich.

Dann kennen Sie auch den anderen Autor nicht: Gottfried Benn, Prosa aus dem Jahre neunzehnhundertdreiunddreißig?

Und da kommen Sie mitten in der Nacht zu fremden Leuten, um zuzuschaun, wie Ihre Freunde uns schlagen, und um dabei Gedichte zu lesen?

Soll ich Sie lieber schlagen? fragt er und grinst. Mein Vater ist ein Geistlicher, und im Grunde bin ich durch mein ganzes Leben mit gefalteten Händen gegangen. Dann stand er auf, steckte seine Bücher in die Tasche und riß mir die Bettdecke vom Leib. Ich war nackt. Ich schlafe nackt.

Die vier sahen mich an und grinsten. Ich rührte mich nicht und hielt still.

Sollen wir dich zusammenschlagen?

Laß sie, sagte der Stiefel, der Bücher las. Sie ist eine Schwarze. Sie versteht es nicht besser. Also Rassenschande bei dem Juden!

Steh auf! befahlen sie mir. Ich stieg aus dem Bett und griff nach dem Kleid, aber sie rissen es mir weg und stießen mich zur Tür hinaus und über den halben Gang in ein Badezimmer, zogen den Schlüssel ab, der innen steckte, und sagten mir, sie schlössen mich ein, und wenn ich vor einer Stunde nur einen Laut gäbe, schlügen sie meinen Rassenschänder tot.

Die Stiefel schlossen mich ein. Ich war nackt und wußte nicht was tun. Das Badezimmer hatte nur eine Luftluke. Ich lag auf dem Steinboden, zitternd, und betete zu Gott, um das Leben von Oskar, bis jetzt hat Gott meine Gebete nicht erhört, oder hat er dich geschickt? Schließlich stand ich mit Schmerzen auf, entdeckte eine Klingel und begann zu schrein und gegen die Tür zu hämmern. Endlich kam der Nachtportier und öffnete mir, er wurde weiß, als er mich sah, und faßte mich an der Hand und zerrte mich halb laufend in mein Zimmer. Das war leer, das Leinen war blutig, am Boden waren Blutflecken. Ich sah gleich, daß sie seine Koffer mitgenommen hatten und seine Bilder weggetragen und die andern Objekte.

Der Portier, ein alter Mann mit weißen Bartstoppeln, legte das Leintuch um mich herum und sagte, am besten wischen Sie alles auf, waschen Sie das Blut aus dem Leintuch und ziehn Sie aus, es ist besser für Sie.

Ohne meinen Mann, niemals! Hier erwarte ich ihn!

Jaja, erwiderte der Portier. Wie Sie wollen, gnädige Frau. Und er warf mir einen sonderbaren Blick zu und ging fort und vergaß die Tür zu schließen. Ich sah ihn den Gang hinunterrennen. Ich schloß die Tür.

Ich tat, wie mir der Portier geraten hatte. Vielleicht war es ein guter Mensch. Die Guten verbergen sich nämlich. Ich räumte das Zimmer auf, säuberte es, so gut ich konnte, wusch das Linnen, kleidete mich an und fuhr zum amerikanischen Konsul.

Er war blond, dick und entsetzt, hieß Charles Bentley, ließ sich meinen Paß und Oskars Paß zeigen, ich trug immer beide in meiner Handtasche. Er bot mir Geld an, gab mir eine Zigarette, versprach, den Botschafter anzurufen, falls Oskar nicht binnen achtundvierzig Stunden zurück sei, und gab mir einen Konsulatsbeamten mit, der mich zur SS-Stelle, zur Fremdenpolizei, in verschiedene Krankenhäuser und in ein halbes Dutzend anderer Ämter führen sollte. Ein lieber junger Mann aus Idaho, er hieß Johnny Weaver. Er war mager, trat sehr energisch auf und drohte mit dem Botschafter und dem State Department. Obendrein ist Herr Mark kein Jude, sagte er auf allen Ämtern, was gewiß keinen Unterschied machen würde. Frau Mark ist seine Frau und in Amerika geboren.

Alle Stellen erklärten, es klinge ganz unglaublich und sie würden Recherchen einziehen, hierorts sei nichts bekannt, und wenn die Darstellung von Frau Mark korrekt sei, woran vorderhand kein Zweifel erhoben werden solle, so handle es sich um Übergriffe untergeordneter Stellen und man spreche hiermit vor Frau Mark selbstverständlich die ihr zukommende Entschuldigung aus. Man werde das Hotelpersonal vernehmen, vor allem den Nachtportier. Natürlich müsse man in Rechnung ziehen, daß das Deutsch von Frau Mark ein wenig mangelhaft sei und vielleicht sei das Wort Rassenschande gar nicht gefallen und ob Frau Mark die Uniformen der verschiedenen deutschen Formationen so genau kenne, und woher eigentlich, und was sei der Grund dieses Aufenthalts in München gewesen und im Paß des betreffenden Oskar Mark sei gar nicht angegeben, daß er von Beruf Kunsthändler sei.

Nach achtundvierzig Stunden ging ich wieder zum Konsul. Er war blond und dick und diesmal traurig, Bentley hieß er. Er sagte, er habe bereits mit dem Botschafter telefoniert, der werde Schritte einleiten, beim Auswärtigen Amt, vielleicht direkt beim Außenminister, einem gewissen Ribbentrop, und ich solle ans Rathaus in Frankfurt schreiben, mir eine Kopie vom Geburtsschein und Taufschein des lieben Oskar senden lassen, natürlich könnte ich, wenn ich wollte, auch einen deutschen Anwalt nehmen, der Konsul wolle mir gerne den einen oder andern Spezialisten nennen.

Da ging ich heim ins Hotel und telegrafierte dir. Am Abend rief mich die Hoteldirektion, sie teilte mir mit, mein Zimmer sei vermietet, Herr Mark hätte das Zimmer kurzfristig bestellt, kein anderes Zimmer sei im Hotel frei; übrigens sei es für mich ratsam, gewisse ungenannt zu bleibende Formationen hätten sich zweimal nach mir erkundigt.

Eine der Telefonistinnen, die immer nett zu mir gewesen war, empfahl mir diese Pension. Sie versprach, mich anzurufen, wenn du kämest. Im Hotel sollte ich meine Adresse keinem geben. Und ihr habe man einen Bruder erschlagen, Hans Theodor, neunzehn Jahre, Jungsozialist, wenn ich wüßte, was das ist. Ich wußte es nicht. Es sei nichts direkt Böses, aber in manchen Fällen tödlich. Es muß etwas

Schreckliches sein. Ich sagte ihr trotzdem, ich werde für die Seele ihres Bruders beten. Das habe ich auch besorgt.

Seitdem ging ich jeden Tag aufs Konsulat und zur SS-Stelle, alle kennen mich schon, die vier SS-Leute habe ich nie dort getroffen, nicht einmal jenen, der Gedichte liest, wenn die andern Stiefel auf Menschen treten. Sie sind schon vom Erdboden verschwunden. Aber es gab sie.

Und mein Mann? fragte ich jeden Tag.

Sie zuckten die Achseln, dort und auf allen Ämtern. Und der Konsul riet mir, inoffiziell, wie er sagte, nach Washington zu fahren und beim State Department für meinen Mann zu sprechen, mit einem Anwalt vielleicht, der Konsul glaubt an Anwälte, er heißt Bentley, ein gläubiger Christ.

Da bist du. Und glaubst du, dein Vater lebt noch? Vorgestern sagte mir der Konsul, die SS-Stelle hätte ihn angerufen, es scheine, daß Herr Mark nach Dachau gebracht worden sei, in das dortige Anhaltelager, wegen Rassenschande und Devisenschiebungen im Interesse steuerpflichtiger Juden, und die Stelle habe die Rückführung des Angeklagten nach München angeordnet, vorausgesetzt, der Schuldige sei wirklich amerikanischer Staatsbürger, was von dortigen Amtsstellen bestritten würde, auf Grund neuer Aussagen des Schuldigen, der im übrigen auch zugestanden habe, daß er in New York sechs jüdische Kinder habe, woraus natürlich auf die jüdische Rasse des Schuldigen zu schließen sei, auch wenn ein posteriorer Taufschein erbracht würde. Und er liege im Lager, krumm geschlagen, und der Botschafter unternehme schon wieder Schritte.

Und glaubst du, daß wir deinen Vater lebend wiedersehen?‹ Betsy weinte. Ich machte keinen Versuch, meine Stiefmutter zu trösten. Ich sah keinen Anlaß.

Ich rief den Konsul an und fuhr auf seinen Rat nach Frankfurt, um den Taufschein und Geburtsschein meines

Vaters zu beschaffen. Es gelang mir in zwei Tagen. Als ich nach München zurückkam, war Betsy verschwunden, sie samt ihren Sachen. Diesmal gab es keinen Zeugen.

In der Pension sagte man mir, die gnädige Frau habe die Rechnung bezahlt, sei gestern abgereist, das Zimmer sei wieder vermietet, die gnädige Frau habe keine Adresse hinterlassen, keine Nachricht, keinen Brief. Es sei alles bezahlt. Sie schienen zufrieden.

Ich ging zum *Hotel Regina*. Ich erzählte jener Telefonistin, Betsy sei verschwunden. Sie wurde weiß wie die Wand, öffnete paarmal den Mund und ließ mich stehn.

Ich habe nie wieder Betsy gesehen noch etwas von ihr gehört. Sie ist definitiv abgereist, ins Nichts.

Dagegen erhielt ich drei Tage später die Urne mit der Asche meines Vaters aus dem Konzentrationslager Dachau zugesandt, diesmal gebührenfrei, im Gegensatz zur Asche meiner Ruth Rabe. Man teilte mit, mein Vater sei an einer Lungenentzündung gestorben, und da der Verdacht der Lungenpest im KZ von Dachau akut sei, mußte man ihn wegen Seuchengefahr sogleich einäschern.

Unser Botschafter trat scharf auf. Der Minister Ribbentrop rief eigens unsern Botschafter an, um sich zu entschuldigen. Mein Vater ist an einem Mißgriff gestorben, trotz aller diplomatischen Schritte, die man ergriffen hatte.«

»Sie wurden gerächt«, entgegnete Pippo. »Deutschland hat millionenfach für Ihren Vater bezahlt.«

»Nein!« rief Franz. »Zwischen Menschen gibt es keine Rechnung. Mein Vater war unersetzlich, wie jedes Individuum. Unbezahlbar! Man kann ihn nicht aufrechnen, weder addieren noch subtrahieren. Ich habe nicht nach dem Tode eines einzigen Deutschen gedürstet. Ich bin ein unbedingter Gegner der Todesstrafe. Die Verbrechen der Staaten löschen nicht die Verbrechen der einzelnen. Staatsverbrechen sind nur fürchterlicher. Obendrein bin ich ein Gegner des Todes. Der Tod ist die Infamie der Natur. Der Tod ist der schlüssige Beweis gegen die Existenz Gottes.«

»Fürchtest du dich vor dem Sterben, lieber Franz?« fragte Silvia. Sie hatte ihren Stuhl zum Sessel Pippos gerückt und saß wie ein Schild vor ihm.

»Ich fürchte das Sterben nicht mehr als andere physische Schmerzen«, antwortete Franz. »Aber ich möchte ewig leben, wenigstens tausend Jahre!«

6

Auf der Terrasse des Restaurant *Valadier* war Professor Franz Mark sitzen geblieben, an diesem heiteren Tag im Jahre 1961.

Die Middleways waren mit ihren Freunden ins Hotel gegangen.

Silvia hatte sich von Franz sein Hotel sagen lassen. »Ich rufe Sie an«, versprach Middleway. »Ich muß Sie sprechen, lieber Freund. Es ist notwendig.«

»Wirst du mich anrufen?« fragte Silvia, als sie ihm die Hand reichte. »Wir haben uns seit fünfzehn Jahren nicht mehr gesehn.«

Als Franz ins Hotel kam, saß Silvia in der Halle. Sie lächelte.

In seinem Zimmer umarmte sie ihn nicht, wie er gefürchtet oder gehofft hatte. Sie begann nicht einmal zu weinen. Sie saß auf einem Stuhl am Fenster und blickte zur Villa Borghese hinaus.

»Du bist unglücklich, Silvia?«

Er hatte einen Stuhl neben ihren Stuhl gezogen. Er nahm ihre Hand, sie ließ sie ihm.

»Du siehst hübscher aus als je, Silvia, und hast einen neuen Ausdruck.«

»Die Boten des Alters?«

Sie lächelte so lieb wie immer, mit den klaren, ruhigen Augen und den zärtlichen Lippen, die ein wenig zitterten, wie zwischen Lust und Schmerz.

»Du hast eine Seele bekommen, und du trägst sie im Gesicht. Du hast Geist bekommen und zeigst ihn.«

Sie lachte hell heraus, mit einer Munterkeit, an die er sich nicht mehr erinnert hatte.

»Du lachst mich aus?« Er drückte ihre Hand. Sie entzog sie ihm sacht.

»Deine Komplimente waren früher minder professoral. Auch du hast dich verändert, Franz.«

»Die Boten des Alters?«

»Im Gegenteil. Du wirkst so jung, so unverbraucht und überraschend, auf dem Sprung zu neuen Abenteuern, wie nie in deinen jungen Jahren. Damals sahst du wie ein Professor aus, heute wie ein Student. Damals warst du ein Moralist ...«

»Heute ein Wüstling?«

»Nein! Aber bist du noch ein Moralist?«

»Ich war es nie. Und wenn ich es mir je vorgenommen habe, da kamst du, und ich merkte, eine Leidenschaft könne mich so weit führen wie fast alle Menschen und ich sei zu verführen wie jedermann.«

»Ich war also dein Prüfstein, Franz?«

»Mein Schicksal.«

»Du bist mir keine großen Worte schuldig, Franz. Unser Schicksal gibt es gar nicht, wie es unsere Götter nicht gibt. Binnen kurzem werden unsere seelischen Leiden durch Pillen kuriert werden. Wenn wir auf die Welt kommen, ist fast alles vorbestimmt. Wenn wir sterben, ist fast alles nicht gewesen. Wie mühsam hält jeder von uns am überlieferten Aberglauben unserer Identität fest.

Seit ich dich zuerst in Berlin gesehen habe, Franz, seit ich dich geliebt habe, wie nie wieder einen Menschen auf der Welt, nicht mal mich selber, seitdem dachte ich oft, daß ich du wäre. Und daß ich dich so liebte, weil ich wie mit Zauberei, durch eines jener alten Märchenmittel, die Seele mit dir getauscht hätte, ich deine Person angenommen hätte und du meine, daß ich ein Stück Mann geworden bin, und du – ich weiß nicht, was du geworden bist. Darum bin ich zu dir gekommen, um herauszubringen, was aus dir geworden ist. Vielleicht ist auch das ein Aberglauben. Und aus Menschen wird nichts. Sie blühn und welken. Sie kommen zur Welt und verlassen sie. Manchmal denke ich aber, es gibt nichts so Wunderbares auf der Welt wie die Menschen. Dann möchte auch ich ewig leben, um ihnen ewig zuzusehn. Und wenn auch viele Millionen Menschen mißglücken, so bleiben genug, die schön und großartig, gut und vollkommen scheinen, für eine Weile; und auch an Millionen, die mißlungen scheinen, gewahrt man vollkommene Züge und findet Grund zum Entzücken. Ich habe fast nie ein Kind gesehn, in das ich mich nicht hätte verlieben können. Vielleicht könnte man sich auch in jeden Menschen verlieben? Vielleicht ist es wahr, was die Alten sagten, und der Odem Gottes wehte einmal durch jeden Menschen, und jeder Mensch ist nach Gottes Bild geformt. Vielleicht habe ich dich nur aus allgemeiner Menschenliebe so übermäßig geliebt, mein Franz. Vielleicht suchte ich nur das Ideal und glaubte es endlich in dir gefunden zu haben.

Vielleicht hast du mich enttäuscht, und ich liebe meine Enttäuschung statt meines Ideals. Denn ich liebe dich noch übermäßig. Und wenn ich mich nicht geschämt und Angst gehabt hätte, du sähest in mir eine alte Frau, so wäre ich in deine Arme gestürzt, so hätte ich dich ins Bett gezogen.

Fünfzehn Jahre habe ich davon geträumt. Fünfzehn Jahre habe ich auf dich gewartet. Fünfzehn Jahre lebten wir beide in New York und haben uns nie wieder getroffen. Es stimmt, wir hatten es abgemacht, damals in deiner Wohnung, als Pippo zu mir in Freeport geflüchtet kam und ich ihn dir aufgeladen habe, kurz vor dem zweiten Attentat auf den armen Pippo, aber er hat ja damals auch das zweite Attentat überlebt; er scheint ein zähes Leben zu haben, der arme Pippo. Wird er auch das dritte Attentat überleben, der arme Pippo? Er ist hier.«

»In Rom?« fragte Franz.

»Ja«, sagte sie und schwieg eine Minute. Das Laub der Bäume vor dem Fenster zitterte tausendfach, jedes Blatt in einem andern Rhythmus, jeder Zweig in seiner Richtung, und der ganze Baum, als wäre er sein eigener Dirigent im myriadenhaften Orchester, im zärtlich trunkenen, ewigen Selbstgespräch seiner zehntausend Blätter. Dazwischen tönte das Gespräch der Vögel in ihren Palästen, den Bäumen, und doch aus einer andern Welt, aus einem andern Orchester, eine andere Schöpfungsmusik. Und dazwischen tönte das Summen der Automotoren, der Flugzeugmotoren, das Lachen von Kindern, die Gespräche Erwachsener und der schmelzende Gesang eines Soprans aus einem der offenen Fenster des Hotels; sang ein Hotelgast, war es ein Grammophon oder der Rundfunk? Das war eine dritte Musik. Und die vierte Musik war ihr Dialog.

»Merkst du nicht«, fragte sie, »daß manches, was ich sage, von dir stammt? Vielleicht erkennst du deine alten Ideen nicht mehr, oder ich verstümpere sie zu sehr? Warum bist du in New York nie zu mir gekommen? Ist es nicht ein kleines Wunder, daß wir während fünfzehn Jahren in New York und bei soviel gemeinsamen Bekannten uns nie zufällig begegnet sind? Middleway sagte, er habe dich da und dort gesehn, ihr hättet euch begrüßt, nicht mehr. Auch ich habe dich einige Male von ferne gesehen, im Theater, im Restaurant, einmal bist du auf der Fifth Avenue an mir vorbeigegangen, einmal lagst du am Strand von Provincetown in der Badehose und sahst in meine Richtung, freilich trug ich nur einen Badeanzug, aber solltest du mich nicht auch ohne Kleider kennen? Du hast ein stupendes Talent, über Menschen wegzuschaun, zu übersehn, was dir gerade nicht paßt. Du lebst wie unter einer Glasglocke, die dich schützt, wie in einem Schneckenhaus, das du auf deinem Buckel trägst. Hast du mich wirklich nie gesehn in diesen fünfzehn Jahren? Und ohne mich gelebt? Ich habe diese ganzen fünfzehn Jahre mit dir gelebt, in Erwartung auf dich. Natürlich habe ich daneben ein normales Leben geführt, oder was man so heißt, ich habe einen Mann, der erfolgreich in seinem Beruf und in seinen Amouren ist, ich habe zwei Kinder, die mit Gottes Hilfe erwachsen sein und ein ähnlich normales Leben genießen werden wie ich. Wir führen ein geselliges und gesellschaftliches Leben. Ich reise, ich liebe Theater, Museen, Konzerte, Bücher und habe zwei Liebhaber, beide schon ein halbes Leben lang, Pippo und Franz, ich meine Schwarzbach. Du weißt, daß Schwarzbach der tschechische Botschafter in Rom ist?«

»Ich hörte es einmal in New York und hatte es vergessen. Ich bin Schwarzbach nie mehr begegnet.«

»Endlich«, sagte Silvia, »fange ich an, dich zu begreifen.«

Mit einem Mal faßte Franz sie schärfer ins Auge. Etwas hatte ihn plötzlich erschreckt oder gewarnt. Etwas machte ihm Angst. Etwas war ihm unheimlich.

»Ich bin von beiden nicht mehr losgekommen«, sagte Silvia, die ihm merkwürdig zulächelte, als hätte sie sein plötzliches Erschrecken bemerkt und billigte es, als wollte sie ihm zu verstehen geben, du hast ganz recht.

Plötzlich wußte es Franz, oder hätte jedenfalls darauf geschworen, daß er recht hatte.

Silvia trug einen Revolver bei sich, einen geladenen Revolver. Sie hatte ihn zu sich gesteckt, bevor sie zu ihm gekommen war. Wieso hatte er es nicht gleich gespürt, schon in der Hotelhalle?

Silvia sah ihn an, und sie hatte ihr altes Lächeln wieder, zwischen Liebe und Schmerz, die kalten, klaren Augen und den zärtlich zitternden Mund, und sie nickte und lächelte und schien in seinen Augen zu lesen, und er las in ihren Augen, er hatte recht.

»Ich bin von beiden nicht mehr losgekommen«, sagte Silvia. »Und beide waren ja schon immer der Ersatz für dich, Pippo und Schwarzbach. Pippo sah ich fast alle Tage, er braucht mich, er sagt, ich sei die klügste Frau der Welt. Das kommt ihm nur so vor, weil er mich liebt. Er sagt, ohne mich wäre er schon längst umgekommen. Er ist immer noch mit Laura verheiratet, sie ist immer noch hübsch, sie bekam ein drittes Kind inzwischen, einen Jungen. Das hat sie mir voraus.

Sie wurde nie die Geliebte von Middleway. Sie sagte ihm damals, sie liebe nur Pippo und eine Frau, die dem Pippo gehört habe, wolle nie mehr einen andern Mann. Mir scheint, sie übertreibt. Pippo hat natürlich Qualitäten. Middleway hat ihr damals wirklich die Kleider vom Leibe gerissen, in unserm Haus in Freeport. Es hat ihm nichts geholfen. Er wollte ihr neue Kleider kaufen. Sie hat ihn nur ausgelacht. Sie hat ihm erklärt, warum sie den Pippo liebe. Sie ist übrigens die Tochter eines Bischofs der Episkopalischen Kirche in Boston. Einer ihrer Brüder ist beim State Department, der andre ein Professor für Geschichte an der Universität Chicago. Sie selber hat inzwischen zwei Bände mit Gedichten veröffentlicht. Ich habe sie gelesen, sie gefallen mir.

Als Middleway viele Jahre später davon erfuhr, wollte er das erste Buch sogleich in seinen Verlag übernehmen und ihre weiteren Bücher drucken. Sie hat es abgelehnt, obgleich sie nur einen kleinen, wenig bekannten Verleger hat. Doch hat sie einen gewissen Ruf unter den jungen Herren, die Verse publizieren.

Sie erklärte also damals meinem teuren Mann, sie liebe Pippo nicht nur wegen seiner physischen Talente, sondern auch vor allem, weil er für Hunderttausende Menschen in Amerika wie ein Vater sorge und ihnen helfe, allen Kellnern und den Busboys und Liftjungen, den Dienern und Putzfrauen, den Portiers und den Hotelpagen und den Geschirrwäschern. ›Er kämpft um jeden Cent für sie, um jede Stunde Urlaub für sie, er sorgt für sie, wenn sie alt werden, wenn sie krank werden, wenn sie ihre Arbeit verlieren, er schützt sie vor Entlassung und vor Schmutzkonkurrenz und vor allem politischen Mißbrauch. Er ist der wahre Bruder für Schwarze und Weiße, für Juden und Christen. Er kennt keinen Unterschied zwischen Menschen. Er sieht in allen Menschen nur Freunde. Er hat Feinde, aber sie hassen ihn, und er haßt keinen. Ich kenne keinen bessern Menschen auf Erden als diesen Mann, den Ihre Frau Pippo nennt und der Giuseppe Turrisi heißt, mein Joseph, und einen schöneren Namen gibt es nicht auf Erden, einen schönern Mann gibt es für mich nicht auf der Welt, und er ist der beste Mensch in ganz Amerika.‹ Mir scheint, Laura übertreibt.

Middleway schlug ihr vor, sie solle für ihn ein Buch über ihren Mann schreiben, Titel: Der beste Mann auf Erden.

Beide lachten zuletzt, Middleway und Laura, und ich weiß nicht, wer wen ausgelacht hat. Laura blieb drei Tage bei uns. Erst als ich heimkam, ging sie wieder in ihr Haus in Freeport. In der Nacht darauf fand der neue Überfall auf Pippo statt. Sie drangen in sein Landhaus in Freeport ein, aber da saß schon die Schutzwache, und sie schossen drei der Eindringlinge zusammen, und einer drang zum ersten Stock vor, wo Pippo und die Familie samt dem Dienstmädchen und der Köchin schliefen, und diese oder die andre Bande schaffte die Verwundeten und Toten fort, und als die Polizei kam, war alles ruhig. Die Untersuchung förderte nichts zutage. Die Zeitungen brachten Schlagzeilen und verstummten. Bald einigte sich Pippo mit seinen Gegnern. Seitdem blieb er unangefochten. Er ist mächtig und dennoch gut. Laura ist in Rom.«

»Silvia, ich habe dich mein Leben lang geliebt. Wenn ich dich jetzt anschaue, weiß ich mit einem Mal, daß ich mich ein Leben lang auch vor dir gefürchtet habe. Jetzt fürchte ich mich nicht mehr vor dir.«

»Willst du sagen, daß du mich nicht mehr liebst?«

»Wie kommt es, daß du mit einem Male verzweifelt bist?«

»Mit einem Male? So weißt du nicht, was in einem langen Leben zusammenkommt? Schmerzen, die sich addieren, Enttäuschungen, die sich multiplizieren, Hoffnungen, die täglich neu wie ausgeblasene Eierschalen daliegen. Ein Leben lang die Falschen lieben, mit den falschen Menschen leben, Kinder von einem Mann haben, den man nicht achtet und die einem mißraten scheinen, weil es nur gewöhnliche Kinder sind, sich dem Ende eines Lebens nähern, das definitiv war, und so deutlich erkennen, daß einem alles mißlungen ist, so genau wissen, daß das ganze Unglück von einem Menschen herrührt, und von demselben, der einem ein unbeschreibliches Glück hätte schenken können, ist es da erstaunlich, wenn man die Versuchung fühlt abzurechnen? Einmal im Leben den Richter zu spielen? Einmal die Polizei zu sein? Einmal den großen Verbrecher zu fassen? Einmal den Irrtum eines ganzen Schicksals zu korrigieren? Einmal den Menschen leiden zu machen, der unser ganzes Leben vernichtet hat? Einmal Rache zu nehmen für ein halbes Jahrhundert entgangener Liebe? Die Kälte einer rechnenden Vernunft mit der Hitze der Leidenschaft zu beantworten? Einmal ein Ende zu machen, das keine Fortsetzung bietet, keinen Ersatz mehr möglich macht, keinen Ausweg zeigt und den Himmel und die Hölle mit einem Knall oder mit zwei Schüssen vereint? Denn das war nur ein Ammenmärchen der Religionen, daß es einen separaten Himmel und eine separate Hölle gibt. Ihr Himmel ist die Hölle. Ihre Hölle ist der Himmel. Das gilt für jedes Leben, vor und nach dem Tode.« »Du hast mich diesmal noch nicht gefragt, ob du mir gefällst, Silvia? Du gefällst mir, inmitten deiner Raserei. Als ich jünger war, dachte ich, das Bewußtsein des einzelnen Menschen müsse sich in unserer Epoche ändern. Das Individuum sollte nicht mehr sein spezielles Leben führen. Nun da die meisten Menschen teilhaben am Schicksal der Menschheit und die Menschheit aufhört, zersplittert zu sein, und zusammenwächst in einem einzigen ungeheuern Organismus, mit dem Doppelherzen in Washington und Moskau, mit den Lungen in Peking und Buenos Aires, mit dem Hirn in London und Paris und den Schlagadern in Berlin und Rom und Johannesburg oder Sidney und Benares, nun da die Menschheit Bauchgrimmen in Laos oder am Kongo hat und darüber drei Milliarden Menschen ins Zittern geraten, nun sollten diese Kurzschlußpaniken des Individuums aufhören. Die Liebe? sagst du. Was ist das für eine Liebe, die weh tun, die töten will? Hast du keinen Sinn für jene großartige Liebe, die du eben an unserem alten Freund Pippo gepriesen hast, für Menschenliebe? Fürchtest du, die Menschenliebe wird morgen in Menschenhaß umschlagen, und nach zehntausend Jahren der Zivilisation bleibt die giftige Öde nach dem Atomkrieg?«

»Machst du mir eine Offerte?« fragte Silvia. »Weil eben jetzt Millionen Chinesen in Gefahr sind zu verhungern, soll ich keinen Reis essen; denn diese Handvoll Reis schaudert mich, sie bedeutet den genauen Unterschied zwischen Tod und Leben eines Chinesen und für mich höchstens eine Blähung. Wenn morgen der Arzt sagt, daß du Krebs und noch drei Wochen hast, wirst du dich darüber freuen, daß der Krieg um Kuba vermieden wurde und statt zehntausend Kubanern auf Schlachtfeldern nur dreitausend in Gefängnissen umkommen? Du hast so lange gelebt, in wenigen Jahren wirst du schon fünfzig sein. Was versprichst du dir vom armen Rest deines Lebens? Als ich dich heute mittag sah, habe ich mich an deine Berliner Freundin Ruth Rabe erinnert. Was hat sie in der Tat durch ihren frühen Tod verloren? Hättest du sie geheiratet? Hätte sie Kinder bekommen? Wäre sie von Hitler bekehrt worden? Später in Berlin von Russen vergewaltigt oder von einer Brandbombe veräschert worden, eine Fackel der Menschheit, oder hätte sie das Glück genossen, als Touristin in Rom zufällig dich wiederzusehen, in der *Casa Valadier*, angesichts der Peterskuppel? Wenn du in dieser Stunde sterben müßtest, was hättest du zu verlieren, mein lieber Franz?«

»Nichts!« sagte er und brachte es sogar zuwege zu lächeln. Er dachte, sie klagt mich an, weil sie mich betrügt.

»Also«, rief sie und machte eine Bewegung, wie um aufzustehen und zurückzutreten.

»Ja«, rief er, »aber wieviel habe ich noch zu gewinnen, wenn ich weiterlebe, zehn, zwanzig oder dreißig Jahre!«

»Daß du altersschwach wirst, gaga? Oder weinst du um tausend Sonnenuntergänge und um die Viehherden oder Fischschwärme, die von dir ungespeist bleiben? Um die Blumen, die du nicht mehr pflückst? Hast du nicht ein neues Buch angefangen? Das mußt du noch vorher beenden? Hast du nicht auch dein Ferienjahr begonnen, nach sechs Jahren Arbeit? Und wolltest dein Leben genießen, Ideen fassen, neue Weisheit sammeln und das Leben dieser Europäer dir anschauen, die mit den Sitten und Hoffnungen des neunzehnten Jahrhunderts die Furcht des zwanzigsten Jahrhunderts verbinden? Willst du ein Dutzend Länder Europas Revue passieren lassen, ihre Art zu leben, ihre Regierungssysteme, ihre Sitten und Unsitten, wie sie essen und lieben, arbeiten und genießen, wie sie sich auf die nächste Katastrophe vorbereiten, auf den atomaren Selbstmordversuch der Menschheit, oder ist es ein gemeiner Mord, den die Menschheit unternimmt? Sag mir, Franz, ich bitte dich! Hältst du es für einen gemeinen Mord?«

Franz ging die zwei Schritte zum Fenster und blickte auf die Straße, auf die Gärten der Villa Borghese, auf den blauen strahlenden Himmel und die Äste einer Kastanie. Er konnte die Blätter greifen, er faßte ein Blatt, riß es ab, führte es an die Nase und wußte in jedem Augenblick, daß ihn jetzt ein Schuß niederstrecken könnte; er stand schutzlos, eine prachtvolle Schießscheibe für Verrückte.

Langsam wandte er sich um. Silvia lächelte ihm zu. Sie hielt die Hände im Schoß.

»Ich bin nicht verrückt, Franz. Ich liebe dich.

In einer halben Stunde kommt Middleway. Ich weiß nicht warum. Und Schwarzbach kommt, ich meine Franz. Ich sagte ihm: Mark wartet auf dich. Natürlich kommt auch Pippo, mit seiner Laura. Sie kommen alle erst in einer Stunde, damit Middleway Zeit hat, mit dir zu sprechen.«

»Du hast eine Aktionärsversammlung einberufen, Silvia?«

»Du machst Witze, lieber Franz, weil du mich verrätst!«

»Vielleicht sind es nur Tatzeugen? Oder eine Trauergemeinde?«

»Sprichst du im Ernst, Franz?«

»Es war mir nie im Leben so ernst. Ein Witz ist nur ein Hüpfen der Seele, ein Tanzschritt des Geistes, ein Kurzschluß der Melancholie, nur die Kehrseite der Verzweiflung. Wer dem Tod ins Auge blickt oder der Liebe ...«

»Was manchmal dasselbe ist?« fragte Silvia.

»Der greift zum Witz.«

»Zur Waffe?«

»Zum Schild«, erläuterte er.

»Brauchst du einen Schild gegen die Liebe?«

Er kam einen Schritt näher.

»Aufrichtig, Silvia! Du hast mir noch nie so gut gefallen.«

»Dank deinen Einbildungen!«

Er faßte ihre Hand und küßte sie.

»Dieselbe Hand?« fragte sie; schon rannen ihr die Tränen die Wangen hinunter, »dieselbe Hand hast du geküßt, meine rechte Hand ...? Willst du mich bestechen?«

Er wurde rot und bleich. Er hatte ihre Hand losgelassen. Sie weinte stärker, schüttelte sich vor Schluchzen, faßte sich mit einem Mal und rief mit erstickter Stimme: »Das glaubst du wirklich? Du hast mich nie geliebt! Nie! Du hast mich nie gekannt. Nie! Paß nur auf.«

Sie leerte ihre Handtasche vor ihm auf den Stuhl aus, auf dem er vorhin gesessen hatte. Sie schüttelte die Tasche und gab sie ihm.

»Bitte«, sagte sie. »Schau nach! Wo ist die Waffe? Der Revolver? Der Dolch? Oder trage ich die Waffe am Körper, unter meinen Kleidern? Bitte! Greife mich ab. Geniere dich nicht. Es macht mir Vergnügen. Oder magst du mich nicht anfassen? So ziehe ich mich aus. Nein, ich schäme mich nicht vor dir. Meine Figur hat nicht gelitten. Meine Haut ist glatt. Meine Brüste und Beine halten noch. Du sollst es sehen. Vielleicht denkst du, mir ist jeder Grund recht, um mich vor dir auszuziehn? Du hast recht. Aber warum hast du mir einen so guten Grund gegeben?«

»Silvia«, rief er und wollte sie umarmen.

Sie weinte wieder. »Du rühr mich nicht an!« rief sie.

Sie hatte ihr Kleid abgestreift, die Wäsche, die Schuhe,

die Strümpfe, sie stand nackt vor ihm und schüttelte das Kleid, den Busenhalter, die Schuhe, die Strümpfe, das schwarze Höschen.

»Keine Waffen«, sagte sie und lächelte ihm zu. »Nicht einmal die alte, bewährte Waffe. Kein Dolch, kein Messer, kein Revolver. Ich bin die Freundin von Messerstechern und Revolverhelden gewesen, aber ihr habt mich nicht angesteckt. Ach, wäre ich ein Mann! Warum bin ich nicht als Mann zur Welt gekommen!«

So schnell wie sie sich ausgezogen hatte, war sie wieder angezogen. Sie kämmte sich vor dem Spiegel, sie puderte sich und zog die Lippen nach. Sie saß still da, wie ein streng erzogenes junges Mädchen, das frisch aus dem Kloster kam; sie hielt die Augen gesenkt und ein Bein neben dem andern, mit hochgezogenen Knien und den Rock über die Knie, soweit die Mode zuließ, und die Hände im Schoß gefaltet.

Sie weinte nicht mehr. Sie lächelte nicht. Sie wartete.

Worauf wartet sie? fragte sich Franz, der mit dem Rükken zum Fenster stand und nicht den Blick von ihr wenden konnte. Will sie meine Komplimente hören? Daß sie schöner ist als je? Daß ich sie mehr liebe? Sie haben will? Wartet sie auf meine Entschuldigung? Aber hat sie mich nicht um mein Leben gebracht und mich wieder und wieder verraten, ums Glück betrogen? Aber vielleicht schämt sie sich? Vielleicht hat sie gedacht, daß ich sie überfallen werde. Und warum nicht? Ich bin erst achtundvierzig Jahre alt. Und sie ist jünger, viel jünger, sie ist ein kleines Mädchen geblieben.

Aber vielleicht wartet sie nur auf ihren Mann? Er hat notwendige oder ganz überflüssige Probleme mit mir zu besprechen. Will er ein Buch von mir? Oder will er Frau Stone zu seiner Geliebten machen und mir vorher seine Frau anbieten, meine Silvia?

Warum haben sie sich nicht getrennt? Was taten sie in diesen fünfzehn Jahren zusammen? Was sagten sie einander? Was teilten sie? Die Kinder? Die Wohnung? Die Enttäuschung über ihr Leben? Was haben Ehepaare gemein? Und Menschen? Gott oder Bauchweh? Ihre Triebe, ihre Untaten, ihre Weltanschauungen?

Warum hat sie ihre beiden Liebhaber herbestellt, Pippo und Schwarzbach? Samt Laura vielleicht? Was soll die makabre Gespensterschau?

Ich habe ihr eben Unrecht getan? Bin ich im Begriff, ihr das nächste Unrecht zuzufügen? Ich habe sie immer geliebt, jetzt weiß ich es, und habe mich immer durch Mißtrauen gegen sie gewehrt, aber war es ein falsches Mißtrauen? Mißtraue ich ihr oder mir? Ihrer Liebe oder meiner Liebe?

»Silvia«, sagte er ein wenig zu laut, wie ihm vorkam. »Wir waren Kinder, viel länger als andere Leute es bleiben. Endlich sind wir erwachsen, endlich zur Vernunft gekommen.«

»Sprich nicht«, bat sie. »Du tust mir mit jedem Wort weh. Du hast mich um das Glück meines Lebens betrogen. Du hast keinen Respekt vor mir, kein Vertrauen zu mir.«

»Das hast du schon vor fünfzehn Jahren gesagt, Silvia. Ich hätte schon damals nicht auf dich hören sollen. Und was hat sich geändert? Nur die Zeit, nur die Wegweiser der Zeitgeschichte, die man alle paar Jahre umsteckt. Die Menschen bleiben stehn, wie Bäume mitten in einer Hauptstadt. Die Regierungen wechseln, die Stadt wird ausgebombt, verbrannt, neu aufgebaut, eine Generation stirbt, die nächste wiederholt dieselben Absurditäten, ein Königreich ward zur Republik oder Diktatur, auf Erdbeben folgen Feuersbrünste, auf Überschwemmungen neue Revolutionen und Religionen, und wenn die Bäume Glück haben, bleiben sie stehn, von Jahr zu Jahr. So bleiben Menschen stehn, zuweilen fünfzehn Jahre lang. Ich bin stehngeblieben, wie ein Baum, Silvia. Ich bin derselbe wie vor fünfzehn Jahren. Ich liebe dich.«

»Ich bin nicht verrückt«, sagte Silvia. »Und ich habe mich fünfzehn Jahre lang beherrscht. Ich wollte die ganzen Jahre zu dir gehn und biß die Zähne zusammen. Natürlich sagte ich mir tausendmal: Silvia, du bist verrückt, daß du mit einem Menschen lebst, in Gedanken nur, in Träumen nur, in Wahrheit nur, denn so intensive Tagträume, das ist die Wirklichkeit eines Lebens, nicht der graue Stumpfsinn der sogenannten realen Welt.

Ich sagte mir: Silvia, du bist verrückt, daß du nicht zu Franz gehst, aber du bist auch verrückt, daß du mit diesem Franz rechnest. Er steht nicht da, unbenutzt und unbewegt, all die Jahre hindurch. Mit jedem Tag lebt er weg von dir. Ihr beide rennt in verschiedene Richtungen, wie zwei Sterne, die auseinanderstreben, in dreitausend Jahren nähern sie sich vielleicht wieder. Jeden Tag, den du wartest, verlierst du ihn mehr und bald unwiederbringlich. Hat er nicht längst eine Freundin, mit der er lebt, eine Frau, die er liebt, oder die dritte Frau, die siebte Freundin, mehrere Freundinnen zugleich oder abwechselnd? Vielleicht vergißt er, wie viele Männer in mittleren Jahren, über seinem Beruf die Frauen, über seinem Ehrgeiz die Liebe? Was weiß ich von ihm? Nach zwei Jahren der Trennung sind Menschen einander fremd, und erst nach fünf, nach zehn, nach fünfzehn Jahren? Natürlich habe ich dich in diesen vielen Jahren hundertmal aufgegeben und hundertmal vergessen. Auch eine Leidenschaft kann man auf Eis legen, auch eine Obsession, auch eine Schwärmerei, eine große Liebe, einen Abgott, auch Gott.

Ich bin zu dir gekommen, Franz, um einen guten Eindruck auf dich zu machen. Ich will dir gefallen, dich verführen, dich gewinnen, dich haben und behalten. Er hat den größten Teil seines Lebens ohne dich gelebt, sagte ich mir vor. Vielleicht schenkt er dir den Rest. Den Rest? Jeder Tag mit dir ist ein ganzes Leben. Jeder Tag mit dir wiegt ein Jahrzehnt auf. Was muß ich tun? fragte ich mich, um ihm zu beweisen, daß es ein Glück sein könne, mit mir zu leben, wenn auch nur ein Tausendteil meines Glücks, mit ihm zu leben. Könnte ich dein Schuh sein, den du trittst, der Handschuh, der dich schützt, deine Sekretärin, die mit dir reist, dein Diener, der dich begleitet, dein Finanzier, der dich finanziert (denn ich habe Geld, Middleway überschrieb mir sein halbes Vermögen, Pippo legte es für mich an, Schwarzbach gab mir Tips). Aber lieber wäre ich dein Reisebegleiter, ach am liebsten deine Geliebte – für vier Wochen, für sechs Monate, für dein Ferienjahr. Sag nichts, Franz. Laß mich sprechen! Einmal im Leben laß mich von dir träumen, dir sagen, was ich dir in all den Jahren tausendmal gesagt habe.

Ich wollte immer ein neues Leben führen. Alles wegwerfen. Alles neu beginnen. Ich wollte mit dir in ein anderes Land fahren, ein Haus bauen, ein Dutzend Kinder haben, Bilder sammeln, mit dir ein Buch schreiben, reisen und sitzen und schlafen und nützlich sein, anderen Menschen, meine ich, bei Tag dich lieben und bei Nacht.

Der Zufall führte mich in Rom in deine Arme. Wo immer du aufgetreten bist, häuften sich die Zufälle. Gehört das zu deinem Wesen? Oder ist dieser gehäufte Zufall das Geheimnis unserer Beziehung? Aber war es nicht nur der blinde Zufall, und wieder der leere Zufall, und ein irrer Zufall? Was für einen Sinn hat diese groteske Häufung von Zufällen in unserem Leben, wenn alles zufällig bleibt? Lauter Blitze ohne Donner. Lauter Possen und kein Gelächter. Tragische Auftritte, keiner stirbt. Vielleicht dachtest du zuweilen, ich hätte die Hand im Spiel bei all den Zufällen? Meinst du, ich wollte immer Schicksale machen, mein und dein Schicksal? Hätte ich es nur zuwege gebracht! Ich säße jetzt nicht da, eine Bettlerin um Liebe, und du stündest nicht vor mir da, unschlüssig seit bald dreißig Jahren.

Ich sehe dich noch. Was für ein strahlender Junge warst du in Berlin! Wie hast du mich geliebt! Wie habe ich um dich gelitten!«

Silvia war aufgestanden. Sie machte einen halben Schritt auf ihn zu. Er umarmte sie. Sie machte sich freundlich frei, setzte sich, und da sie seine Hand faßte, setzte er sich neben sie.

»Nimm mich mit! Das kann dich nicht erschrecken. Du hast dein Ferienjahr, dein freies wildes Jahr. Schenk mir vier Wochen davon, vier Monate, wieviel du willst. Einmal möchte ich mit dir leben! Einmal soll der Zufall König sein. Einmal möchte ich gewinnen, das große Los, für vierzehn Tage. Sag ein Wort! Liebster! Sag ja ... Sag nein, wenn es sein soll. Sag nicht nein!«

Er küßte ihre Finger. Er küßte ihre Augen, ihren Mund.

»Wohin wollen wir fahren?« fragte er und mußte lachen wie ein kleiner Junge, über sich oder sie oder beide.

»Nach Lappland? Nach Indien?« fragte sie. »Nach Rhodos? Nach Paris? Also willst du mich? Nimmst mich zur Probe?«

»Ohne Termin«, sagte er, »ohne Bedingungen.« Er hielt ihre Hände und sah sie entzückt an, und ihr gefiel es, daß er so still und selbstverständlich sie empfangen hatte, sie war entzückt von ihm, auch wenn sie vielleicht sich gewünscht hätte, daß er sie ins Bett genommen und geliebt hätte.

»Liebst du mich?« fragte sie.

»Ich liebe dich.«

»Gefalle ich dir?«

»Willst du mit mir ins Bett gehen?«

»Geschwind! Aber kommt nicht Middleway? Und Pippo? Und unser Freund Franz, ich meine Schwarzbach? Und die hübsche Laura? Vielleicht mit ihren Töchtern? Meine Töchter sind in Hyannis bei ihrer Tante.«

»Ich hätte sie gern gekannt!«

»Du wirst sie kennenlernen«, versprach sie lachend. Sie schien mit einem Male ausgewechselt und übermütig, als hätte die ganze Welt sich verwandelt, als sei sie wieder ein junges Mädchen, das zum ersten Male sich verliebt und das nicht mehr gehn kann, sondern nur noch tanzen, das nicht mehr lächeln kann, sondern nur noch lachen, das nicht mehr ruhig sprechen und antworten kann, sondern nur noch äugeln und küssen. Sie brachte die Blicke nicht mehr weg von Franz, sie konnte die Hände nicht von ihm wegnehmen, sie schien wie ein Ballon in den blauen Himmel aufzufliegen, sie trug ihn in ihrem Arm wie in einer Gondel.

Er sah ihr gerührt zu, amüsiert und verliebt, und nur ein wenig beunruhigt von der Volksversammlung, die sie für ihn vorbereitet hatte, Gott weiß zu welchem Zweck. Nichts tat sie ohne Absicht.

Schon meldete das Telefon Herrn Middleway. Franz sagte, er komme gleich in die Halle, aber Silvia bat, Middleway möchte heraufkommen. Es sei besser, und wenn es scharf zuginge, wäre eine Hotelhalle nicht der geeignete Platz.

»Also rechnest du mit Revolverschüssen?« fragte er lachend und errötete.

»Es steht dir gut, wenn du errötest«, versicherte sie ihm, drückte ihm geschwind die Hand, küßte ihm die Wange und setzte sich auf ihren Stuhl am Fenster.

Wieder saß sie mit gefalteten Händen und ordentlich Bein neben Bein gestellt, aber mit lachenden Augen und ihrem hübschesten Lächeln.

Middleway kam eilig, wie zu einer Geschäftssitzung, und ging sogleich zu Silvia, da stand sie auf, und Franz fragte sich wieder, wie schon vor fünfzehn Jahren in Freeport und heute in der *Casa Valadier*, warum hat Silvia einen kleinen Mann genommen?

Silvia hatte sich dicht vor Middleway aufgestellt, wie ein Fechter in Positur: Sieh mich erst an, bevor du den Kampf beginnst. Nach dem ersten Schlag gibt es keine Gnade.

»Was willst du von Professor Mark, mein Lieber?« fragte sie und war sanft und eine reizende Frau und lächelte ihrem neuen Freund Franz zu.

Kannte sie nicht die Absichten ihres Mannes, oder fürchtete sie seine Pläne?

»Ein Verleger«, erklärte Middleway, der sich neben seine Frau gesetzt hatte, und nickte ermunternd dem Professor Mark zu, der dem Ehepaar gegenübersaß, »ein Verleger kann wie ein Autor kaum jemals müßig gehn. Immer sehe ich Buchpläne. Ich gehe durch Rom und sehe in meiner Phantasie ganze Buchreihen. Mein lieber Professor Mark, ich bin mit der Welt unzufrieden. Manchmal denke ich, am besten gäbe ich meinen Beruf auf, mein Auto, meine Kinder, meine Frau, meine Bücher und die Sorgen um meine Verdauung und mein Bankkonto, und brächte mich um. Keine Angst, ich tue es nicht. Ich habe nicht das Zeug zum Selbstmörder. Es steht kaum dafür. Ehe man sich schlüssig wird, weshalb man sich umbringen soll und wie, trifft einen der Schlag, kriegt man Gicht oder Zucker, kommt eine Wirtschaftskrise, und man geht pleite, oder man gerät in die Maschinerie einer totalitären Diktatur.

Immerhin glaube ich, etwas ist mit den Menschen nicht in Ordnung. Meine Frau erzählte mir, Ihr Vater sei dreimal verheiratet gewesen, mit drei New Yorkerinnen, lauter Nachbarinnen aus Brooklyn, wenn ich recht verstanden habe. Und doch lebten sie in drei grundverschiedenen sozialen Welten, kleinbürgerliche Lutheraner, reiche Juden und besitzlose Neger. Ihr Vater wußte zu leben. Er liebte die verschiedenen Klassen und Rassen Amerikas, er heiratete nach drei Riten, er ging durch ein Dutzend Berufe, er reiste durch alle Staaten und starb am Überfluß von Guttaten. Das hat mir alles großartig gefallen. So hätte ich leben wollen, freilich nicht so sterben. Seit ich im Krieg war, bin ich nie mehr in Ordnung gekommen. Ich habe das Gefühl der Sicherheit verloren. Vor dem Krieg hatte ich eine so stabile Auffassung der Welt und meines eigenen Lebens.

Ich dachte, meine Produktionskosten kenne ich, meine Auflage ist beschränkt, ich bin eine Luxusedition, in einem Exemplar. Diesen Irrtum habe ich im Krieg korrigiert. Ich sah, wie überflüssig ich war. Kein Mensch brauchte mich. Nicht einmal die Armee wußte, was sie mit mir anfangen sollte. Sie schob mich hin und her. Mein lieber Professor, damals neigte ich sogar zu Übertreibungen. Ich erklärte meinen Kameraden: Die Menschheit stinkt wie ihr. Niemand nimmt irgend etwas ernst, außer Narren und Propheten. Ich sah mich vor dem Spiegel an und erkannte sogleich: Du bist kein Prophet, Middleway. Mich ärgerte damals sogar mein Name. Das gibt es gar nicht: Weder den Mittelweg noch das Mittelmaß oder den Durchschnitt noch den gemeinen Mann. Es gibt auch nicht den antiken Kreuzweg zwischen Tugend und Laster. Das ist alles *ein* Weg, vielmehr kein Weg.

Als ich daran war, in Stücke zu gehn, mitten in meinem honetten Beruf eines modernen Verlegers, traf ich Silvia. Sogleich sah ich zu ihr empor, nicht nur weil sie einen Kopf größer ist als ich und eine schöne Frau, mit einem Körper – aber wem sage ich das? Sie ist auch ein Mensch, der nachgedacht hat. Sie sieht Leute an und begreift sie. Silvia hätte ein Autor werden sollen, ich sage es ihr oft, oder ein Psychologe. Theoretisch ist sie nicht zu schlagen. Praktisch handelt sie natürlich wie ein Kind, ja ganz unglaublich dumm. Erst heute wieder.

Natürlich brauchte sie nur in Rom ihren Professor wiederzusehn, so war sie weg. ›Ich liebe nur ihn‹, sagt sie, kaum hatten wir die Tür unseres Hotelzimmers geschlossen. ›Mein Leben lang habe ich nur ihn geliebt. Wenn er mich nimmt, verlasse ich dich, stehenden Fußes.‹

›Gut‹, sage ich, ›und setz dich mal.‹ Und sie tut es. ›Gut‹, sage ich, ›und die Kinder?‹ Denn ich liebe meine Kinder, auch wenn es gewöhnliche Kinder sind. Hast du deine Kinder vergessen? Es sind freundliche Kinder, kein Arg ist an ihnen, soviel ein Vater davon sehn kann. Ruth und Imogen. Wie alt sind jetzt die Kinder, Silvia? Ich kalkuliere, Ruth ist schon neunzehn, sie ist bereits am Barnard College; und Imogen ist achtzehn und studiert in Swarthmore, zwei begabte Kinder, beide haben schon feste Verehrer, ich sage ihnen immer: ›Eine von euch muß mal in den Verlag oder wenigstens eure Männer. Ist ja alles Unsinn, aber Autoren solltet ihr lieber nicht heiraten, Autoren nicht.‹

Wissen Sie, Mark, ich habe ein professionelles Vorurteil gegen Autoren. Sind ja auch Menschen, sage ich immer, aber so überecht sind sie. Das kommt vom Umgang mit dem Wort. Je besser ein Autor ist, um so mehr nimmt er alles wörtlich, die Ideale und den Vorschuß. Die größten Idealisten unter den Autoren machen die schärfsten Verträge. Bei uns Verlegern ist ja alles nur Schein. Wir lieben die Literatur, aber mit Maß. Wir berauschen uns an den großen Worten, aber nur zwischen fünf und sieben nachmittags, Teezeit-Ideale, Cocktail-Tugenden, vorher und nachher nehmen wir das Leben ernst, das heißt, wir nehmen es gar nicht ernst, denn sind es die Läppereien des privaten Lebens wert, daß man mehr als eine Stunde am Tag ihnen opfert, ich meine Geld und Beruf und Politik und Gesellschaft, und was weiß ich? Kurz und gut, Silvia war meine größte Enttäuschung. Ich weiß noch, weshalb ich sie zur Frau genommen habe. Sie weiß aber nicht mehr, was sie an mir gefunden hat. Sie schaut mich bloß an und denkt, sie sei zu kurz gekommen, nun ja, ich bin kleiner als sie.

›Du mußt dich entscheiden‹, sagte ich also. ›Die Kinder behalte ich. Außerdem heiraten sie ja, im nächsten Semester, schätze ich, oder im übernächsten. Mich gibst du auf, das täte ich selbst, wenn ich die Wähl hätte. Ich tauschte sofort mit einer Million Menschen das Leben.‹ Glauben Sie, Professor, es gäbe viele Menschen, die nicht gerne sogleich ihre Identität mit dem oder jenem tauschen würden, wenn es nur möglich wäre? ›Silvia‹, sage ich, ›du mußt dich wenigstens zwischen Franz Schwarzbach und Franz Mark entscheiden.‹ Da steht sie nämlich schon wieder vor dem Kreuzweg.

Was schaust du mich so entsetzt an? Warum trittst du mich auf den Fuß? Willst du mit einer Lüge ein neues Leben beginnen?

Hat Ihnen Silvia erzählt, daß Schwarzbach kommt? Er ist der tschechische Botschafter in Rom. Er hat eine gewisse trockene Liebenswürdigkeit, viel Witz, viel jesuitische Glätte, solch eine schlaue Menschlichkeit. Und warum kommt er? Ich hörte zufällig, wie Silvia mit ihm telefonierte. Ich war im Badezimmer, Silvia glaubte, ich sei schon in der Halle. Er ist Silvias Liebhaber. Wußten Sie das, Professor Mark? Aber vielleicht sind Sie allwissend? Wenigstens was Silvia betrifft, und die deutsche Literatur natürlich.

Sie wissen, daß Schwarzbach vor zwei Jahren sich scheiden ließ? Seine Frau ist ihm durchgebrannt, mit dem zweiten Botschaftsrat der tschechoslowakischen Botschaft in Washington, einem Mister Frantisek Svatopluk, es ist bequem, wenn der neue Mann wie der alte heißt. Man verwechselt die Vornamen nicht, im Bett oder am Telefon. Svatopluk machte mit Schwarzbachs Frau den doppelten Absprung. Er trat von seinem diplomatischen Posten zurück und bat die Vereinigten Staaten um Asylrecht. Man gab es ihm. Nun ist er Brauereidirektor in New Jersey und schwärmt für die Republikaner. Kennedy ist ihm zu radikal. Svatopluk hat schon die ersten Papiere genommen und will Bürger werden. Seine Frau betrügt ihn gelegentlich mit Schwarzbach.

Das Oberste Gericht entschied, daß es ein Verbrechen sei in den Staaten, ein Mitglied der kommunistischen Partei zu sein. Ich bin gegen solch eine totalitäre Entscheidung. Die Sieger sind anfällig gegen die Dummheiten und Verbrechen der Geschlagenen. Ich bewundere alle Freunde meiner Frau, insbesondere den Doktor Schwarzbach. Er wird seine Ideale nie aufgeben. Er macht es einem so deutlich, daß ein wahrhaft guter Mensch viel gerissener sein muß als fühllose Leute oder gar Bösewichte. Auch Advokaten der nobelsten Ideale benötigen die zweideutigen Tricks. Man fühlt sich in der Gesellschaft von Doktor Schwarzbach darum immer so sicher, weil er einem so klarmacht, daß nichts sicher ist. In einer schwankenden Welt erscheint einem der ewig Schwankende zuverlässig wie eine Boje im Sturm, auch sie schwebt auf und ab, aber stets am selben Fleck.«

Mark lachte. »Sie kamen doch nicht, um mit mir eine Biographie von Doktor Schwarzbach abzuschließen?«

»Ich kam, um mit Ihnen über Silvia zu sprechen. Unser Freund Pippo ist in Rom und hat Schwierigkeiten.«

Mark setzte sich auf den Stuhl neben Silvia, von dem Middleway im Gespräch aufgesprungen war. Silvia lächelte ihrem Freund Franz schüchtern zu. Setzte sich Mark neben sie, um sie zu beschützen oder sie seiner zärtlichen Neigung zu versichern?

»Hat Pippo nicht die Gewohnheit, immer gerade Schwierigkeiten zu haben, wenn ich auftauche?« fragte mit zärtlichem Spott Mark seine Freundin Silvia.

Middleway, der wie ein gefangener Löwe durchs Zimmer schritt, hin und her, hob beide Arme zum Protest.

»Sie irren! Ein Mann wie Pippo hat zeitlebens Schwierigkeiten. Ja, er lebt nur durch Schwierigkeiten. Er wird nie aus ihnen herauskommen, weil er selber sein ganzes Leben auf Schwierigkeiten aufbaut. Es gibt Menschen, die fliehn in Konflikte, oder sie legen sie ein wie Konserven, oder sie lösen sie, sie entscheiden sich. Andere lieben Konflikte, es stählt sie, erst im Widerstreit merken sie, daß sie leben. Sie wachsen im Konflikt, auch ihre Konflikte wachsen, mal ist der Mensch, mal der Konflikt größer. Aber ein Pippo und seinesgleichen, das sind die Außenseiter der Gesellschaft. Er kann nichts einfach sehn, nichts einfach genießen, nichts Einfaches anerkennen. Er ist nichts, wenn er nicht erst Schwierigkeiten schafft, wo es gar keine gibt. Er erfindet Konflikte bei jedem Schritt. An Lösungen glaubt er nicht. ›Es gibt keine Lösungen‹, sagt er. Jeder gewöhnliche Schritt führt zum Abgrund. Sie wissen vielleicht, daß Pippo illegal in die Vereinigten Staaten gekommen ist. Er hätte längst seinen Aufenthalt legalisieren können, aber er will es nicht. ›Ich bin in Ordnung‹, sagt er. ›Sie sollen es nur wagen, gegen mich vorzugehn.‹

Nun, ohne besondern Grund wird ihn kein Amt angreifen. Er ist ein mächtiger Mann. Wird er ihnen aber zu unbequem, so werden sie in seiner Vergangenheit wühlen und ihn bei der Einwanderungsprozedur fassen, wie tausend andere oder wie sie politische Gegner durch Steuerunregelmäßigkeiten schlagen, wenn sie können.

Der gute Pippo hat in Palermo eine Frau und zwei Kinder, die er fürstlich aushält. Er hat vor einem Gericht in Mexiko sich scheiden lassen und in New York seine Laura geheiratet, mit der er schon drei Kinder hat. In Amerika ist er in Ordnung, in Italien gilt er als Bigamist.

Ich warnte Silvia. Sie warnte ihn. Pippo kam doch nach Rom mit seinem italienischen Paß, er ist durch all die Jahre in USA Italiener geblieben, und nun will er mit Laura und seinen zwei Töchtern nach Palermo fahren, um ein Wiedersehen mit seiner ersten Frau und ihren Kindern zu feiern und mit seiner Mutter, die noch lebt, oder ist es sein Vater? Ich verstehe jede sentimentale Regung eines Menschen, wenn ich auch aus ästhetischen Gründen dagegen bin. Warum will er aber Laura und ihre Töchter nach Palermo nehmen? In einem so bigotten Land wie Sizilien muß diese Schaustellung der Bigamie zur Katastrophe führen. Aber Pippo liebt Katastrophen. Er wird sie haben. Silvia dachte, vielleicht haben Sie einen Einfluß auf ihn. Sie waren ja zweimal sein Retter. Das gibt einem eine gewisse peinliche Autorität. Sie sollten ihm den Rat geben, diese ganze Familienzusammenkunft, falls sie notwendig sein sollte, in Paris oder Zürich stattfinden zu lassen. Er will natürlich Palermo wiedersehen und das Haus seiner Familie, und vielleicht alte Freunde. Er will sich zeigen. Die Eitelkeit führt viele Menschen in den Abgrund.«

»Und Silvia?« fragte Franz. »Sie kamen wegen Silvia?«

»Ich?«

»Sagten Sie es nicht?«

»So sprich nur!« rief Silvia. Sie waren beide aufgesprungen, Silvia und Mark, unwillkürlich faßten sie ihre Hände und sahen gleichzeitig zur Tür und zum Fenster, als wollten sie entfliehen oder entfliegen, Flüchtlinge oder Vögel, zum Abflug in ein neues Leben bereit.

Aber Middleway stand wie ein feindlicher Zeuge im Gerichtssaal vor ihnen da. Dabei sah er mit einem Male so klein aus, ein dickes ältliches Kind, das gleich in Tränen ausbrechen würde.

»Ich kann nicht mehr«, erklärte Middleway. »Es ist alles zuviel.«

Er machte Miene, sich zu setzen, und blickte sich nach einem Stuhl um. Da war kein Stuhl. Es sah aus, als wollte er sich auf den Fußboden setzen.

Gleichzeitig griffen Mark und Silvia jeder nach einem Stuhl und stellten ihn vor Middleway. Er versuchte zu lachen. Nun sahen sie Tränen in seinen Augen.

Silvia faßte ihn am Arm und Mark am andern Arm. Gemeinsam setzten sie den großen Verleger auf einen der Stühle. Nun lachte er, wenn es auch krächzend klang, und versicherte: »Nur noch Autoren sind so bemüht um ihren Verleger!«

Schon sprang er vom Stuhl auf und ging schnurstracks zur Tür und war fort, ehe Silvia oder Mark ein Wort sagen konnten.

7

Kaum waren Franz und Silvia allein, lagen sie einander in den Armen. Sie küßten sich, scheu und zärtlich. Er faßte ihre Wangen und sie seine Lippen an. Sie betrachteten sich mit der prüfenden Vertieftheit der Liebenden, die durch und durch zu blicken scheinen und gar nichts sehn.

Sie faßten sich an, mit dem tief beschäftigten Eifer und blinden Ernst neuerungssüchtiger junger Wissenschaftler, die endlich der Natur auf die Sprünge und ihren alten Professoren auf die Irrtümer kommen wollen, aber die beiden Verliebten fanden nicht einmal eine neue Theorie.

Sie vergaßen für den Augenblick die vergangenen Jahre und den Zwiespalt und die Verworrenheit und das sichere dunkle Ende, das sie erwartete. Sie hatten schon Middleway vergessen, und Pippo und Schwarzbach, von Laura und ihren Töchtern gar nicht zu reden. Vielleicht hatten sie auch einer den andern vergessen und sahen im Aug des andern das eigene Auge, hörten im Wort des andern das eigene Echo.

Sie waren stumm und ganz in sich versunken, mit bebenden Sinnen und schlafender Vernunft, als wären sie Gräser, die sich im Licht streckten und im Schatten bargen, als wären sie ein zweiter Teppich auf dem Fußboden, das hölzerne Bett, das in der Ecke stand und lockte. Oder als wären sie die zwei Spiegel auf zwei gegenüberliegenden Wänden des Hotelzimmers und ihre Spiegelbilder darin, schattenhaft und irreal und zugleich so wirklich, wie nur je etwas wirklich war.

»Ist es wahr?« fragte sie.

Er gab die passende Antwort: »Ich liebe dich.«

Es war die Antwort, die für unzählige Paare paßte.

»Wie du mir gefällst«, sagte sie, und er antwortete nichts. Einmal bedurfte es darauf keiner Antwort, und zum anderen klopfte es an die Türe. Sie hatten sich kaum voneinander gelöst, da kam Middleway herein, links mit einem Herrn und rechts mit einem Herrn.

Franz sah sie alle drei mit seltsamen Empfindungen an, eine Sekunde lang. Silvia war zum Fenster gegangen und hatte sich abgewandt, als suchte sie etwas auf der Straße, vielleicht Rat oder Schutz.

Erst jetzt, da Middleway zwischen Pippo und Schwarzbach stand, sah Franz, daß auch Middleway die Verwüstung der Jahre zeigte, wie Pippo, der vielleicht schon sechzig war, und Schwarzbach mit seinen fünfzig Jahren. Obgleich Middleway der Jüngste unter ihnen war, erst Anfang Vierzig, schien er von ihnen allen am nächsten dem Tod.

Franz fühlte vor diesen drei Männern, von denen jeder für sich ein anderes Substitut von ihm selber darstellte, jeder einen anderen erotischen, geistigen, seelischen Ersatz für ihn gebildet hatte, eine ganz unpassende Rührung und einen ganz unziemlichen Haß. Was er in seinem Leben nicht empfunden hatte, fühlte er nun, eine niederträchtige Mordlust. Freilich war es nur eine theoretische Lust.

Ich bin eifersüchtig. Die drei haben mir mein Leben gestohlen. Die drei haben mir meine Freundin entfremdet, entwürdigt, entwertet.

Das ist nicht wahr. Ein Mensch kann nur sich selber im Wert herabsetzen. Wenn ein Mörder die Venus des Correggio oder des Tizian anblickt, verliert das gemalte Mädchen weder den Glanz noch die sinnliche Unschuld. Wenn ein

Dummkopf den Goethe oder Heine liest, verlieren weder Heine noch Goethe ihren Witz. Wenn ein Pippo mit Silvia geschlafen hat oder ein Schwarzbach oder ein Middleway ihr zwei Kinder gemacht hat, ist Silvia darum weniger wert? Ist sie darum schlechter geworden? Mit wem habe ich im Bett gelegen, im Laufe aller Jahre? Weiß ich die Zahl noch? Kenne ich noch alle Namen? Erinnere ich mich an die Gesichter? An ihre Seelen? Haben sie mich alle verändert? Vielleicht? Aber bin ich darum weniger?

Jeder Mensch hat seine dunkle Geschichte, seine Sittengeschichte, seine Sexualgeschichte. Er ist lauter Eitelkeit. Mich kränkt es, daß Silvia keinen besseren Ersatz für mich gefunden hat. Bin ich so unbescheiden? Wahrscheinlich hält jeder dieser drei mich für den Ersatz und schämt sich meiner.

Schon schüttelten sie einander die Hände, schon rief Middleway, indem er auf Franz deutete: »Sieht er nicht wunderbar aus?«

»Wie sein eigener Sohn«, sagte Schwarzbach, freilich ohne genau hinzublicken.

Pippo sagte: »Ein Professor! *Eggheads never die*.«

Plötzlich standen sie alle vier, wie auf Verabredung, in einer Reihe und schienen in einer Viererreihe auf Silvia losmarschieren zu wollen, das ganze Regiment ihrer Liebhaber, eine wandelnde Porträtgalerie ihres Lebens. Sie stand mit dem Rücken zum Fenster, totenbleich mit verkrampften Händen, zuckenden Lippen und zitternden Beinen und dem fixen Blick ihrer klaren, kühlen, vernunftblitzenden Augen, und schien bereit, im nächsten Augenblick umzufallen, wie ein zum Tode Verurteilter, der vor dem Exekutionspeloton steht und auf den Blitz der Schüsse wartet. Welche Kugel wird ihn treffen?

Schon hatte Silvia sich gefaßt. Schon küßte ihr Schwarzbach die Hand, was Pippo offenbar mit Mißbilligung betrachtete. Seine Augen funkelten. Schon saßen alle fünf um den kleinen Tisch in der Mitte des Zimmers. Middleway hatte durchs Telefon fünf Whisky mit Soda bestellt. Schon hatte der Kellner die Getränke gebracht und kassiert.

Sie hatten alle fünf durcheinandergeredet. Middleway und Pippo hatten ihren Whisky getrunken. Die andern Gläser standen unberührt. Middleway und Pippo rauchten Zigarren. Alle sahn aneinander vorbei.

Schließlich sagte Pippo zu Mark: »Ich wußte nicht, daß ich Frau Middleway bei Ihnen treffen würde, Professor Mark. Herr Middleway hat mir nichts davon gesagt, als er mir telefonisch heute nachmittag mitteilte, Sie müßten mich sprechen, im Interesse von Frau Middleway.«

»Auch mich hat Middleway nicht darauf vorbereitet, daß ich Silvia und Herrn Turrisi bei Ihnen treffen würde, lieber Mark«, erklärte Schwarzbach. »Natürlich ist es für mich eine große Freude, und da es mein Abschied ist ...«

»Wir sind schon seit vier Wochen in Rom«, unterbrach ihn Middleway, der von einem zum andern blickte, als erwarte er begierig einen Mord oder mindestens entscheidende Enthüllungen, »und Silvia hatte ungleich häufiger als ich das Vergnügen oder, sage ich, die Ehre, mit Seiner Exzellenz, dem Herrn Botschafter, Erinnerungen auszutauschen.«

»Ich bat Middleway, uns allen diese Szene zu ersparen«, sagte Silvia. »Aber er bestand darauf. Er liebt es, besonders in den Ferien, die epischen Phantasien seiner Autoren in unserem privaten Leben aufzuführen. Ich glaube, er beneidet seine Autoren und kopiert sie in seinem Alltag.«

»Du verrätst mich, Silvia. Aber in der Tat wollte ich dich endlich zur Entscheidung zwingen. Ich mache kein Hehl daraus. Ich wünsche, daß deine Entscheidung für mich ausfällt. Silvia, du bist seit bald zwanzig Jahren meine Frau. Wir haben Kinder zusammen. Und was niemand weiß außer uns:

Meine besten Ideen im Verlag, meine schönsten Erfolge stammen von dir. Du weißt es, Silvia.«

Middleway war aufgestanden, er trat vor sie hin, mit ausgebreiteten Armen und gespitzten Lippen, wie um sie zu küssen, aber er blieb mitten im Elan stecken und setzte sich wieder.

»Meine Entscheidung«, sagte Schwarzbach und nahm seine Brille ab, und nun sahn plötzlich alle, daß seine Hände zitterten und seine Augen gerötet waren und blinzelten, »meine Entscheidung wurde für mich getroffen.«

»Nein!« sagte Silvia.

»Ich fliege heute abend nach Prag«, erklärte Schwarzbach und machte eine Handbewegung, als beende er die Diskussion, und mehr vielleicht.

»Nein«, sagte Silvia. Sie war aufgestanden und zu Schwarzbach gegangen. Nun legte sie ihre Hand auf seinen Arm.

»Ich freue mich, Silvia, daß ich dich noch einmal gesehen habe.«

»Warum tust du das? Du hast es mir versprochen, Franz: Du fliegst nach New York! Geh nicht nach Prag!«

Schwarzbach war aufgestanden und hatte die Tür geöffnet und nach links und rechts auf den Hotelflur geblickt. Nun schloß er die Tür wieder und setzte sich auf Silvias Stuhl, da sie sich inzwischen auf seinen Stuhl gesetzt hatte.

»Was hast du ihm nur am Telefon gesagt?« fragte Silvia ihren Mann.

»Middleway sagte mir nur, er sei verzweifelt. ›Ich bin verzweifelt‹, sagte er mir ein- oder zweimal. Ich wußte natürlich nicht sogleich, worüber ein großer amerikanischer Verleger im Jahre neunzehnhunderteinundsechzig verzweifelt sei. Die Leute kaufen mehr Bücher als je. ›Haben Sie an der Börse verloren‹, fragte ich ihn. ›Professor Franz

Mark ist in Rom‹, antwortete er mir und fing von neuem an, ›ich bin verzweifelt.‹ – ›Weiß es Silvia?‹ fragte ich. ›Sie geht mit ihm durch!‹ schrie am Telefon Herr Middleway. ›Ich bin verzweifelt‹ wiederholte er. ›Ich kann nicht allein leben‹, versicherte er mir. ›Das leere Haus, wenn Silvia nicht da ist. Wir hatten nie getrennte Schlafzimmer. Ich kann nicht schlafen ohne Silvia. Ich fürchte mich zu sterben, wenn ich nicht ihren ruhigen Atem neben mir höre. Wenn ich vor Todesangst zittere, mitten in der Nacht, so fasse ich ihre liebe Hand; ich weiß, sie schläft, und sie durchschaut mich, wenn sie wach ist, und sie hat keinen Respekt vor mir. Aber wenn sie mich verläßt, bringe ich mich um. Ich sterbe ohne Silvia.‹

›Wann will Silvia weggehn?‹ fragte ich.

›Heute‹, schrie Middleway am Telefon. ›Heute noch geht sie zu diesem Mark. Was hat sie nur von diesem öden Deutschlehrer?‹ Sagten Sie nicht ›öd‹, lieber Middleway?«

»Öd? Öder Deutschlehrer? Vielleicht? Ich bitte Sie jedenfalls um Entschuldigung, lieber Professor Mark.«

Middleway machte sitzend eine halbe Verbeugung und eine Geste, als wollte er sagen, was tut man nicht alles in der Leidenschaft, was sagt man nicht?

»Es war noch lange nicht das Schlimmste«, erklärte Schwarzbach und nahm seine Brille und putzte die Gläser. »Middleway weinte am Telefon. ›Sie müssen mir helfen‹, wiederholte er in einem fort. ›Wer sonst kann mir helfen? Vor Ihnen hat Silvia Respekt. Sie sind ein Idealist. Idealisten haben für Weiber etwas Rührendes, diesen zarten Schimmer der Antiquiertheit. Sie sind ein Idealist, ohne penetrant zu sein, kein Moralist wie dieser Professor Mark‹.«

Wieder unterbrach ihn Middleway und wandte sich an Franz Mark. »Entschuldigen Sie bitte, lieber Professor!«

Aber Schwarzbach fuhr fort. »Middleway sagte mir am

Telefon: ›Sie sind ein nüchterner Idealist, mit Vernunft und Berechnung. Bei Ihnen weiß man, wie weit Sie gehn und wie weit man mit Ihnen kommen kann. Sie sind berechenbar, lieber Doktor Schwarzbach‹, oder sagten Sie Exzellenz zu mir, Herr Middleway? Jedenfalls fragten Sie mich plötzlich: ›Haben Sie nicht Silvia damals in Berlin zum Kommunismus bekehrt? Hatte sie wirklich eine Parteikarte und einen Decknamen? Silvia hört auf Sie‹, sagte mir Middleway am Telefon. ›Sie müssen mit mir zu Professor Mark gehn, in sein Hotel. Sind Sie nicht ein alter Freund von ihm? Oder ein alter Feind? Das ist fast dasselbe. Wir müssen mit ihm sprechen. Vielleicht wird er uns wie Verrückte empfangen. Vielleicht ist er nur der Tagtraum von Silvia, das ewige Gespenst ihrer Wunschträume, der Filmheld ihres Märchenlebens. Das alles müssen Sie ihm sagen! Und nicht im Scherz, sondern im tödlichen Tone der Wahrheit. Vielleicht will sie ihn gar nicht mehr und wollte ihn nie, er ist nur ihr Popanz, der uns alle erschrecken soll. Sind Sie nicht auch erschrocken, Herr Botschafter?‹ fragte mich plötzlich Herr Middleway am Telefon.

Ich habe ihm geantwortet: ›Heute, mein Lieber, habe ich ganz andere Schrecken.‹

›Die Politik?‹ fragt Middleway. Er erklärt mir, er habe keine Zeit für die Politik. Haben Sie wirklich keine Zeit für die Politik, Herr Middleway?«

»Ich war schon im Krieg«, antwortete Middleway und blickte Schwarzbach erstaunt und ungeduldig an, als stellte man ihm Fragen aus dem Katechismus. »Und wenn der nächste Krieg nur schnell genug kommt, werden sie mich wieder abstauben und aus der Mottenkiste holen, und ich werde wieder im Haufen marschieren, auf den Landstraßen von zwei oder drei Kontinenten, oder in Panzern dahinrollen oder in Raketen den Völkermord transportieren, ich, Joseph H. Middleway. Ich bin dann wieder die amerikanische Armee, und ich werde fliegen und fahren, marschieren und totliegen, was immer die von mir verlangen, abstürzen, töten, verwundet werden, mich heilen lassen, den Heldentod sterben, vielleicht an der Diarrhöe, oder im Kriegspresseamt nachschreiben, was schon dreizehn andere jeder den anderen nachgeschrieben haben.

Wenn erst der Krieg aus ist, werde ich wieder die Romane der Überlebenden verlegen, Romane voll berechtigter Kritik, und die Memoiren aller geschlagenen Generäle aller Nationen, vorausgesetzt, daß man nicht inzwischen das Lesen abschafft und das Drucken, oder gar die Menschheit abschafft, mitsamt dem durch Raketenflieger erreichbaren Mond. Um es kurz zu machen, bat ich den Herrn Botschafter um eine einzige Stunde, im Namen unserer vielgeprüften Freundschaft. Der Botschafter sagte sogleich, heute könne er gerade nicht, wie es der Zufall bringe. Wenn uns der Himmel haut, sieht alles plötzlich wie Zufall aus, alles wie Schicksal, alles wie abgekartet und von den Himmlischen vorbereitet, sogar der liebe Gott kommt aus der Maschine. Er dürfe nicht einmal die Botschaft verlassen, eröffnete mir der Herr Botschafter. Er fliege noch heute abend nach Prag.

›Es geht um mein Leben‹, sagte ich zu Doktor Schwarzbach. Da lachte er und sagte: ›Wenn es nur das ist.‹ Hält er mein Leben für eine Bagatelle? – ›Was‹, rief ich, ›soll ich Ihnen vielleicht das Schicksal eines ganzen Volkes offerieren oder die Wendung einer ganzen Partei?‹

›Darum geht es‹, erwiderte der kryptische Herr Botschafter.

›Also kommen Sie?‹ fragte ich.

Und er werde es versuchen, sagte er.

Da ist er also, und ich werde es ihm nie vergessen. Sicher

hat er mir das Leben gerettet, aber auf ihn warten unten in der Hotelhalle, mit dem Blick auf jeden Ausgang, zwei Herren. Unter uns gesagt, lieber Doktor Schwarzbach, Ihre beiden Sekretäre oder Schutzengel oder Leibwächter oder was immer sie sind, sehn ein wenig finster aus.«

»Es sind Todesengel«, gab Schwarzbach zu. »Da ich hier unter lauter bewährten Freunden bin, darf ich andeuten, es gehe vielleicht um dieselbe Kleinigkeit, von der Herr Middleway eben sprach, die klassische moderne Bagatelle, ein Menschenleben.«

»Um Ihr Leben?« fragte Pippo und stand auf.

»Vielleicht?«

»Sind also die Gerüchte wahr?« fragte Pippo. »Sie sollen der Partei den Rücken gekehrt haben? Sie wollen als Botschafter zurücktreten? Sie planen nach Amerika zu flüchten?«

»Leere Gerüchte«, erwiderte Schwarzbach und versuchte, vergeblich, zu lächeln, es wurde eine Grimasse. »Ich kaufte heute morgen ein Flugbillett nach New York und erhielt mittags die strikte Order, noch am selben Abend nach Prag zu fliegen. Meine beiden finstern Freunde rieten mir, gar nicht mehr privaten Gelüsten nachzugeben und etwa einen alten Freund in seinem Hotel aufzusuchen. Natürlich sei ich absolut frei und könne tun, was ich wolle.

Indes erzählte ich ihnen, welch einflußreiche Freunde ich in der Welt hätte, und riet von jedem Skandal in Rom ab. Sie gaben es auch gleich zu. Niemand, sagten sie mir im Vertrauen, wünsche einen Skandal in Rom. Und sie würden mich überallhin begleiten, zu meinem Schutz und damit wir unterwegs noch manche Geschäfte besprechen könnten.

Man muß gewissen Freunden mit anderen Freunden

drohn, wenn jene Freunde uns gar zu hitzig und um jeden Preis vor diesen Freunden retten wollen. Alle Freunde haben immer andere Vorstellungen, wie ihre Freunde leben und handeln müßten. Es ist das Wesen der Freundschaft. Die Freunde sollen die Fehler nicht wiederholen, die man selber macht. Nun wie Sie sehen, sitze ich hier, und meine beiden finsteren Freunde unten in der Halle. Morgen früh werde ich also am Ufer der Moldau spazierengehn oder auf der Kleinseite ein Bier trinken, wenn meine finstern Freunde nicht lügen.«

»Herr Botschafter«, erklärte Pippo, der stehngeblieben war, als hätte er nur auf den ersten günstigen Moment gewartet. »Wenn Sie Hilfe brauchen, und wer hätte Hilfe in dieser Stunde so nötig wie Sie, und wenn Sie einen alten Freund, der Sie einstmals für Trinkgelder bedient hat, darum nicht verachten, so will ich Ihnen diesmal ohne ein Trinkgeld dienen. Wir befinden uns in einem Hotel. Wo immer es Hotelangestellte gibt, und Kellner oder Stubenmädchen und Liftjungen, da ist mein Reich, da bin ich König. Sagen Sie nur ein Wort, und Ihre beiden finsteren Freunde da unten schwimmen binnen einer Stunde ganz still wie Fische den Tiber hinunter. Vergessen Sie nicht! Ich bin Sizilianer. Wir Sizilianer sind die älteste und intelligenteste Rasse in Italien. Wen wir lieben, der ruht wie in Gottes Schoß. Wen wir verfolgen, der mache sein Testament, aber *presto, prestissimo*!«

»Herzlichen Dank, lieber Herr Turrisi! Oder darf ich Pippo sagen? Ich hätte zu keinem mehr Vertrauen als zu Ihnen. Sie sind ein wahrer Sohn des Volkes. Mir gefallen solche Leute. Wenn es um Freunde geht, sind sie bereit, zu jedem Unrecht, zu allen Untaten. Vielleicht gab es heute eine Stunde, wo ich gesagt hätte: Pippo! Reichen Sie mir Ihre Hand!

Aber ich habe nachgedacht. Ich stand da, mit der Welt in der einen Hand, und in der andern Hand hielt ich mein Gewissen. Lange konnte ich mich nicht entscheiden. Als ich dreizehn Jahre alt war, da habe ich das Kommunistische Manifest gelesen, es ist die passende Lektüre für kluge Kinder! Ich habe zu meinen Schulfreunden gesagt, da gibt es also zwei deutsche Herren, die reden wie die Erzengel, Schwerter reden sie, und wie Posaunen von der Art, die Mauern stürzen und Ketten fallen macht, und der eine ist ein Jud und heißt Karl Marx, und der andere ist ein Christ, wie ich einer bin, er heißt Friedrich Engels. Diese beiden Deutschen sind leider schon lange tot. Aber sie haben noch eine Partei, hier und dort in der Welt. Und ihre Mitglieder sind leicht zu erkennen. Man findet sie, wo der Hunger tötet. Man findet sie, wo man Menschen tritt oder schindet. Man findet sie, wo der Durst nach Gerechtigkeit unerträglich wird. Man findet sie unter den Hablosen, die sich jedem gleich dünken. Ihr Paßwort heißt Revolution. Ihre Geliebte ist die Partei. Sie verlassen ihretwegen Vater und Mutter, sie verkaufen die Kirche und die eigenen Kinder. Sie kennen nur einen Schlachtruf: Freiheit!

So sprach ich damals zu meinen Schulkameraden. Einige folgten mir, andere hielten mir vor, deine Freiheit ist fiktiv, sie heißt Diktatur des Proletariats. Und Armut macht keinen besser. Armut schafft keine Vernunft. ›Laß uns nur erst regieren‹, sagte ich. ›Wir haben Zeit.‹ Wir hatten Zeit. Ein Leben hindurch hatte ich gehofft und gekämpft. Ich saß in Konzentrationslagern und lag im eigenen Kot. Ich war Botschafter meines Volks in Washington und Rom. Und die Armen sind immer noch arm. Die Freiheit ist immer noch eine Diktatur. Das Brot der Armen ist immer noch viel zu teuer. Bald ist meine Zeit um, und wer hat wen düpiert?

Amerika ist ein großes und schönes Land. Ich habe da gewohnt und es mir angesehn. Jeder Neger, der in Amerika geboren ist, kann morgen Präsident von USA werden, das Gesetz sagt es. Schon ist ein irischer Katholik, ein Sohn von Einwanderern, ihr neuester Präsident. Aber wehe dem Neger, wenn er in gewissen Staaten von USA denselben Abort benutzt wie ein Weißer oder am selben Tisch mit dem Weißen essen will, mag er auch ein Universitätsprofessor sein und der Weiße ein Taschendieb. Soll ich in ein Land fliehn, wo man mich nach der Helligkeit meiner Haut beurteilt? Es ist ein gutes und großes Land, die Vereinigten Staaten von Amerika. Es wohnen einhundertsiebzig Millionen ganz gewöhnliche Leute dort, und es gibt nur ein paar tausend Millionäre darunter, aber wenn die einhundertsiebzig Millionen einen Präsidenten brauchen, wählen sie allzuoft einen Millionär oder mindestens einen General.

Es ist ein gutes und großes Land, aber zuletzt habe ich mich da fremd gefühlt, und ich kehre lieber zurück in die Stadt meiner Kindheit und meiner Kinderträume samt dem Kommunistischen Manifest. In Prag gibt es kleine Kirchen, wo alte Mütterchen beten, zu ihrem Jesus, da will ich im Dunkel sitzen und zusehn, wie man zu falschen Göttern betet. Vielleicht werde ich auch die alten Melodien wieder hören, welche unsere Mägde an Winterabenden gesungen haben, wehmütige und zu Tränen rührende Liedchen und dazwischen ganz ausgelassene Gesangstexte voll schnöder Wollust. Nirgends wieder aß ich so zarte gebratene Junggänschen wie in Prag, und das würzige dunkle Brot mit Kümmel. Und da gehn immer noch Leute über die Felder und sitzen am Rand der schwarzen Wälder und blicken übers weite Land und träumen davon, einzeln und im Verborgenen, daß sie das Leben des Volks besser einrichten werden, daß es mehr Gerechtigkeit geben werde und mehr

Musik für den gemeinen Mann, und unsere übermütigen und schwermütigen Tanzweisen wird man aufspielen für alle jungen Leute.«

»Man wird Sie foltern, in Prag«, sagte Pippo und hob beide Hände zur Decke oder zum Himmel.

»Sie werden es nicht wagen. Sie meinen, man hat schon Größere gefoltert und verbrannt in Böhmen, von Hus bis Otto Katz? Wenn es denn sein soll? Ich hatte mein Leben lang die Rolle des Revolutionärs zu spielen und stand zuweilen in Reichweite des baumelnden Stricks. Vielleicht hängen sie dich, oder du entkommst. Vielleicht hängen sie dich, oder du bekehrst sie. Ich bin mein Leben lang um mein Leben gerannt Ich habe mich natürlich immer gefürchtet. Ich habe immer zwischen Gefahren gelebt und die Gefahr gesehn. Ich mußte mir immer zureden: Sei nur mutig! Wenn du zittern willst, zittre vorher und nachher. Ich war immer mutig. Ich habe alles riskiert und bisher immer gewonnen. Eines Tages muß man auch zu verlieren verstehn. Dem Ende entgeht keiner. Ich weiß es auch: Heute nehmen sie dir erst die Menschenwürde, ehe sie dich umbringen. Sie nehmen dir erst die Selbstachtung. Sie geben dir eine Nummer und machen dich dazu. Sie foltern erst dein Fleisch und dann deine Seele. Sie drehn dir die eigenen Gedanken im Kopf um und waschen dein Hirn. Sie sind Idealisten und wollen dich aus Idealismus zur Bestie machen. Zur hilflosen, gedemütigten, geistig und seelisch verstümmelten Bestie. Man hofft stets, das Äußerste bleibe einem erspart. Hätte ich nur noch meinen Kinderglauben!«
Silvia hielt sich an ihrem Stuhl krampfhaft fest, wie um nicht zu schreien oder zu fallen.

»Franz, guter, süßer Franz Schwarzbach! Oh, geh nicht mit deinen beiden finstern Todesengeln! Sie bringen dich um, und du weißt es. Es ist nicht wahr, was du gesagt hast.

Du glaubst stärker als je daran, daß es sich lohnt zu leben und daß es lohnt, an die Menschen zu glauben, und daß es in aller kreatürlichen Finsternis der Menschheit ein Licht gibt, den Schein der Humanität. Sie ist nur ein Schein, und doch scheint sie. Sagtest du es nicht zu mir? Geh nicht zurück! Wenn du gehst, tötest du dich und mich! Da habe ich dich auf dem Gewissen. Denn ich habe dich im Stich gelassen, eben in deiner finstersten Stunde.

Aber darf ich nie geradezu handeln? Nie nach meinen eigenen Wünschen leben? Immer habe ich Rücksicht genommen. Dadurch habe ich immer verloren. Ich nahm Rücksicht auf meinen Stolz, Rücksicht auf dich, Rücksicht auf Pippo, Rücksicht auf meinen Mann und meine Kinder, mein Heim und meine Familie, meinen guten Ruf und Middleways Arbeit, auf unsere Bekannten und auf den Lauf der Welt. Einmal dachte ich nun, es sei genug. Ich bin immer wie auf einer Bergwiese gegangen, wo es mehr rote, weiße, blaue, gelbe Blumen gibt als Gras, und ich bin immerzu gegangen und habe nie gewagt, mich zu bücken und mir die schönen Blumen zu einem Strauß zu binden. Einmal will ich aber keine Rücksicht auf keinen nehmen. Schon wollen sie mich alle bestrafen, mit Selbstaufgabe und Selbstmord. Sie binden mir meine Pflichten und Verdienste an meine Röcke. Sie legen mir die teuren Toten vor meine Füße, und die Lebenden dazu, die sich erst umzubringen drohen. Sie ersticken mich mit Pressionen.

Und ginge ich nicht mit Franz Mark, würdest du bleiben, lieber Franz Schwarzbach? Würdest du dich retten? Würdest du mit mir nach New York fliegen, wie du mir in diesen römischen Wochen so oft zugeschworen hast? Würdest du leben bleiben wollen, um für deine neuen und die alten Ideale neu zu wirken? Oder bringe ich dich um? Bin ich dein Todesengel?«

»Süße Silvia! Ich habe dich immer liebgehabt. Ich werde dich nie vergessen. Aber mein ganzes Leben lang hat kein einziger Mensch genug gewogen, um die Schalen meiner Entscheidung herabzudrücken. Wer so konstant um einer großen Sache willen bereit ist, sich aufzugeben, der gibt, vielleicht schweren Herzens, hundert Menschen preis und eine Million und die liebsten Menschen, die Frau, die Eltern, die Kinder, sogar die süße Freundin. Das hat schon Jesus zu seiner Mutter gesagt: ›Weib, was habe ich mit dir zu schaffen?‹ Die Wollust und die Liebe brachten Könige und Richter, Heerführer und Gerechte zu Fall. Aber in der Geschichte der Revolution spielt die Liebe nur eine Schattenrolle.«

»Wenn du noch vierundzwanzig Stunden in Rom bleiben wolltest? Könntest du das nicht bei deinen Engeln durchsetzen?« fragte Silvia. »Gib mir Zeit, dich zu retten, vor dir und vor deinen falschen Freunden.«

Schwarzbach schien es nicht gehört zu haben. Er war zu Silvia gegangen, drückte sie an seine Brust, grüßte die drei Männer mit einer vagen Geste, seine Brille funkelte. Eine graue Strähne seiner dünnen Haare wehte in einem jähen Luftzug. Schon ging er, mit festen Schritten und einer knabenhaften Bewegung des Kopfs. Schon war er draußen, und wie ausgelöscht.

Silvia saß still. Tränen rannen ihre Wangen herab.

Sie sah Middleway an und Pippo und Franz Mark und sagte wie zu jedem besonders: »Ich bin schuld, weißt du. Ich bin schuld. Ich bin schuld an allem. Weißt du?«

»Ihr kennt ihn nicht«, rief Middleway und begann mit einem Male zu lachen, als sei er aus einem bösen Traum erwacht und merkte nun, es war nur ein Traum. »Ihr kennt alle den guten Schwarzbach nicht. Der fährt heute nach Prag, um Karriere zu machen. Wahrscheinlich will er noch

Botschafter in Moskau oder Peking werden oder Außenminister in Prag. Das ist der gerissenste Mensch, dem ich je begegnet bin. Ein Jesuit ist ein Kind neben ihm. Er hat das Zeug zu einem Kirchenreformator, zu einem Religionsgründer, zu einem Revisionisten einer Revolution. Zeitlebens träumt der von einer historischen Rolle, die er noch spielen wird. Wer weiß? Unser Jahrhundert hat schon dürftigere Figuren an die Spitze geschwemmt. Unsere Epoche ist so reich, daß jeder hinterwäldlerische Hanswurst den Führer spielen kann.«

»Ich bin schuld«, sagte Silvia und nickte Middleway zu. »Ich bin an allem schuld«, sagte sie zu Pippo. Und sie sah Franz Mark an und schluchzte und murmelte: »Ich allein bin schuld. Weißt du?«

»Gib acht«, bat Middleway. »Wenn du es so oft sagst, werden wir anfangen, es dir zu glauben. Wir werden dich anklagen, oder es wird dir so vorkommen. Zuletzt wirst du es sogar wirklich glauben. Denn jetzt spricht noch deine Angst aus dir, deine wahrhaft rührende Unentschlossenheit, deine ewige Ratlosigkeit. Dann aber wirst du wirklich verloren sein, wirklich verzweifelt und zu nichts mehr gut und nütze sein, weder für andre noch für dich. Gib acht, Silvia. Es ist die letzte Stunde. Entschließe dich endlich! Oder weißt du immer noch nicht, was du willst?«

»Ich bin schuld«, antwortete ihm Silvia und sah ihn in der Tat ratlos an. »Ich bin selber an allem schuld.« Und sie wagte nicht, vor Franz Mark es zu wiederholen, und sie blickte Pippo an und zitterte. »Ich bin schuld«, flüsterte sie.

»Das ist nicht wahr«, erklärte Pippo und ging im Zimmer auf und ab und hatte immer noch seinen alten Kellnergang, ein wenig schwankend auf müden platten Füßen. »An meinem Unglück trage ich allein die Schuld. Und ist es mein Untergang, so trage ich allein die Schuld.«

»Was!« sagte Silvia und faßte mit beiden Händen nach dem Tisch, als fürchtete sie wieder, vom Stuhl zu fallen. »Was sagst du. Was für ein Unglück? Welcher Untergang? Treibst du Scherz mit mir? Aber du bist ja nicht der Middleway.«

»In der Tat, lieber Pippo! Wovon sprechen Sie? Haben wir nicht alles gehört?«

»Laura ist vorgestern mit ihren Töchtern nach Palermo gefahren. Sie hielt es nicht aus. Sie wollte meine erste Frau kennenlernen, meine Kinder, das Haus dort und meine Stadt, mein Palermo. Vorhin riefen mich meine Töchter an. Man hat Laura verhaftet und meine erste Frau als Zeugin festgenommen. Meine alte Mutter hat mich wegen Bigamie angezeigt.«

»Da hast du es«, rief Silvia und rang die Hände. »Habe ich es dir nicht gesagt, du solltest nicht nach Palermo gehn. Und es deiner Laura verbieten. Und noch die Töchter habt ihr hereingerissen? Willst du auch in den Untergang rennen? Warum hast du Amerika verlassen?«

»Deinetwegen vor allem«, sagte Pippo.

»So geh nur meinetwegen heim nach New York!«

»Ihre Mutter hat Sie denunziert?« fragte Middleway, und es schien, als habe die Neuigkeit ihn angeregt oder sehr aufgeregt. »Die alte Dame selber? Schwärmten Sie nicht immer von Ihrer Frau Mama? Sagt man nicht, die Familienliebe der Sizilianer sei noch größer als die Familienliebe der Juden? Die eigene Mutter? Aus was für Gründen? Aus Frömmigkeit? Da hat sie aber ihre Gewissensbedenken sehr lange auf Eis gelegt?«

»Unsinn«, erklärte Pippo und ging durch die Stube auf und ab. »Sie tat es aus Habgier. Sie zeigte uns alle bei der Polizei an und sagte zu meinen Töchtern, Marietta, meine erste Frau, habe es getan, aus Eifersucht, Marietta sei zur

Polizei gegangen. Aber meine Töchter gingen durch meine Schule. Sie glauben keinem Menschen mehr. Sie gingen zum Polizeichef, und das Geld saß ihnen immer locker in den Händen, es sind reizende junge Mädchen, Ruth und Imogen, sie gehn aufs College und haben die besten Noten, lauter *scholarships*, sie fragten den betreffenden Chef: ›Wieviel, Boß?‹ Und er spuckte aus und zeigte die Unterschrift ihrer Großmutter unter der Anzeige. Sie gingen heim und sagten es meiner Alten auf den Kopf zu. Natürlich leugnete meine Mutter alles. Ich hätte es an ihrer Stelle auch getan. Aber meine Töchter sind schlau genug. Ruth sagte mir, die ältere Tochter, am Telefon heute, die Mutter habe für sicher angenommen, Laura und ich und meine Töchter würden von heut ab in Palermo leben und sie und meine erste Frau und deren Kinder aus dem Hause treiben und ihnen auch kein Geld mehr geben.

Meine Mutter ist der Meinung, diese amerikanischen Frauen, die ein Sizilianer in Amerika bekommt, die sind keinen Pfennig wert, schlechte Menschen. Sie glaubte, nun müßte sie verhungern oder wieder zurück in das alte Elend, in dem ich aufgewachsen bin. Sie dachte, ich sei nur von ferne gut gewesen und hätte sie alle nur als Verwalter eingesetzt, nun käme ich mit der bösen amerikanischen Frau – meine arme Laura – und es sei ihr Ende. Da dachte sie, nun zeige sie uns einmal an, da würden wir fliehn, Laura und ich und meine Töchter, und zurück nach New York gehn, und sie säße allein mit den Kindern meiner ersten Frau in ihrem Besitz. Gar nicht schlecht gerechnet.«

»Und Ihre erste Frau?« fragte Middleway.

»Meine erste Frau, dachte meine Mutter, würde schon wieder freikommen, wenn wir verschwänden. Der Prozeß würde nicht zustande kommen und ein halbes Jahr im Gefängnis schade keinem, und vielleicht hatte Marietta auch eine Strafe verdient, nach der Meinung meiner Mutter. Und wer nie in solchem Elend saß wie meine arme Mutter, der weiß nicht, was die Angst vor der Armut aus Menschen machen kann. Solange man im Elend hockt, ist es nicht unerträglich, man gewöhnt sich an alles, auch an Krankheit und Schmutz und Hunger. Aber einmal draußen, da hat man schreckliche Furcht. Zurück in dieses unsägliche Elend, das will keiner, das erträgt man schwer. Die arme Mutter! Vielleicht macht sie sich sogar Gewissensbisse.«

»Sie scheinen nicht sicher zu sein, lieber Pippo?«

»Vielleicht triumphiert sie auch. Das Elend macht keinen Menschen besser«.

»Und was willst du tun?« fragte Silvia.

»Da sind meine Töchter verschiedener Meinung. Imogen rät mir, nach Palermo zu fliegen. Aber Ruth warnt mich davor und sagt, der Chef in Palermo rate mir, nach New York zu fliegen. Laura wäre in drei bis vier Tagen gegen Kaution frei und Marietta ebenso. Und dann verschleppe man alles und vergesse es. Bis jetzt sei alles eine alltägliche Lokalaffäre. Werde ich verhaftet, sei es sogleich ein Weltskandal, ich hätte in USA unausdenkbare Schwierigkeiten wegen offener Unmoral. In der Neuen Welt urteile man viel härter über Bigamie als zwischen den alten Griechentempeln in Sizilien.«

»Also fliege! Fliege gleich! Und wenn du willst, fahre ich morgen nach Palermo, mit Mark oder auch mit Middleway, und befreie Laura. Sei ganz ruhig, Pippo! Ohne Laura verlasse ich Palermo nicht. Das schwöre ich dir! Und fliegst du morgen nach New York?«

»Wenn ich einen Platz bekomme«, sagte Pippo. »Und meine Töchter?«

»Für die Mädchen sorgen wir.«

»Du?« fragte Pippo. Und er war schon auf dem Weg zur Tür, er erklärte, wenn er fliegen wolle, müsse er gleich ins Flugbüro und in sein Hotel und die Töchter säßen sicherlich in Palermo schon am Telefon. »Und du willst für alle sorgen? Für Laura? Für die Töchter? Für Marietta? Für meine Mutter? Und ich soll nie wieder Palermo sehn? Und meine Kinder? Und meine Mutter? Ich liebe meine Mutter. Was sie getan hat, das tat sie nicht gegen mich, das hat ihr Instinkt getan, nicht sie, das waren die Bauern von Sizilien, die Armen von Palermo, die Sklaven von Taormina. Ich möchte sie sehn, vor meinem Tod, und meine Marietta und Mariettas Kinder!«

»Ein andermal«, sagte Silvia. »Geh schon. Vielleicht in New York, Pippo. Laß sie alle nach New York kommen, deine Marietta, ihre Kinder, deine Mutter, ein Dutzend deiner alten Freunde und Fotos aus Palermo. Soll ich es dir gleich arrangieren?«

»Besonders die Fotos? Wir sprechen morgen früh darüber. Und du willst alles für mich besorgen?«

»Ich tue es.«

»Du?« fragte Pippo und stand schon an der Tür und zeigte, wie in alten Zeiten, sein freches, nacktes Kellnergrinsen. »Du, Silvia, und wer noch? Du und Middleway? Du und Professor Mark? Oder ihr alle drei? Und wirst du auch den Herrn Botschafter retten? Ist sie nicht eine großartige, tüchtige, wunderbare Frau, unsere Silvia?« fragte Pippo mit einer gewissen respektlosen Keckheit, die er sich sonst nicht erlaubte.

Schon war er weg. Schon stand Middleway auf.

»Ich danke Ihnen, lieber Professor Mark, für Ihre Geduld und Gastfreundschaft. Der Whisky war vorzüglich. Sie haben Ihr Glas unberührt gelassen. Trinken Sie ihn nur. Er wird Ihnen guttun. Kommst du mit, Silvia? Ich fürchte, du hast dir sehr viel aufgeladen, für die nächsten Tage. Ich stehe zu deiner Verfügung.«

»Ich komme nach«, sagte Silvia. »Bitte, warte im Hotel auf mich.«

»Soll ich nicht unten in der Halle warten?«

»Nein, bitte!«

»Also in unserem Hotel!«

Kaum waren Silvia und Franz Mark allein, machten sie einen Schritt aufeinander zu, sahen sich an; sie lächelte; er hob die Arme ein wenig, als wolle er sie küssen. Im selben Augenblick sahen sie beide auf das Bett und erröteten. »Wir haben unsern Whisky stehnlassen«, sagte sie. »Wollen wir ihn trinken?«

Er zögerte einen Augenblick. Da faßte sie seine Hand und führte ihn zum Fenster, es dämmerte schon, der Mond stand über der Villa Borghese. Sie sah ihn an und kam näher zu ihm und fragte: »Franz! Liebst du mich?«

»Ich liebe dich.«

»Und gefalle ich dir noch?«

»Du gefällst mir sehr.«

»Und glaubst du mir?«

»Alles.«

»Gib mir einen Kuß!« bat sie.

Nach dem Kuß blickten beide wieder zum Bett.

»Franz«, sagte sie, »ich gehe packen und meinen Töchtern schreiben, ehe es ihnen Middleway mitteilt. Sie sollen es von ihrer Mutter zuerst hören. Und gib mir drei Tage Zeit.«

»Ich gebe dir eine Woche«, sagte Franz Mark.

»Und du wartest auf mich? Sieben Tage ...«

»Und sieben Nächte!«

»Bist du unserer endlich sicher, Franz? Ich bin glücklich. Und du, Liebster?«

Als Franz sie durch die Hotelhalle führte, stand vor dem Eingang Herr Middleway, neben einem Taxi.

Mark faßte ihre Hand.

»Das bedeutet nichts«, sagte Silvia. »Ich rufe dich heute nacht an, um Mitternacht?«

»Tu das, Liebste.«

»Und alle Morgen?«

»Ja, Liebste!«

»In sieben Tagen, Franz!«

Franz Mark ging in sein Zimmer zurück, wusch sich das Gesicht und die Hände im Badezimmer, sang Figaros erste Arie und sah sich im Spiegel an. Willkommen, alter Freund, sagte er zu sich selber.

Als er in die Hotelhalle ging, sah er von ferne die italienische Familie, die ihn für den Onkel aus Amerika gehalten hatte.

»Um Gottes willen!« rief Mark und eilte aus dem Hotel. Auf der Via Veneto war schon ein sommerliches Getümmel, und darüber stand der Himmel voller Sterne.

ENDE